LA NUIT DE L'ERREUR

TAHAR BEN JELLOUN

LA NUIT
DE L'ERREUR

roman

ÉDITIONS DU SEUIL
27, rue Jacob, Paris VIᵉ

ISBN 2-02-021595-0

Pour Aïcha

Prologue

S'il vous arrive d'aller un jour à Tanger, soyez indulgents pour l'état des lieux, la décrépitude, la nostalgie qui occupe les gens attablés aux cafés, les yeux fixés sur les côtes espagnoles ou sur un horizon de pacotille.

Il n'y a rien à voir. Ni monuments, ni musées, ni criques ; pas même une vieille chose pittoresque qui pourrait vous procurer quelques sensations brèves mais fortes.

Certes, vous pouvez déambuler dans les rues, humer les odeurs de cuisine et les parfums qui ont tourné, ou simplement les effluves de pourriture des sardines jetées sur les trottoirs aux chats qui n'en veulent pas. Les chats de Tanger tiennent à la vie plus que n'importe quel autre animal. Ils sont connus pour leur attachement à cette ville, qui doit probablement leur garantir une petite éternité non négligeable par les temps qui courent.

Vous pouvez aussi rester chez vous, dans une chambre d'hôtel ou chez des amis. Vous aurez tort. Car Tanger, qui n'a rien pour retenir le voyageur de passage, a tout pour le séduire. Mais ce n'est pas visible. C'est dans l'air. Il y a cependant un lieu qu'on peut vous conseiller. Il n'a rien d'extraordinaire. Ce n'est qu'un cimetière, pas très grand, à peine reconnaissable. Mais il est entouré d'immenses eucalyptus qui fournissent une ombre particulièrement apaisante les jours d'été. Ce n'est qu'un cimetière, mais où sont enterrés des chiens et des chats. On dit qu'un Anglais y aurait inhumé, de nuit, son cheval. Mais rien ne le prouve. A l'entrée, se dresse un muret avec des inscriptions en anglais pour rappeler que ce lieu fut créé par la Société protectrice des animaux londonienne.

Vous pouvez circuler entre les petites tombes et lire les stèles. Mais ce n'est pas pour cela qu'il faut faire la visite. A côté, à droite de l'entrée, mais en dehors du cimetière, vous remarquerez une tombe sans stèle, une tombe anonyme, un monticule de terre noire, d'une noirceur qui ressemble à du charbon. Elle est plus grande que les autres. C'est une tombe où, dit-on, un humain aurait été enterré. Mais pourquoi ne l'a-t-on pas mis dans le cimetière de la ville ? On dit que la personne qui s'y trouverait ne serait ni vraiment humaine ni animale. Ce serait l'un de ces êtres qui n'auraient jamais dû exister, un être à part qui aurait entretenu d'étroites relations avec la source principale du malheur, celle qu'il ne faut pas nommer et qui circulerait d'une maison à une autre, qui planerait au-dessus de nos têtes sans que nous nous en rendions compte. De temps en temps, quelqu'un viendrait pour changer cette terre et la remplacer par un sable fin et clair. Après une lune, la terre noircit. Du fond de sa tombe cet être attesterait de sa présence et de sa capacité d'agir bien après sa mort ! Il continuerait à respirer dans la douleur, selon un rythme très lent à peine perceptible à l'œil nu.

Cette histoire est sans doute inventée. C'est pour cela qu'on la raconte à voix basse, en regardant à droite et à gauche, en épiant les passants qui pourraient être les messagers d'une souffrance éternelle.

Une tombe qui respire ! L'idée a circulé quelque temps dans les cafés du boulevard Pasteur et de Siaghine. Personne n'est allé voir ce qui se passe à l'ombre de l'eucalyptus. On dit que ceux qui s'y sont aventurés ne sont pas revenus.

Une ville qui produit encore des légendes ne doit pas être entièrement mauvaise. Elle le sait. Elle raconte. Elle se raconte.

Zina enfant de Fès

Il faut que je raconte cette histoire. Il faut que je me vide, comme si j'étais un sac plein de blé. Je verserai son contenu dans un moulin et j'attendrai l'aube pour faire du pain de sa farine. L'histoire que je porte en moi me pèse. Si je ne m'en débarrasse pas, je deviendrai folle, je perdrai la raison et le sens des choses. Je n'ai pas demandé à en être dépositaire, ni à vivre avec ses fantômes. Chacun de nous a un secret. Il le garde jalousement en lui. Parfois c'est peu de chose, une parole murmurée par un vagabond dans l'oreille d'un passant, parfois c'est quelque chose qu'on ne peut pas dire, qu'on ne doit pas dévoiler, une promesse faite au printemps, un amour impossible, une erreur, ou simplement un trésor caché, au fond d'un jardin. Le secret est mon destin.

Il me souvient d'avoir passé un pacte avec une femme, l'ombre d'une femme, belle et inquiète, jeune et troublante. Cette femme, c'est l'image que me renvoie le miroir. Elle est en moi. Quand je me regarde dans le miroir, mon image se dissipe. C'est l'autre que je vois. Physiquement nous ne nous ressemblons pas. Elle a les yeux noirs. Les miens sont clairs, du moins c'est ce qu'on me dit. Depuis ce jour-là j'erre, abandonnée de ceux que j'aimais, oubliée de ceux que je fréquentais, séparée de moi-même comme si j'étais devenue double, rôdant autour des lieux de mon enfance,

13

les terrasses de mes fantaisies. Je fus conçue la Nuit de l'Erreur, la nuit sans amour. Je suis le fruit de cette violence faite au temps, porteuse d'un destin qui n'aurait jamais dû être le mien.

Je suis une enfant de Fès. J'ai ouvert les yeux dans une maison inondée de lumière parce qu'elle était ouverte sur le ciel. On disait que j'étais fragile et je me conduisais comme si j'étais malade. Je restais des heures à contempler les nuages et à inventer des personnages qui me tendaient les bras pour m'inviter à les rejoindre. Je croyais qu'on pouvait voyager sur les nuages. Je fermais les yeux et je partais. Lorsque ma mère m'appelait, je ne répondais pas. Je l'entendais dire : « Elle est atteinte d'absence ! J'attendrai qu'elle revienne à elle. Son regard est vide. Mais où peut-elle s'en aller comme ça ? Elle pourrait m'aider à faire le ménage ou apprendre à faire la cuisine. Cette fille est peut-être un garçon. Elle joue et vit comme un petit voyou. »

Parfois j'avais envie de lui répondre, mais je n'en faisais rien. Je me prenais à ce jeu, même s'il ne m'amusait pas beaucoup. En fait, je me sentais obligée d'aller ailleurs, là où les nuages m'offraient des surprises, des personnages souvent difformes, à visage humain et au corps étrange, entre celui d'un cheval et d'un oiseau immense. Quand j'arrivais là-haut, un petit garçon portant un chapeau et une fausse moustache me prenait par la main et m'introduisait au cercle des patriarches. Il mettait son index sur ses lèvres pour m'indiquer que la parole était interdite. C'était le monde du silence, d'où l'on regardait la ville qui grouillait de tous les côtés. Je marchais sur des tapis épais, sans me rendre compte qu'ils étaient suspendus entre des piliers. Je n'avais rien à faire, juste observer le mouvement des corps. Il m'arrivait d'avoir peur parce que je me trouvais face à un être que la nature avait raté, lui donnant

LA NUIT DE L'ERREUR

une toute petite tête et des bras très longs qui lui servaient en même temps de jambes. Je savais que ces êtres étaient des réfugiés, parce qu'en ville personne n'en voulait. Mais moi j'étais normale, plutôt bien faite, et je ne souffrais que rarement de crises d'étouffement. Fès est la ville où il est naturel d'étouffer, surtout quand la sensibilité est grande, quand la tête est fragile et le cœur défaillant. Je me sentais comme une intruse dans cet espace où les êtres communiquaient par des dessins. Quand on était là-haut, seul le vent faisait du bruit. C'était presque de la musique. De temps en temps, nos réunions étaient interrompues par le passage d'une compagnie d'oiseaux migrateurs. Ils fendaient l'air avec détermination. On s'écartait pour les laisser passer. J'aimais ces moments où leur déplacement était minutieusement arrangé. Une fois ils se sont arrêtés et se sont mis à danser, formant des figures géométriques d'une précision rigoureuse. Ils nous offraient ce ballet sur une musique qu'on devinait. C'était beau, c'était émouvant. J'aperçus un jour des larmes sur la joue de l'homme à la petite tête. Il suivait le mouvement de ces milliers d'oiseaux sans cligner des yeux. Quand ils s'éloignaient, on reformait le cercle et on se parlait par signes. Le patriarche avait une longue chevelure et semblait avoir plus de cent ans. On savait que c'était le plus ancien de tous, car on lui baisait la main gauche pendant qu'il nous bénissait de la droite. J'étais persuadée que cet homme était de la famille. Peut-être était-il mon grand-père, celui qui est mort le jour de ma naissance. Ma mère me l'avait décrit comme un saint homme, la barbe rougie par le henné et les yeux entourés de khôl. Il me regardait avec tendresse, comme s'il voulait me dire qu'il regrettait de ne pouvoir parler. Quand j'ouvrais la bouche pour prononcer un mot, rien ne sortait. Alors j'abandonnais et, des yeux, j'acquiesçais, comme si je faisais définitivement partie du groupe.

Je prolongeais ces moments d'absence où je me livrais aux jeux de mon imagination, refusant d'être ramenée sur terre. Mes parents savaient qu'il ne fallait pas me réveiller brutalement, ayant peur que j'entre dans la crise des vents, ce que plus tard les médecins appelèrent crise d'épilepsie. Ma mère coupait un oignon en deux et l'approchait de mon nez. Quand ça ne me réveillait pas, elle aspergeait un mouchoir de parfum fort et imbibait mes narines et mes lèvres. Généralement je décidais à ce moment-là d'arrêter mon absence, pas pour lui faire plaisir, mais pour me débarrasser de ce parfum qui me donnait la nausée. J'attendais le lendemain matin pour repartir dans les nuages retrouver mes compagnons du silence. Parfois je ne reconnaissais pas tout le monde. Il arrivait que certains s'en aillent et que d'autres, inconnus de moi, arrivent. Seul le patriarche était inamovible, égrenant son chapelet en remuant ses lèvres d'où aucun son ne sortait. Les autres compagnons avaient tous un défaut physique : il y avait le borgne, celui qui mâchait en permanence un morceau de bois, il y avait le manchot qui jouait de la flûte, il y avait l'homme à la lèvre fendue, qui bavait et se dandinait, le nain qui marchait sur les mains, l'aveugle qui faisait semblant de lire, et puis il y avait Fadela, l'unique femme du groupe, une femme aux seins immenses et au visage de jeune fille. Elle était aussi vieille que le patriarche et tendait la main comme si elle était toujours à l'entrée du mausolée Moulay Driss, où elle mendiait. Elle était l'unique personne que je connaissais, mais elle ne me reconnut pas. Fadela était une tante ou une cousine de mon père. Je n'ai jamais su vraiment qui elle était. Elle venait nous voir l'hiver et partait dès le premier jour du printemps. Elle était considérée comme une folle, une simple d'esprit. Elle disait tout ce qui lui passait par la tête. Elle nous faisait rire et nous faisait peur aussi. Elle était immense,

16

le visage allongé, plein de rides, les yeux tout petits et la main toujours tendue. Quand elle s'approchait de moi, je savais que dans sa main il y avait un cadeau : un morceau de sucre, une bille, un moineau vivant, un sifflet ou un morceau de pain. Elle ne disait pas qu'elle mendiait mais qu'elle faisait la récolte et permettait aux musulmans de faire leur devoir envers les pauvres en donnant le *zakat*, l'impôt qu'Allah réclame des riches. Elle arrivait parfois avec des sacs de blé et d'orge, et disait : « Ceci est ma contribution pour l'hiver. » Fadela n'était pas folle. Elle hurlait des vérités en plein jour et rejetait la pitié des autres. Je me souviens qu'on l'avait attendue toute une semaine, la fameuse année où il avait neigé sur Fès. On se disait qu'elle n'allait pas tarder à faire une entrée fracassante, insultant le pacha de la ville et ses sbires, envoyant au diable les enfants qui lui jetaient des pierres. Mais elle ne vint pas. Mon père partit à sa recherche et ne la trouva jamais. A présent je savais quand et comment elle était morte : elle avait eu peur de la neige et avait cru que la fin du monde était arrivée. Elle était partie au cimetière de Bab Ftouh, s'était couchée dans une tombe et était morte de froid. On la découvrit beaucoup plus tard, lorsque le soleil revint, un vendredi, jour où des parents de l'homme enterré dans cette tombe vinrent prier sur sa mémoire. Ils eurent peur, appelèrent au secours. Des fossoyeurs qui venaient d'enterrer quelqu'un s'arrêtèrent, creusèrent un trou n'importe où et la mirent en terre en récitant quelques versets du Coran. On apprit qu'une vieille femme avait été découverte et vite mise dans une fosse. Personne ne chercha à en savoir plus. Fadela était morte comme elle avait vécu, seule et pauvre.

Je me souviens du jour où elle m'avait pris la main et m'avait dit :

« Écoute-moi. Je sens qu'il est de mon devoir de te

17

raconter ta naissance. Tes parents ne le feront pas. Ta mère, telle que je la connais, se mettrait à pleurer et tu ne comprendrais rien à ce qu'elle te dirait. Quant à ton père, il fermerait les yeux et balbutierait des mots incompréhensibles. J'étais là par hasard. En fait, pas tout à fait. Je savais que ta mère allait accoucher d'un jour à l'autre. Mais ce que j'ignorais, c'était l'état de santé de ton grand-père, d'autant plus qu'il n'était pas très âgé. C'était un bel homme, un sage, aux yeux noirs entourés de khôl. Sa barbe passée au henné lui donnait l'air d'un marabout. Il était fort et personne ne s'attendait à le voir partir si subitement, le matin même de ta naissance. Il s'était réveillé les yeux révulsés. Ta mère s'était approchée de lui et lui avait demandé sa bénédiction. Il n'arrivait pas à lever la main et à la poser sur le ventre de sa fille. Sans sa bénédiction, l'enfant à naître ne serait pas le bienvenu. Ta mère le suppliait, mais ses yeux regardaient ailleurs. Elle lui avait pris la main et l'avait posée sur son ventre, mais elle était froide et glissait comme si elle refusait tout effort. Les premières contractions furent suivies des premiers gémissements de ton grand-père. On installa ta mère à l'autre bout de la pièce. La sage-femme allait de ta mère à ton grand-père, et se frappait le visage en disant : "Le malheur est entré avant moi dans cette maison. Le malheur est là, je le sens, je le vois. Je n'y suis pour rien. Ce n'est pas de ma faute si cette naissance se passe dans ces conditions. Il a fallu que ça tombe sur moi ! Je ne peux pas abandonner la pauvre femme. Pourquoi le vieux a-t-il choisi de mourir ce matin ? Pourquoi le destin me fait ça à moi, fille de bonne famille, croyante et fidèle à la parole de Dieu ?"

« Ton grand-père avait perdu connaissance. Seul signe de vie, son index droit était levé pour la dernière prière. La famille allait d'un lit à l'autre et pleurait. On ne savait pas si ta mère pleurait parce qu'elle était délivrée ou parce qu'elle perdait son père. Tu as alors poussé un cri étrange, comme pour nous annoncer la mort de ton grand-père. A ce moment précis, la sage-femme s'est précipitée vers lui et a dit : "Il est parti chez Dieu." Il n'y eut pas de fête le septième jour. Les gens ne savaient pas s'il fallait féliciter ta mère pour la naissance de sa fille ou lui présenter leurs condoléances pour la mort de son père. Personne n'avait envie de sourire. On pensait à la malédiction mais on ne voulait pas l'évoquer. Ce fut un long moment pénible pour toute la famille. Évidemment, on s'attendait à tout avec toi. On se disait : "Cette enfant est capable de tout", alors on te laissait en paix et on ne te dérangeait pas quand tu partais dans tes rêveries. Voilà, ma fille, tu sais tout. C'est lourd de porter sur son visage l'image de la mort ! Je te plains. Mais je t'aime bien. »

Il était curieux pour moi de la retrouver entourée de ces êtres que la vie n'avait pas aimés, là, en ce lieu à mi-chemin entre le monde et l'au-delà, pas tout à fait morts ni entièrement vivants, ce lieu où les nuages leur servaient de palais, de cimetière et peut-être aussi de paradis.

Quand je reprenais conscience, quand je quittais mon état d'absence et me mêlais aux autres enfants, je me sentais protégée et même supérieure à tout le monde, parce que j'avais une clé pour ouvrir une petite porte sur ce qui se passe de l'autre côté de la vie, là où la mort n'est pas forcément une torture perpétuelle, un enfer où l'on est éternellement puni pour des péchés ou des pensées jugées mauvaises, là où le corps est séparé de l'âme et où on le soumet à des épreuves terrifiantes.

C'était cela mon mystère. Je n'étais pas assez folle pour le divulguer. De toute façon, qui m'aurait crue ? Moi-même je doutais, quand je restais longtemps éloignée de cet ensemble de nuages où j'embarquais comme si je partais faire un long voyage. Le printemps et l'été, le ciel de Fès était sans nuages. Il devait les pousser vers d'autres pays. Mais je découvris un jour qu'un ciel n'est jamais tout à fait bleu, tout à fait limpide. J'arrivais toujours à repérer quelques traces de nuages, même menus, transparents ou trop légers. Mon imagination était rompue à cet exercice. Il me fallait juste un peu de concentration, et me voilà partie dans l'entre-deux-mondes, là où personne ne pouvait m'atteindre.

Avec ces séjours fréquents dans l'entre-deux-mondes, j'acquis une dureté qui allait m'être utile plus tard. Là, la méchanceté n'existait pas. Tout était statique, figé dans une apparence de laideur ou de malformation rendant toute tentative de mauvaise action impossible. Ces êtres-là avaient tant souffert dans la vie qu'ils étaient devenus hors d'atteinte. Ils continuaient à observer le monde et riaient parfois de la naïveté des vivants ou de leur rapacité. Fadela le disait souvent : « L'argent est ce qui sépare les frères et les amis. » A Fès plus qu'ailleurs, les gens ont une passion pour l'argent. Je savais comment nous étions considérés parce que notre famille n'était pas riche. Ma mère ravalait ses larmes et mon père fermait les yeux pour ne plus voir le monde. Il avait brutalement perdu la vue alors que ses yeux étaient intacts. Les médecins ne comprenaient pas ce phénomène. Ils disaient que son cerveau ne commandait plus à ses yeux. Je compris plus tard combien il avait raison de refuser de voir ce qu'il y avait à voir. La laideur des gens ne se portait pas sur leur visage mais dans leurs gestes. J'étais la seule personne qu'il voyait encore. Il venait dans ma chambre et s'excusait de s'être réfugié dans le noir. Je lui ressemblais. Moi je m'absentais et lui, il mettait un voile entre lui et le monde. Je me souviens du jour où il fut humilié publiquement par son associé, qui n'avait pas supporté qu'il ait donné une somme d'argent aux nationalistes luttant pour l'indépendance. Il pensait que c'était normal de participer à ce combat, d'autant plus que ceux qui refusaient cette solidarité étaient mis à l'index et risquaient de voir leurs magasins incendiés. L'associé, qui était en fait le patron, était l'homme le plus avare de la médina. Plus il avait de l'argent, plus il devenait méchant. Il circulait dans la vieille ville sur un mulet qu'il soignait mieux que son domestique. Ce n'était pas la première fois que mon père provoquait sa colère. Ce jour-là mon père décida de fermer les yeux jusqu'à nouvel ordre. Peu de gens comprirent ce qui s'était passé. Un jour, l'un des domestiques de l'avare apporta une lettre à la maison. C'est moi qui la lus à mon père :

« Sache qu'à partir d'aujourd'hui, nous ne sommes plus associés. J'ai fait les calculs et il te revient la somme de 20 252 rials, que je t'adresserai bientôt. Il faut que je te dise qu'un commerçant n'a pas à s'occuper de politique, que je préfère un homme malin et astucieux qu'un commerçant naïf et scrupuleux. J'aime l'argent plus que tout au monde. J'aime l'argent et je méprise ceux qui n'en ont pas. Or tu n'en as pas et c'est pour cela que nous n'avons plus rien à faire ensemble. Prends tes sous et va-t'en prier dans les mosquées pour que nos maîtres les Français nous abandonnent, et nous serons tous ruinés à ce moment-là. Bonne route ! »

Mon père partit d'un grand éclat de rire et me dit : « Fais ta valise, ma fille, nous partons ! » Ma mère pleurait, notre bonne Radia pleurait et moi je ne savais pas quoi dire ni quoi faire. Ma mère eut une idée : « Si l'on quitte cette ville bien-aimée, peut-être que mon homme retrouvera la vue ! »

J'en étais persuadée. Je savais que mon père étouffait dans cette médina, comme j'étouffais dans cette vieille maison humide et triste. Mais j'avais les nuages, heureusement. La décision était prise : nous irions à Tanger, ville internationale, ville des deux mers, ville à deux heures de bateau de l'Europe, Tanger, ville où l'on oublierait Fès et ses pierres noircies par le mensonge et l'appétit du gain.

Je savais que j'avais un oncle à Tanger, un homme bon, assez philosophe, qui venait nous voir tous les deux ans pour aller prier à Moulay Driss et acheter ses djellabas en soie et ses babouches faites sur mesure. C'était un dandy, un homme qui avait fréquenté les Espagnols quand il travaillait à Melilla. On disait qu'il avait été l'amant d'une belle actrice espagnole et qu'il aurait eu un fils avec elle, appelé Pablo en hommage à Picasso qu'il admirait beaucoup. Ce frère aîné de mon père avait fait fortune durant la guerre en fabriquant des uniformes pour l'armée de Franco. Il n'aimait pas parler de cette époque. Depuis qu'il s'était installé à Tanger, dans le quartier de Siaghine, où il vendait des bijoux en or, il faisait moins d'argent mais continuait à séduire les femmes. On sait que les bijoutiers sont des séducteurs. Ce fut probablement pour rester en contact avec les femmes qu'il avait choisi d'ouvrir cette boutique. Son épouse et ses enfants ne se doutaient de rien, mais son élégance, sa beauté trahissaient sa passion pour les femmes. Entre lui et mon père il y avait un monde. Autant l'un était dans le plaisir, le jeu, la séduction, autant l'autre était sérieux, timide et mal à l'aise. Mon père avait refusé de faire des affaires pendant la guerre. Sa morale l'empêchait de gagner facilement de l'argent. En fait ce n'était pas facile, puisque mon oncle courait des risques et avait reçu un jour une balle dans la jambe. C'étaient deux tempéraments différents. Et moi je tenais des deux : j'admirais mon oncle et j'aimais mon père. Ne pouvant être ni l'un ni l'autre, j'avais choisi de me réfugier dans mes fameux nuages. On m'avait dit

22

que Tanger était la patrie des nuages. Certains venaient d'Espagne, d'autres remontaient du désert. J'étais comblée à l'idée de pouvoir continuer mes voyages particuliers. Je n'étais pas une fille comme les autres, je ne rêvais pas du prince charmant mais du patriarche et de ses compagnons, qui m'apprenaient à vivre sans étouffer.

Nous quittâmes Fès, la nuit, sans verser une larme. Peut-être ma mère pleura-t-elle, mais elle dut le faire en silence. J'avançais en prenant la main de mon père. Nos bagages étaient chargés sur un mulet. Le train de nuit était préférable, parce que les douaniers espagnols étaient moins regardants. Je vis pour la première fois un passeport. Ma photo était collée dans celui de ma mère. Le Maroc était divisé en deux : le nord jusqu'à Arbaoua était occupé par l'Espagne, le reste était sous protectorat français. Mon père me dit : « On prend le train de nuit, parce qu'on arrive avec le lever du soleil sur Tanger. Tu verras comme c'est beau. Il vaut mieux découvrir cette ville à l'aube que l'après-midi ! »

A Arbaoua, nous fûmes fouillés un par un. Les *carabineros* prirent un bracelet à ma mère et cinquante dollars que mon père avait dissimulés dans la doublure de sa veste. Lorsque le train redémarra, mon père poussa un soupir et dit : « Heureusement qu'ils n'ont pas vu le sac noir ; c'est là où j'ai caché toutes mes économies ! »

L'arrivée à Tanger fut belle. Le train avançait lentement et la ville s'approchait de nous petit à petit, enveloppée d'une mince couche de brume. Mon père nous dit, en essuyant une larme : « Je savais que le miracle se produirait. Ma vue revient peu à peu. Je vois trouble. Je distingue des formes, j'aperçois des couleurs, ma vue se libère, mes yeux me reviennent, je savais que Fès me faisait mal et que je retenais l'envie de voir... »

La Cadillac noire de mon oncle nous attendait à la sortie de la gare. Il y avait une foule de jeunes militaires espagnols qui prenaient ce train. On arrivait à peine à se faufiler. Deux porteurs transportaient nos bagages, mon père serrant contre lui le sac noir. Le chauffeur nous indiqua que son patron ne se réveillerait pas avant dix heures et qu'il nous verrait plus tard. La maison de mon oncle était grande. Il n'était pas question de s'installer là plus d'une semaine. Nous n'étions pas en vacances. Nous changions de ville et de vie. Mon père et son frère avaient convenu d'ouvrir un commerce de tissus. Il fallait vite trouver où loger ; quant au magasin, mon père devait reprendre celui d'un neveu qui avait mal tourné et avait disparu en abandonnant tout. La rumeur disait qu'il avait suivi une danseuse à Cuba. Le fait est que son magasin était fermé depuis plus d'un an.

Nous passâmes une semaine à ne rien faire. Ma mère proposait son aide à ma tante. Quant à moi, j'attendais de passer un test pour entrer à l'école mixte pour préparer le certificat d'études. Je montais sur la terrasse et observais le ciel. Je n'arrivais pas à me remettre dans les nuages. J'étais inquiète. Je ne disais rien. Je rêvais les yeux ouverts, mais je ne parvenais pas à escalader l'espace qui me séparait de mes compagnons. Je n'étais pas chez moi, je ne me sentais pas à l'aise. Les nuages s'assemblaient, passaient et repassaient. Mon imagination était en panne. C'était normal, je venais d'avoir mes premières règles.

Quelque chose avait changé en moi, ma vie n'était plus ce qu'elle était. J'en parlai à ma mère, qui s'occupa bien de moi durant ces jours où mon sang coulait. Elle me disait : « Tu as mal ? C'est ta tante qui annonce son arrivée ! » On ne parlait pas du sang. On appelait ça « la tante ». Comme tout le monde, je disais aussi « J'ai la tante », jusqu'au jour où, la sœur de mon père étant venue nous rendre visite, je dis à ma mère : « Le sang est arrivé ! », et à mon père : « La douleur est là ! » Je riais toute seule. Je n'aimais pas cette femme exubérante et bavarde. Elle voulait me donner en mariage à son fils cadet, un petit gros qui passait beaucoup de temps dans les toilettes, crachant dans la paume de sa main droite pour mieux faire glisser son pénis. J'avais surpris ma tante en train de décrire, dans le détail, comment son fils pratiquait ce qu'elle appelait « l'habitude clandestine ». Et moi, je devais être élue pour casser cette habitude. En fait, je devais remplacer sa main droite.

La nuit je suppliais le ciel de m'aider à retrouver mes personnages. A partir de cette époque, je compris que les nuages étaient réservés à l'enfance et qu'il fallait chercher ailleurs. Je ne savais pas que l'épreuve du sang était importante au point de me priver de mes secrets d'enfance sans toutefois m'offrir d'autres jardins. Ma mère me fit comprendre que dorénavant j'accédais à un âge sérieux, que je devais réussir à l'école et me préparer à la vie. Je voyais peu mon père qui était très occupé à monter sa nouvelle affaire. En revanche j'accompagnais mon oncle chez des juifs qui lui vendaient des bijoux. Ils venaient pour la plupart de Belgique ou de Gibraltar et s'installaient dans une salle au fond du casino espagnol. J'étais impressionnée par la rapidité avec laquelle mon oncle examinait les bijoux, une loupe coincée sur l'œil droit.

Le magasin que reprenait mon père donnait sur une maison. Mon oncle trancha :

– D'une pierre deux coups : vous habiterez la maison derrière le magasin !

Ma mère dit :

– Mais c'est une maison qui n'a pas de porte.

Mon père répondit :

– Si, elle a une porte immense, c'est le rideau du magasin. Pour entrer à la maison, on est obligé de passer par le magasin.

Nous déménageâmes assez rapidement. Ma mère était malheureuse. Non seulement la maison n'avait pas de fenêtres ni de portes, mais elle n'était pas raccordée à l'eau de ville. Mon père tenta de dédramatiser en rappelant qu'il y avait une fontaine publique à cent mètres du magasin, en plus d'un puits qui se trouvait dans la cuisine. Ma mère enleva le couvercle du puits et cria :

– Y a-t-il quelqu'un ?

L'écho répercuta plusieurs fois sa question et nous crûmes tous entendre une voix de femme répondre :

– *Sí, la gente de la casa.*

C'était ainsi qu'on appelait les djinns, « les gens de la maison », ceux qui occupaient les espaces abandonnés en se livrant à des acrobaties qui rendent fous les gens superstitieux. Je n'étais pas mécontente de notre nouvelle situation. Nous étions des émigrés, des exilés, des gens de Fès montés à Tanger, ville de la débauche, du trafic et des djinns parlant espagnol et portugais. Tout cela me convenait parfaitement pour remplir mes jours et mes nuits d'histoires pleines de magie et de fantaisie. Je n'avais pas peur. J'étais responsable de la corvée de l'eau en attendant que la régie espagnole nous en fournisse. J'attendais le soir pour aller remplir les seaux et les verser dans les grandes jarres. Il y avait celle réservée à l'eau pour boire et cuisiner, puis il y en avait une autre pour le ménage et la salle de bain. Il fallait vingt seaux par jour. J'en amenais dix le matin et dix le soir. Je considérais cela comme une gymnastique et un devoir. Ma mère me bénissait et mon père me donnait de l'argent pour aller au cinéma. C'était mon cousin Malek qui m'emmenait une fois par semaine au cinéma Lux. Il avait deux ou trois ans de plus que moi.

Il était fier d'un duvet noir qui lui poussait au-dessus de la lèvre. Un jour, il me dit :

– Tu aimes mes moustaches ?

– Quelles moustaches ? C'est un duvet de bébé.

Furieux, il baissa son pantalon et je vis plein de poils noirs autour de son sexe. Il me prit la main et l'approcha de son bas-ventre en criant :

– Touche, touche, touche, tu verras que je suis un homme !

Je résistai, puis prise par une incompréhensible impulsion, j'empoignai sa verge et la serrai très fort entre mes doigts. Il poussa un hurlement et ma main fut inondée d'un liquide blanc, épais et chaud. J'étais dégoûtée. Je m'essuyai sur sa chemise. J'étalai le liquide sur son visage pendant qu'il se débattait. Je me sentais sale, très sale. En rentrant à la maison, l'eau manquait pour faire ma toilette. Il était tard pour sortir à la fontaine publique. Je pris une corde, l'attachai à un seau et le jetai dans le puits. Il y eut un long moment de silence avant que le seau ne touche la surface de l'eau. Là j'entendis cette phrase :

– *¡ Hija de puta ! Tus manos están malditas. Si tu quieres nuestra agua, tienes que hacer algo por nosotros : ¡ traenos la cadena de oro de tu madre y nada de líos !*

Ce dernier mot fut répété plusieurs fois. Je comprenais vaguement ce qu'il voulait dire, mais je ne le connaissais pas. *Líos*, un mot tangérois pour dire « problèmes ». Mais quels *líos* pouvais-je poser à ces gens du fond du puits ? Je ne réfléchissais même pas. Il n'y avait pas d'hésitation à avoir. Il fallait voler la chaîne en or de ma mère et la jeter dans le puits. J'étais persuadée que je n'avais pas le choix et que ma vie en dépendait. Mes parents dormaient. J'entrai sur la pointe des pieds et sans faire de bruit je trouvai la chaîne, l'enroulai autour de mon poignet et descendis à la cuisine. Quand je dis « Il y a quelqu'un ? », je n'entendis pas de réponse. J'accrochai la chaîne autour de l'anse du seau et le fis descendre dans le puits. Je sentis que le seau s'était rempli d'eau. Je le remontai facilement. Il n'y avait plus de chaîne autour de l'anse. Elle n'avait pas dû tomber, puisque j'avais fait un nœud. Je me mis à me laver. J'étais toute nue sous une lumière faible. Je remarquai que moi aussi j'avais quelques poils sur le pubis. Je les frottai avec du savon. Je repris de l'eau et nettoyai la cuisine. Il était minuit et je n'avais pas sommeil.

C'était l'époque où mon père m'envoyait sur la terrasse pour surveiller l'entrée du port. Une fois par semaine un gros paquebot ramenait des émigrés qui faisaient escale à Tanger. Mon père était tailleur. Il vendait des djellabas et des sérouals. Les émigrés descendaient en ville et achetaient des habits marocains traditionnels avant de rejoindre leurs villages du sud. Le jour du *Paquet* était pour mon père un jour faste. Il vendait des dizaines de djellabas. Le magasin se remplissait de ces hommes rudes, parlant mal l'arabe, des Berbères qui entre eux parlaient en tachlhit. Mon père comprenait cette langue. Il leur répondait en tachlhit, ce qui les amusait et les rassurait. Ils essayaient les djellabas, abandonnant leurs costumes français mal taillés et froissés, et repartaient, heureux d'exhiber ces vêtements du pays. Je me souviens de leurs visages fatigués, de leurs yeux tristes. Ils avaient passé au moins une année loin du pays et rentraient pour quatre ou cinq semaines. L'étape de Tanger était pour eux nécessaire et salutaire. Ils se débarrassaient de l'exil. Ils se lavaient comme si la France les avait salis. Ils ne disaient rien, ne se plaignaient pas, mais quelque chose de triste habitait leur regard : une espèce de contrariété, un désarroi, une lassitude. Ils repartaient en fin d'après-midi. Le *Paquet* quittait le port et se dirigeait vers Casablanca. De la terrasse je le regardais glisser lentement avec ses lumières miroitantes et je repensais à ces hommes enveloppés dans leurs djellabas blanches, à l'aise dans leurs larges sérouals. Des visages restaient présents dans ma tête. Anonymes, discrets, las. Mon père était heureux d'avoir eu une bonne journée, et ma mère, contente de ne plus entendre son mari rouspéter parce que l'argent manquait.

Je montai sur la terrasse et contemplai le ciel étoilé. Je ne risquais pas d'y voir apparaître les compagnons de l'entre-deux-mondes. Les nuages ne m'invitaient plus au voyage. Mon imagination était toujours foisonnante, mais elle se détournait du ciel pour me renvoyer au puits. La nuit était calme et je sentais naître en moi une envie d'absence. Ça me manquait. Il faut dire qu'il y avait eu pas mal de changements depuis que nous avions quitté Fès. Je regardais la lune et la trouvais assez terne. Je n'avais pas envie d'y aller. Je préférais mes beaux nuages compacts, qui m'offraient des heures de dépaysement et de repos. Le sommeil, avec ses rêves et ses cauchemars, me laissait frustrée. En revanche j'étais attirée par les voix espagnoles du puits. Je n'osais pas y retourner, de peur que la voix me réclamât encore un bijou ou un autre objet appartenant à mes parents. D'ailleurs je projetais d'aller voir mon oncle pour lui demander de me prêter une chaîne en or en attendant que je retrouve celle offerte au puits. Le lendemain je racontai tout à mon oncle. Il était effondré :

– Mais, ma pauvre Zina, tu es folle. Tu sais bien que la plupart des puits, dans les vieilles maisons, sont habités par des djinns. Personne ne se sert plus de l'eau de ces puits. C'est une eau impure et qui affecte le cerveau et la mémoire si on la boit. J'espère que tu n'as fait que te laver. A présent il faut faire très attention. Ces gens sont terribles. Ils te poursuivront, s'ils n'ont pas ce qu'ils exigent. Pour le moment ils ont la chaîne en or ; demain ils voudront la ceinture en or, après ce sera les économies de ton père, et puis, quand ils auront tout eu, ils te demanderont de les rejoindre. Ils ont une telle force de conviction que peu de personnes parviennent à leur résister. La solution est dans le déménagement. Mais ton père vient à peine de commencer son affaire. Il ne faut plus que tu t'approches du puits. Promets-le-moi. Je te donne une chaîne en or que tu remettras dans la boîte à bijoux de ta mère. Elle ne se rendra compte de rien. Il ne faut pas qu'elle sache ce qui s'est passé. Méfie-toi, les djinns sont terribles. Ils sont les pétales d'une rose vénéneuse. Ils sont les apprentis de Satan. Répète après moi :

أَعُوذُ بِاللَّهِ مِنَ الشَّيْطَانِ الرَّجِيمِ

فَاللَّهُ خَيْرٌ حِفْظًا

وَهُوَ أَرْحَمُ الرَّاحِمِينَ

Je répétai après lui, plus pour lui faire plaisir que pour éloigner de moi la tentation d'être en contact avec les djinns de la maison.

– Est-ce que tu fais tes cinq prières ?

– Non, mon oncle. Mon père m'a appris, et puis il m'a dit qu'il n'y a pas de contrainte en islam, que j'étais seule responsable de ce que je fais et ce que je dis, que le jour du Jugement dernier chacun de nous sera livré à Dieu dans la plus grande solitude. Il m'a dit que toute brebis est accrochée par sa propre patte chez le boucher...

– Qu'est-ce que cette histoire de brebis ?

– Ça veut dire que seul celui qui reçoit les coups en connaît la douleur... Mais n'aie pas peur. Je ne suis pas comme les autres enfants. Je suis née le jour de la mort de mon grand-père. La fête de ma naissance s'est mélangée avec les funérailles. Je suis mal née. Ma naissance fut en même temps un deuil. Ma mère eut beau me couvrir de baisers, elle ne s'empêchait pas d'associer ma venue au monde avec le départ de son père qu'elle aimait par-dessus tout. Je suis une malédiction. Mais je suis douée pour prévenir le mal ou même pour le provoquer. Je sais aussi comment l'arrêter. Je n'ai jamais peur. Rien ne m'effraie. Mes parents ne se doutent pas de tout ce dont je suis capable. Il vaut mieux, parce que je sais que je pourrais être terrible. A présent tu connais mon secret. Tu le gardes pour toi, enfoui au fond de ton cœur. Jamais tu ne me trahiras. Jamais tu ne m'oublieras. Ce sera notre pacte. A la vie. A la mort.

Je lui pris la main droite et la baisai respectueusement, comme je faisais avec mon père. Ensuite je pris l'autre main et la mordis de toutes mes forces. Il poussa un petit cri, puis me donna un rial en or. « Ceci est un louis », me dit-il. Je le pris comme gage de notre pacte. J'aurais voulu qu'il me donnât sa montre de poche, mais je me ravisai : je la prendrais le jour de sa mort.

La nuit d'après, je crachai dans le puits. Le bruit que fit mon crachat en touchant l'eau ressemblait à un rire idiot. Je pris de l'eau pour me laver les pieds. Elle était brûlante. Les djinns devaient craindre le froid. Je remis le couvercle en place et montai me coucher. En passant devant la chambre de mes parents, j'eus l'idée de remettre la chaîne en or à sa place. J'y renonçai, la trouvant assez belle, et la mis autour de mon cou. Ce fut peut-être à cause de cela que je fis ce que j'appellerais plus tard « le rêve déterminant », celui qui traça un chemin pour mon destin.

Cela faisait presque un an que je n'avais pas revu les compagnons du silence. Ils étaient tous là, immuables dans leur position, mais, à cause sans doute de l'état de rêve, ils se mirent à parler dans une langue qui m'était inconnue, mais le plus étrange était que je comprenais ce qu'on me disait. Moi-même, je leur répondais dans cette langue. Il était question de Jabador, de caftan de lumière, de ceinture en or, de colliers de perles et d'épis de maïs. Seul mon grand-père s'adressait à moi en écrivant en arabe sur un miroir. Ce qu'il me disait était compliqué, parce qu'il mélangeait des prières à des remontrances du genre :

« Ne t'approche plus du puits. Ne bois pas son eau, elle est chargée de malheur. Le Bien est en toi, le Mal est en toi. Choisis le Bien, sinon ton âme et celle de tes ancêtres seront consumées par le feu, un feu éternel qui se maintiendra vif jusqu'au jour du Grand Jour, le jour du Jugement dernier ! Nous sommes à Dieu et c'est à Lui que nous reviendrons. Nous Lui serons restitués tels que nos actes nous auront faits. Nos corps témoigneront pour nous, chaque membre prendra la parole devant l'Éternel et dira nos vertus et nos vices... Tu as le temps encore de retrouver le droit chemin, celui de la paix. Hélas, ma petite-fille, je sais que la paix ne t'attire point. Il faut rompre avec les forces du Mal ! »

Pendant qu'il écrivait cela, les autres m'encourageaient à persévérer dans la voie du Mal. Le patriarche voulait que je devienne le mauvais œil, celui qui se poserait sur ceux dont je voudrais le malheur ; le nain me recommandait de cracher dans la source de Sidi Harazem pour empoisonner toute la ville de Fès ; l'homme à la tête minuscule me demandait de mettre le feu à la Qissaria, le bazar de la médina de Fès... Ils voulaient tous me transmettre des volontés de destruction et d'anéantissement. J'étais désarçonnée. Je fus prise de tremblements, ce qui me réveilla en sursaut, le cœur battant et le visage en sueur. Ce rêve me marqua profondément. Je n'avais pas l'âme d'une justicière ni d'une sorcière. Je passai le reste de la nuit assise sur le bord du lit, les yeux ouverts comme cela m'arrivait quand je regardais les nuages. Au bout d'un moment je fus prise d'une grande lucidité. Je voyais les choses avec une précision extraordinaire. Tout devint clair. Je n'avais plus besoin de passer par le puits ou par les rêves. Je savais que j'allais grandir et qu'il fallait prendre mon destin en main. Je ne ferais pas de mal délibérément, mais gare à celui qui m'en ferait! Je compris que j'avais un don, celui de la clairvoyance extrême, celle qui nous met au contact avec l'air, l'eau et le feu. Je portais en moi assez de vertus pour agir sur le Mal, soit pour l'empêcher, soit pour l'utiliser contre ceux qui seraient injustes. Mes convictions étaient solides, fortement ancrées dans ma vie, celle qui est apparente, la vie quotidienne d'une jeune fille pleine de promesses pour réussir, la vie intérieure, celle que personne ne soupçonnait en moi, la vie où je pouvais entrer en contact avec les forces non visibles.

Le lendemain je demandai à ma mère de me donner sa chaîne en or. Au moment où elle allait la chercher, je la sortis de ma poche et lui avouai que je l'avais prise pendant qu'elle dormait. Elle me donna une *khamsa*, une petite main en or que j'accrochai autour de mon cou. Je savais que ce bijou m'aiderait.

Je réussis mon certificat d'études sans faire d'efforts. Je demandai à mon père de m'emmener avec lui à Fès, où il devait récupérer des objets laissés chez ma tante.

C'était l'été. Il faisait très chaud. Mon oncle nous prêta sa Cadillac avec son chauffeur. Mon père aimait beaucoup sa ville natale. Il avait une appréhension en faisant ce voyage. Il se sentait comme quelqu'un qui revient dans une maison où il n'a plus le droit d'aller. J'étais là pour l'aider, pour le réconforter. Je savais lire dans son regard les pensées qui lui faisaient mal. Je me sentais forte. Ni peur ni angoisse. Je savais qu'il n'était pas question pour lui de revoir son ancien associé. Il devait rendre visite à sa sœur, prendre des affaires et repartir. Il fallait trouver un moment et un prétexte pour justifier la visite que je prévoyais de faire à l'associé.

Fès, en ce mois de juillet, était couverte d'une couche de poussière rouge. On me dit que c'était dû à la chaleur. On respirait difficilement. Le sol était brûlant, les murs étaient chauds et les gens avaient l'air d'étouffer tranquillement. Ils ne supportaient pas cet air qui leur brûlait la peau et rougissait leurs yeux. Des enfants balançaient des seaux d'eau dans la rue, des femmes retiraient leur voile, des vieillards s'arrêtaient au seuil d'une porte pour reprendre leur souffle. Mon père enleva son tarbouche et mit un mouchoir mouillé sur sa tête. Je n'avais pas chaud. J'étais déjà ailleurs, je sentais monter en moi une envie urgente de courir, de traverser à toute vitesse la médina jusqu'au quartier d'El Attarine, là où je devais régler son compte à l'associé de mon père. Qu'allais-je faire ? Je n'en savais rien. J'étais mue par une volonté impérieuse d'aller jeter sur lui le mauvais œil. C'était cela, ma vengeance, mon devoir. Je n'étais pas certaine de l'efficacité de mon action, mais je savais qu'il fallait le faire. C'était la première fois que j'allais exercer mes dons de malheur. Il le méritait. Il avait volé, exploité, puis humilié mon père. Il l'avait fait pleurer.

C'était un homme grand de taille, avec un gros ventre et des yeux globuleux. La méchanceté ne se lisait pas sur son visage. Il débitait de manière automatique des formules de politesse où il s'enquérait de la santé des uns et des autres, en remerciant Dieu de veiller sur le bonheur de la famille. Quel hypocrite ! Cet homme avait deux épouses et n'arrivait pas à avoir d'enfant. Il était tout naturellement jaloux de ceux qui en avaient.

J'arrivai essoufflée au magasin. Le rideau était baissé. Sur une pancarte, on pouvait lire : « Nous sommes à Dieu, à Lui nous retournons. » Quelqu'un s'arrêta et me dit :

– Le hadj a été rappelé à Dieu. Qu'il soit couvert de Sa miséricorde et Dieu fasse que nous le rejoignions musulmans !

– Comment c'est arrivé ? demandai-je.

Le voisin me reconnut et vint vers moi.

– Mais que fais-tu ici ?

– J'accompagne mon père venu voir sa sœur malade.

– Comment ! Hadja Fatema est malade ?

– Je crois.

– Ce n'est pas possible. Nous étions chez elle hier.

– C'est arrivé la nuit. Elle vomit du liquide verdâtre... Ainsi, le hadj est mort...

– Oui, nous sommes peu de chose. C'est un accident. Il est tombé de son cheval et, dans la panique, il a été piétiné par ce cheval qu'il aimait tant.

– C'est vrai, on est peu de chose...

Je repartis sans même saluer le voisin. J'étais déçue. Cela valait mieux ainsi. J'étais capable de mentir, mais peut-être pas encore capable de tirer à partir de mes yeux les flèches empoisonnées pour abattre l'ennemi. Le hasard s'en était chargé. Pure coïncidence. Si j'étais arrivée la semaine dernière, je ne l'aurais pas raté. J'aurais pu dire quand même au voisin que cet homme était mauvais et qu'il n'avait eu que ce qu'il méritait. Pas la peine. Il n'aurait pas compris.

Rien n'avait changé dans Fès. La chaleur rendait les gens nerveux. En marchant, j'observais l'état de négligence dans lequel se complaisaient les nouveaux occupants des lieux.

Je me perdis. Je n'arrivais plus à retrouver la ruelle où

habitait ma tante. Je savais qu'il fallait passer par une rue étroite et sombre débouchant sur une petite place où des tanneurs faisaient sécher les peaux des vaches. Je fis appel à mon sens aigu de l'odorat. Il suffisait de repérer l'odeur nauséabonde et de la suivre. Ce que je fis. Mon père était très inquiet et m'attendait sur la place. Il était furieux. Je lui annonçai la nouvelle. Il eut un choc et ne put cacher sa peine. Je me dis que j'étais un monstre. Comment se réjouir de la mort d'un homme, même s'il était méchant ? C'était plus fort que moi. Je ne supportais pas l'injustice et me considérais désignée par des forces supérieures pour rétablir la justice. Mon père partit présenter ses condoléances à la famille et me dit : « Quand survient la mort, l'inimitié s'estompe ! »

Zina à Tanger

Trois jours de fête ininterrompue. Trois jours de discours, de défilés, de chansons patriotiques, de danse et d'euphorie. Tanger célébrait l'indépendance du Maroc, tout en faisant courir les rumeurs les plus folles : Tanger changerait son statut de ville internationale en principauté où tout serait possible ; elle deviendrait une zone franche où des devises du monde entier viendraient s'entasser. Les affaires de mon père allaient mieux et nous déménageâmes dans une maison située au-dessus d'une falaise, face au détroit.

C'était l'époque où je faisais moins de rêves et où je me retirais sur la terrasse avec mon cousin Malek. Nos jeux n'étaient pas innocents : il me montrait son sexe et je le laissais voir le mien. Lui tremblait, moi j'étais impassible. Il disait qu'il était amoureux de moi. Je répondais qu'il se trompait de fille. Il me caressait les seins et pleurait d'émotion. Pendant ce temps-là je riais. Je n'arrivais pas à imaginer ce qu'on ressent quand on est amoureux. Je n'aimais pas. Mes sentiments étaient secs et tranchants. Ma mère disait que quelque chose était mort en moi depuis cette naissance qui avait jeté le malheur dans la famille. Ma mère n'arrivait plus à avoir d'enfant. Mon père eut sa vie professionnelle bouleversée, et moi je communiquais avec les nuages et les djinns. L'amour n'avait pas de place dans cette vie. L'enfant unique était l'enfant étrange qui s'était inventé un monde à lui, où il n'avait plus besoin des autres. Je ne me rendais pas compte combien je faisais souffrir mes parents.

Ma mère savait qu'entre Malek et moi il y avait des jeux sexuels. Elle espérait que cet adolescent allait me ramener à la vie normale. J'étais curieuse de la sexualité, mais la vue du sperme me faisait vomir. Malek ne se contrôlait pas. Dès que je baissais ma culotte tout en le tenant à distance, il éjaculait en baragouinant des mots bizarres. Je le laissais ensuite essuyer le sol avec son mouchoir et lui ordonnais de disparaître de ma vue. Je remettais ma culotte et ne pensais plus à cet épisode qui ne m'apprenait pas grand-chose sur les hommes. Mon désir était compliqué ; Malek était gentil, mais simpliste. Je savais que les garçons de mon âge ne me comprendraient pas. Je n'attendais plus rien de mon cousin, que je continuais à voir plus pour le mettre en difficulté que pour en tirer un plaisir. Je le taquinais, me maquillais et m'habillais très légèrement, jusqu'à l'exciter, le rendre fou, puis le repousser en le faisant tomber par terre. Une fois, je l'avais enjambé comme si j'allais frôler son pénis en érection, puis je m'étais relevée, écartant les jambes, et j'urinai sur lui. Il hurlait en se trémoussant par terre. Il se leva, le corps et les vêtements pleins de pisse, jurant qu'il se vengerait. Pourquoi l'avais-je si mal traité ? Il ne me faisait aucun mal. Il disait qu'il m'aimait, et pourtant je l'avais humilié. Je devais être possédée par des forces que je ne contrôlais pas. Je décidai de ne plus le voir. Ma curiosité était satisfaite.

C'était l'époque où je m'exerçais au mauvais œil pour rire. Je me pointais devant un marchand d'œufs, le fixais en me concentrant jusqu'à faire tomber par terre un panier plein d'œufs. Un jour une gitane me repéra et me lut les lignes de la main. Elle fut stupéfaite et me dit : « Veux-tu travailler pour moi ? Tu as une main extraordinaire. Moi, je lirai les lignes de la main et toi, tu agiras sur les événements, surtout quand ils sont heureux. » Elle m'apprit que j'étais aussi bien douée pour provoquer le malheur que le bonheur. Elle me le démontra en faisant osciller un pendule sur des cartes. « Quant à ton propre bonheur, tu passeras à côté. »

Le lendemain, je décidai de mettre à l'épreuve le bon œil. Je partis à Siaghine et m'installai en face de la boutique de mon oncle. C'était un après-midi. Presque toutes les femmes qui entraient chez lui achetèrent un bijou. Quand il me vit, il me dit que je devrais venir souvent lui rendre visite ; j'étais son porte-bonheur. La gitane me suivait. Elle m'agaçait. Je la menaçai de représailles et elle prit la fuite.

Mes relations nocturnes avec les voix du fond du puits s'arrêtèrent quand ma mère crut qu'elle était enceinte. J'avais tant espéré ne plus être associée à sa stérilité soudaine que je fondis en larmes quand elle me l'apprit. Je lui caressai le ventre et l'embrassai, ce qui ne m'était pas arrivé depuis longtemps. Mon père était heureux, même s'il ne supportait pas la mentalité des gens de Tanger et ne cessait de regretter Fès et le bon vieux temps.

J'avais grandi tout d'un coup et je ne m'amusais plus à exercer mes dons sur les gens. Au lycée on considérait que j'étais un cas. J'avais de bonnes notes partout et pas d'amis. Cela ne me dérangeait pas d'être seule. Ma mère fit une fausse couche. Elle travaillait trop et ne savait pas se reposer. Elle pleura longtemps et demanda à mon père d'organiser une soirée avec les *tolbas*, les lecteurs du Coran, pour faire partir les mauvais esprits de la maison. Les *tolbas* passèrent des heures à réciter des sourates, puis ils se levèrent et invoquèrent l'aide de Dieu et de son prophète Mohamed. Ils lancèrent des appels et des prières au ciel jusqu'à entrer en transe. Dès qu'ils virent les plats de couscous arriver, ils conclurent en bénissant le maître de la maison.

Mon cousin Malek se lamentait de ne plus me voir. Nos jeux étaient devenus ridicules. Sa mine triste m'énervait. Il me répéta qu'il était amoureux fou de moi. Je ne comprenais pas ce qui l'attirait chez moi. Je ne lui avais rien donné, au contraire, plus il m'aimait, plus je me montrais dure et injuste à son égard. Je compris alors que l'amour était une souffrance, qu'on parlait d'amour à partir du moment où le cœur saignait. C'était tout de même curieux : en le repoussant, je ne faisais que l'attirer davantage. Mes compagnons du silence ne m'avaient pas appris cela. C'est, paraît-il, une règle banale. Et pourquoi n'éprouvais-je aucun sentiment d'amour ? Pourquoi me jouais-je des autres sans jamais être atteinte à mon tour ? Je n'allais pas tarder à obtenir des réponses à ces questions.

C'était le début de l'été. Je n'avais pas d'amoureux et je passais mon temps à mettre de l'ordre dans ma tête. Ma mère me disait que j'étais belle et que j'avais le corps d'une femme. Avec ma longue chevelure noire et mes yeux entre le gris et le vert, je ne passais pas inaperçue dans la rue. Un jour j'allai porter bonheur à mon oncle. Sa boutique était fermée. Son voisin d'en face me dit qu'il était parti en Espagne, à Lanjarón, pour une cure thermale. Je savais que mon oncle partait tous les ans à cet endroit pour se reposer et probablement en profiter pour retrouver une des femmes qu'il avait aimées quand il était plus jeune. Le voisin m'offrit du thé et me demanda si je pouvais lui porter bonheur. Je vis tout de suite que ce qu'il cherchait, c'était le prétexte pour faire de moi sa maîtresse. Je n'avais pas beaucoup d'expérience dans ce domaine, mais je savais quand on me racontait des histoires. C'était un homme d'une trentaine d'années, marié et père de deux enfants. Il avait une bonne tête. Il me plaisait et, surtout, je voulais me débarrasser de ma virginité, parce que je commençais à avoir des boutons sur le visage, signes d'une virginité attardée. Je le croyais parce que cela m'arrangeait. En fait je n'avais que trois boutons et il fallait stopper leur prolifération. J'aimais aller droit au but. Je lui dis :

– Vous avez une arrière-boutique ?
– Pourquoi me demandez-vous ça ?
– Pour satisfaire votre désir.
– Quel désir, Zina ?
– Celui de forniquer avec moi !

Il était stupéfait et perdait un peu de sa superbe. C'était une excellente tactique : prendre les devants et nommer les choses. Je pouvais le faire à partir du moment où je n'avais pas de sentiments ni de vrai désir. Il me dit d'entrer discrètement dans la salle du fond et de l'y attendre. Il mit une bonne demi-heure avant de baisser le rideau et me rejoindre.

« Tu comprends, il faut prendre des précautions. Je suis marié. Les voisins sont bavards. J'ai profité de l'appel à la prière de l'après-midi pour faire croire que j'étais à la mosquée et justifier la fermeture. Pendant ce temps-là je vais commettre un péché ! »

Je faillis me lever et partir. Ce discours était minable. Heureusement que son corps m'attirait. Il étala plusieurs tapis par terre, éteignit la lumière et se déshabilla. Je lui demandai de m'ôter mes vêtements un par un et de ne pas parler. Ce qu'il fit en tremblant un peu. Quand je fus toute nue, je me levai et allumai la lampe. Il me regarda. J'étais debout, lui à genoux, et il mit sa tête au niveau de mon bas-ventre. Je lui dis que j'étais vierge et qu'il fallait déchirer délicatement cet hymen. Je vis dans ses yeux comme de la peur. Il me dit : « Je ferai attention et n'éjaculerai pas en toi. » Je le laissai faire. Il s'y prenait bien. Délicat, attentif et même tendre. J'étais tendue. Je fermai les yeux et écartai légèrement les jambes. Il caressait doucement mes seins, pendant que sa langue essayait de me pénétrer avec l'efficacité d'un pénis. En fait il me préparait. Mon désir montait lentement et je ne me rendis pas compte quand il entra en moi. Il resta immobile un instant, puis bougea de façon à ce que son pénis me caressât sans provoquer de déchirure. Cela dura un bon moment, où j'eus pour la première fois de ma vie du plaisir sans dégoût, sans nausée. Au moment où il sentit qu'il allait jouir, il se retira et éjacula dans un mouchoir. Un mince filet de sang coulait entre mes cuisses. Il m'essuya et m'embrassa pour la première fois. J'étais apaisée, et lui assez content d'avoir passé cette épreuve.

Il n'y avait rien de sordide dans cette arrière-boutique, même s'il n'y avait aucun confort. Ce n'était pas un lieu fait pour l'amour. Un débarras, un espace minuscule conçu pour la prière. Nous nous rhabillâmes sans nous parler. Il était gêné, moi délivrée. Comment le remercier ? Je compris dans son regard que ce n'était là qu'une prise de contact ; une nouvelle rencontre s'imposait. Je le quittai et me rendis au hammam du quartier, où je passai le reste de l'après-midi. Une masseuse noire s'occupa de moi et, le soir, je dormis très tôt sans faire de rêve. J'attendis trois jours – je pensais que c'était le temps de la cicatrisation – et revins chez mon bijoutier, qui devint tout rouge quand il m'aperçut. Il me parla comme si j'étais une cliente, me fit porter une belle ceinture en or, un diadème et un collier de perles. Il me demanda d'entrer dans le magasin pour m'admirer dans le miroir. En passant, je sentis sa main sur mes hanches. Il me dit à l'oreille que l'heure était mal choisie. Pourtant il n'y avait pas grand monde dans la rue. Sans lui demander son avis, je fis baisser le rideau et l'attirai vers le fond. Ses mains remontèrent le long de mes cuisses, puis s'arrêtèrent net au niveau du pubis. Je ne portais pas de culotte et je m'étais fait épiler. Son corps transpirait. Ce devait être à cause du désir. Je me tenais debout, les jambes écartées, attendant de recevoir sa verge. Resté habillé, il n'était pas libre de ses mouvements. Il était paniqué à l'idée que quelqu'un remonte le rideau parce que je ne l'avais pas verrouillé. Je le retins, lui commandant de faire ce que j'attendais de lui : une fornication debout. Il s'exécuta en murmurant que j'avais un corps parfait, un vagin brûlant et des yeux cendre qui le tourmentaient. Ce fut lui qui le premier trouva la couleur exacte de mes yeux. Mon désir était d'être dans cette position, le dominant tout en recevant du plaisir. Je jouis assez vite et le mordis au cou pour ne pas crier. Il était embarrassé par cette marque laissée sur son cou. Il me dit qu'il serait obligé de dire à sa femme qu'une chienne l'avait mordu.

– Alors je suis cette chienne en chaleur. Je le reconnais et n'en fais aucun mystère, lui dis-je.

– Non, ce n'est pas ce que je voulais dire.

– Mais vous croyez que votre épouse avalera ce bobard ?

– Oui, elle me fait confiance.

– Elle a bien tort.

– Ce n'est pas le problème. Quand reviendras-tu ?

– Je ne sais pas. Quand je sentirai que j'ai besoin de vous.

– Mais on pourrait se voir ailleurs, dans un petit appartement au boulevard Pasteur.

– Non, pour le moment je préfère forniquer avec vous dans ce lieu.

– Pourquoi là ?

– Parce que c'est dangereux !

Je ne pensais à cet homme qu'en tant que sexe érigé pour me pénétrer. Je refusais tout sentiment. J'avais plus d'émotion à repasser dans ma tête les scènes de nos rencontres que lorsque je me trouvais face à lui. Pour moi, l'amour, c'était ça. Rien d'autre. Peu à peu, l'habitude s'installa dans cette relation bestiale. Je me disais qu'il fallait casser cette habitude. J'allais le voir au moment où je savais qu'il avait des clientes. Je me faufilais parmi elles et faisais la naïve qui ne connaissait rien aux bijoux. Cela l'énervait. Je repartais après l'avoir excité par ma seule présence et je riais pour me moquer de lui.

Lorsque mon oncle revint de voyage, je m'installais derrière le comptoir et l'observais de loin. Il perdait patience et plusieurs fois il fut tenté de venir me parler. Mais il n'osait pas le faire devant mon oncle.

J'acceptai un jour de le retrouver dans la garçonnière du boulevard Pasteur. C'était un studio qui sentait le mauvais parfum. Sur les murs il y avait un papier peint assez vulgaire pour donner la nausée. Là il se sentait à l'aise. Je n'avais plus envie de lui. Il se déshabilla, se mit au lit et attendit que je fisse de même. Je restai immobile, le regardant fixement jusqu'à réduire son érection à sa plus petite dimension. De sa main il essaya de réveiller son pénis sans y parvenir. Il comprit que j'étais plus forte qu'il ne pensait, se leva et voulut me forcer à coucher avec lui. Je lui fis un croche-pied et il tomba par terre, la tête se cognant contre le rebord du sommier. Il fut sonné, se remit debout et sentit qu'il était ridicule avec son sexe sans vie.

Je le laissai dans cet état et m'en allai. J'étais furieuse contre moi-même. Pourquoi avoir maltraité cet homme qui avait été si délicat avec moi ? Pourquoi étais-je cruelle avec lui ? Quelque chose en moi me poussait à me conduire ainsi. Je devais être malade. Malade de la tête et du cœur. Je repensais à Malek, que j'avais ridiculisé. Était-ce cela mon destin ? Quand connaîtrais-je l'amour, le vrai, le grand, avec ses sentiments qui me feraient chavirer jusqu'à perdre la tête ? Quand serais-je amoureuse, prise au piège des émotions fortes, prête à faire des folies pour retrouver l'être aimé ? Je lisais des livres, je voyais des films et je ne comprenais pas pourquoi j'étais exclue de cette fièvre qui rend si faible. Justement l'idée d'être faible m'était insupportable. Je n'étais pas tout à fait féminine. J'aspirais à être un homme avec les apparences d'une femme. Je calquais mon comportement sur celui des hommes. J'inversais les rapports sans réfléchir à ce que je faisais : j'avais une force violente qui me surprenait. Et pourtant je n'avais nulle part appris à me conduire de manière aussi brutale. Je n'avais pas d'amie. Je n'avais pas beaucoup de considération pour les filles de mon âge. Je les trouvais mièvres, peu exigeantes, prêtes à tout pour qu'un homme soit attiré par elles.

Et un jour, c'était un vendredi, je tombai amoureuse. J'étais par terre. J'avais glissé sur une peau de banane et des bras me relevaient. Je le vis à l'envers et il me parut immense. C'était en médina, dans le Socco Chico, sur la pente qui mène vers le port. Les gens ont l'habitude de jeter les immondices aux coins des rues ; les chats et les chiens errants se servent. Je marchais en pensant à la mer, quand je fus par terre. Non seulement je perdis pied, mais je me trouvai étendue par terre, à ne voir que des pieds, des babouches, des talons, des espadrilles.

L'homme était un gentleman. Il avait quelque chose de british. Très élégant, fin, mais pas très beau. Son visage portait des petites marques, des traces de boutons mal soignés. Il me parla en espagnol. Il était de Cadix et occupait le poste de vice-consul à Tanger. Il s'inquiéta pour moi, me demanda l'autorisation de faire quelques pas en ma compagnie. Je m'appuyais sur son bras en marchant. Il me dit :

– Vous ne craignez pas que les gens vous reprochent de vous montrer avec un chrétien ?

– Ai-je l'air d'une musulmane, je veux dire, ai-je le type d'une Marocaine ? J'ai les yeux clairs et souvent on me prend pour une touriste.

– Quel effet ça vous fait d'être prise pour ce que vous n'êtes pas ?

– J'aime bien. Car je ne suis pas sûre de savoir qui je suis vraiment.

– Vous n'êtes pas une étrangère, tout de même !

– Si, je sens que je le suis quand je vois la manière dont vivent les filles de mon âge.

– Comment vivent-elles ?

– Comme leurs mères. Moi je suis à part. Je ne ressemble pas aux autres.

– En quoi êtes-vous différente ?... Excusez-moi de vous poser ces questions, mais je pensais connaître ce pays et je n'arrive pas à le comprendre. Peut-être que vous pourriez m'aider...

– Moi je suis un monstre d'égoïsme. Je tiens à la liberté autant qu'à la vie. Je ne respire que lorsque je suis libre, sans contraintes, sans obligations sociales ni familiales. Mes parents ont compris cela et me laissent libre d'agir selon ma volonté. Je ne leur cause pas de problèmes majeurs en dehors du bavardage des voisins. En cela je suis une étrangère.

– Ça vous fait quoi, d'être une étrangère dans votre ville, dans votre pays ?

– Tanger n'est pas ma ville, quoique je la préfère à Fès où je suis née. Être étrangère, c'est établir une distance entre vous et les autres. Même enfant, je ne me conduisais pas comme les autres enfants. Je n'avais pas les mêmes jeux, les mêmes rituels. J'étais à part, considérée comme un cas destiné à la solitude ou même à la folie.

Monsieur le vice-consul ne savait plus quoi dire. Il m'écoutait. Nous avions marché le long de l'avenue d'Espagne en observant la plage et ses milliers de baigneurs.

Il me proposa de me raccompagner dans sa voiture. J'acceptai. Pendant le trajet, il était plongé dans une réflexion sérieuse. En arrivant au Marshan, il me donna sa carte : « J'aimerais beaucoup vous revoir. Vous n'avez qu'à m'appeler. Je m'arrangerai pour être là dans les cinq minutes qui suivent. »

Je le remerciai et rentrai chez moi. Il s'appelait José Luis de Léon. Je dis à ma mère qui regardait par la fenêtre : « Je crois que je suis amoureuse ! » C'était ridicule. Je l'avais vu pendant une heure et je décrétais que j'en étais amoureuse. Peut-être que ça se passait ainsi : l'amour était une décision de la raison ou de la folie. Pourquoi pas ? Ma mère me dit :

– Comment peux-tu être amoureuse d'un homme rencontré dans la rue ?

– C'est de la folie. Il n'est même pas beau, mais il sait parler. Et puis il n'est pas d'ici, c'est un étranger.

– Un chrétien ?

– Oui, un Espagnol.

– Qu'espères-tu faire avec un non-musulman ?

– Rien.

Ma mère était brave. Elle avait tellement souffert avec ma naissance qu'elle avait décidé de ne plus se battre. Elle n'était pas résignée, mais indifférente aux médisances qui avaient entouré mon arrivée au monde. Elle fut longtemps marquée par ce coup du destin et ne pouvait pas s'empêcher d'associer la naissance au deuil. Elle était très attachée à son père, qui l'avait élevée – elle avait perdu très tôt sa mère –, et n'imaginait pas la vie sans lui. Il n'était pas très âgé. Il fut emporté par une forte fièvre qui dura toute une nuit, le temps que mit ma mère à m'expulser de son ventre. C'était un homme du livre. Cultivé, poète, musicien, savant, professeur, il enseignait la sagesse et la poésie mystique.

Mal née, j'eus le temps de recevoir de cet homme le message du secret. J'ai toujours su que quelqu'un m'avait déposé dans l'oreille un secret. Toute ma vie était vouée à la recherche de ce message et c'était la raison pour laquelle je ne pouvais pas être comme les autres. Tant que je ne l'avais pas trouvé, je ne serais pas apaisée, je ne me serais pas retrouvée telle que l'âme de mon grand-père m'avait désirée.

Je n'ai pas su qui a eu l'idée de m'appeler Zina. J'appris plus tard que Zina désigne aussi bien la beauté que l'adultère. Ce fut un hasard, un de plus. Zeïna aurait été sans ambiguïté : Belle. Mais Zina, ou Zouina, veut dire jolie, mignonne. J'aime bien mon nom. Facile à prononcer et à retenir. Je n'aurais pas aimé m'appeler Consolacion, ou Consolata, ou Ibtisam (Sourire), ou même Ghizlane, c'est-à-dire Belle comme une gazelle...

Mon grand-père n'aurait pas aimé mon nom. Quelque chose de plus profond que la raison m'animait pour penser et agir comme je le faisais. Ma mère s'était habituée à mon originalité. Mon père me faisait confiance. Avec le temps, j'avais renoncé à la fantaisie du mauvais ou du bon œil. Je portais chance à mon oncle de temps en temps et j'ignorais son voisin d'en face, qui souffrait à chaque fois que j'apparaissais. C'était une page tournée. Je m'apprêtais à faire des études supérieures et, en attendant, j'allais vivre un amour fou avec José Luis de León.

Nous nous voyions presque tous les jours dans un café de la plage, *Las Tres Carabelas*. On nous prenait pour des touristes. Nous parlions beaucoup. J'aimais l'entendre raconter son enfance à Las Palmas. Il me parlait de ses amours, de ses déceptions, de ses chagrins. Il utilisait les mêmes termes qu'une femme. Il me prenait la main. Je rougissais. Je ne voulais pas aller plus loin avec lui. Je ne cherchais pas autre chose. J'avais de l'admiration, juste de l'admiration, une sorte de trouble qui tournait sur lui-même. Il ne fallait pas aller au-delà. Mon intuition était forte. Pas de sexe avec José Luis de León. Le sexe ne devrait pas se mêler aux sentiments. J'avais des émotions quand je le voyais. Le sexe les briserait. Ce que j'aimais en lui, c'était sa présence, son charme, la délicatesse de ses gestes, ses références culturelles.

Il portait de petites lunettes rondes et avait l'air d'un conférencier timide. Il me faisait rire quand il commentait l'évolution de la société espagnole, l'emprise de l'Église sur les mentalités, la domination d'un pays par un dictateur qui mesurait un mètre soixante. C'était un anarchiste qui avait caché son jeu. Il voulait partir à l'étranger, quitter l'Espagne franquiste. Ses diplômes, et surtout les relations de son père, un diplomate de haut rang, l'avaient aidé. Il était content d'avoir décroché un poste alors qu'il représentait tout ce que l'Espagne de Franco combattait. Curieux personnage. Nous restions des heures à bavarder et à boire du thé. Il me prêtait des livres. Ce fut lui qui me donna une édition bilingue de la poésie soufie d'Ibn Arabi. C'était un mystique andalou. Un musulman qui avait compris qu'il fallait aller au-delà des mots, aller jusqu'à la substance de l'amour fou, l'amour de Dieu, ce qui n'avait rien à voir avec les litanies que j'entendais autour de moi.

Notre amour était réciproque parce que platonique. Quand je repensais au bijoutier, je me méprisais. Un jour j'osai lui poser une question intime :

– Avez-vous été marié ?

– Non.

Il se leva et regarda la mer par la fenêtre. Il me dit qu'il apercevait à cet instant un homme en train de se noyer. Je me levai et vis au loin des bras s'agiter. En même temps, une dizaine de baigneurs nageaient en sa direction pour le sauver.

Il m'avoua qu'il venait souvent à *Las Tres Carabelas* pour voir passer les garçons. Il me dit cela sans me regarder en face. Il avait le dos tourné et fixait l'horizon sur la mer. Je ne fis aucun commentaire. Je posai juste une question :

– Cela vous dérangerait si nous continuions à nous voir ?

– Pas du tout. Au contraire. Je vous aime parce que vous n'êtes pas comme les autres. C'est de l'amitié. C'est de l'amour. C'est de la contemplation dans le silence. C'est une forme de bonheur rare. Avec les garçons, je n'éprouve jamais cela. Avec les autres femmes, non plus.

Les moments que je passais en sa compagnie étaient apaisants. Ils me réconciliaient avec moi-même. Il me mettait en face de mes interrogations, sans violence, sans agressivité. Quand je me retrouvais seule chez moi, je me sentais pleine de ses phrases, de la musique de ses mots. Notre complicité nous épargnait les questions inutiles ou les remarques déplacées. Il souffrait en silence. Je le sentais. Un jour, j'avais envie, j'avais besoin d'être dans ses bras. Il le comprit rien qu'à voir mes yeux. Il s'approcha de moi, m'attira doucement vers lui et me serra contre sa poitrine. J'avais la tête dans le creux de son épaule et j'entendais sa respiration. C'était celle de quelqu'un qui devait étouffer de temps en temps. Son corps était mince. Je sentis son sexe contre ma cuisse. Mais notre désir était déjà comblé. Ni lui ni moi n'avions besoin de changer de position. Il me dit que mon corps le troublait. Pourtant il n'y avait pas d'ambiguïté : mes seins étaient fermes, mes mains fines, mes cuisses et mes fesses douces… je n'étais pas un garçon. En fait, ce qui le troublait, c'était la liberté dont jouissait mon corps. J'étais une rebelle et mon corps ne voilait ni ses atouts ni ses désirs.

Nous prîmes un thé dans son bureau ; après un moment de silence, il me parla de sa mère. Elle avait fait une fixation sur lui et, dès l'enfance, elle lui avait répété qu'elle ferait de lui un général.

« Plus elle me disait ça, plus je laissais pousser mes cheveux et les coiffais comme faisaient mes sœurs. Moi, un général ! C'est une dame tyrannique, admirant par-dessus tout le Caudillo. Je crois qu'elle est folle. Mon père avait des maîtresses. Elle collectionnait les médailles, qu'elle achetait au marché aux puces. Elle avait même récupéré une veste de général, l'avait mise dans une vitrine et y avait accroché toutes les médailles. J'avais fait plusieurs guerres et je ne pouvais être qu'un héros. Il ne manquait plus que les décorations posthumes. J'avais une douzaine d'années et je riais en cachette de ses extravagances. A un certain moment, elle changea de registre et décida que je serais, à défaut de général, cardinal. Elle en avait parlé à Mgr Valenzuela, qui était un habitué du *Palacio* de Franco. J'avais le choix : l'Armée ou l'Église, mais, dans son esprit, c'était le ministère de la Défense ou le Vatican ! En fait, je voulais être peintre. Je dessinais et j'écrivais de la poésie. J'avoue que c'était très médiocre. J'ai tout déchiré et j'ai suivi les conseils de mon père, qui me fit inscrire à l'École d'administration. J'ai fait quelques stages dans des ambassades et me voilà bombardé vice-consul à Tanger ! Ma pauvre mère vit dans un asile. Quand je lui rends visite, je pleure. Elle m'appelle son "petit Caudillo". Je ne la contredis jamais. Il m'arrive de penser à la faire sortir de l'asile et l'amener vivre avec moi ici. Mais mon père s'y opposerait. C'est une douleur que je porte en moi et que j'essaie de surmonter dans le silence. »

Après cette confession, je pris congé de lui et rentrai à la maison. Le dimanche suivant il m'invita à un pique-nique chez des amis dans la Vieille Montagne. C'était une jolie maison, qui donnait d'un côté sur l'Atlantique, de l'autre sur la forêt. Elle appartenait à M. Bernard, un peintre hollandais qui vivait avec un jeune Marocain qui lui servait en même temps de chauffeur. Il n'y avait là que des hommes. J'étais la seule fille parmi les invités. Ils étaient pour la plupart en maillot de bain, se tenaient par la main et faisaient des plaisanteries où il était question de cul et de couilles. José Luis était gêné. Il se pencha sur moi et me demanda si je voulais que nous partions. Je lui dis que j'étais au contraire contente de découvrir ce monde-là. Curieux univers ! Ces hommes entre eux reproduisaient les relations classiques des hommes et des femmes. Je compris que les garçons marocains étaient à leur service. Ils étaient là, disponibles, prêts à n'importe quelle aventure. José Luis me dit qu'ils n'étaient pas tous homosexuels. Je les soupçonnais de faire ça pour de l'argent. Heureusement qu'un groupe de musiciens débarqua et nous fit danser. J'oubliai les scènes de promiscuité. Ce fut pour moi une découverte. José Luis bavarda longtemps avec un jeune Marocain. Il avait les yeux noirs et les cheveux bouclés. Il me fit un clin d'œil en passant. Je le trouvai très beau. Lorsque José Luis nous présenta, il eut un mouvement de recul. Il me dit en arabe : « Mais que fais-tu ici, ma sœur ? » Je lui répondis que j'étais juste une amie de José Luis. « Ah bon ! » me dit-il, puis il se mêla aux autres.

Sur le chemin du retour, José Luis me raconta son histoire avec Nourredine. Il me dit : « Je l'entretiens, lui et toute sa famille. Mais c'est une salope. Il est beau mais refuse d'étudier et de travailler. Je le soupçonne de se prostituer dans les hôtels. Il n'a pas de parole. Il est peut-être gentil, mais il est inconstant. Depuis qu'il a connu un groupe d'écrivains américains, il ne jure que par l'Amérique. Je ne sais pas ce qu'ils lui ont promis, mais il parle tout le temps de partir à New York ou à San Francisco. Il me dit qu'il attend son visa. Ils lui ont surtout appris à fumer, à mélanger les drogues et à faire des cochonneries en groupe. Je crois qu'il est perdu. Il n'a pas les notions des choses. Notre histoire avait commencé par le sexe pour devenir une histoire d'amour, du moins de ma part. J'ai vite compris que la relation ne pourrait qu'être inégale. Nourredine n'est pas vraiment homosexuel. Il va avec les hommes comme il va retrouver des femmes dans un bordel. Ce fut ma grande déception. Vous comprenez, la plupart des hommes qui viennent chercher des garçons ici savent que le sexe, ça se paie. Il n'y a pas de sentiments. Pas d'amour. Il y a la pauvreté, le fric, le plaisir volé, donné à toute vitesse derrière une porte... »

Mon amour pour José Luis s'était transformé en amitié. Il partit en Espagne enterrer sa mère. Nous nous étions vus deux fois avant la fin de l'été. Il me parla d'un poste au Venezuela. Quelque chose s'était passé dans sa famille. Une histoire d'héritage. Il disait qu'il voulait vivre le plus loin possible de sa famille. Je savais que nous n'allions plus nous revoir. Il était triste, le visage un peu défait. Il ne portait plus de lunettes, mais des lentilles. Ça rendait ses yeux plus brillants qu'avant, comme par des larmes retenues au coin de l'œil.

Cette amitié allait me manquer. Je l'embrassai dans le cou et lui dit : « ¡ Adiós, caballero ! » Il sourit et se tourna pour ne pas me voir partir. En sortant de chez lui, j'eus une envie sauvage de revoir le bijoutier. La boutique était fermée. Ce n'était pas l'heure de la prière. Un voisin m'apprit qu'il avait déménagé et qu'on n'avait plus de ses nouvelles.

Muciqa

Dans notre nouvelle maison, celle du quartier Marshan située en haut d'une falaise, j'avais une chambre qui donnait sur la terrasse. Le soir, je pouvais voir les lumières des côtes espagnoles. Elles scintillaient comme si c'était un appel de détresse. Je me disais qu'il devait y avoir, dans une maison de Tarifa, juste en face de la mienne, une âme sœur qui observait en même temps que moi les lumières de la côte tangéroise. J'appelai cette âme sœur Lola, en étant convaincue que non seulement elle existait mais que nous n'allions pas tarder à nous rencontrer.

Je me déshabillai et pris un miroir. Je n'y vis pas mon visage. Je changeai de position. Il reflétait tout ce qu'il y avait dans la chambre, mais mon image lui échappait. Je passai ma main sur mon front, touchai mes paupières, palpai mes joues. Mon visage n'avait pas disparu. Mon corps non plus. Il y avait même de la sueur sur la peau. En remettant le miroir face à moi, il fut inondé d'une buée, comme s'il y avait de la vapeur d'eau chaude.

C'était le moment où la voix de mon grand-père me parvint, lointaine et enrouée. J'avais de la fièvre. Je tremblais. Cela faisait longtemps que je n'avais pas eu de crise de tremblement. Je m'étendis sur le lit et attendis. Les battements de mon cœur faisaient du bruit. Je repensais à José Luis, à nos promenades, à notre dernière étreinte. Que cet amour soit impossible était dans l'ordre des choses. J'aimais un homme qui ne pouvait pas m'aimer. J'aurais pu me déguiser en garçon et me présenter à lui dans une ruelle obscure. Ç'aurait été un jeu, sans plus. Je ne l'oublierais jamais. Il resterait pour moi comme un bel arbre qui m'a donné un jour un peu d'ombre et de douceur. J'eus soudain peur. La voix se faisait plus claire. Je l'entendais dans mes entrailles. Je ne comprenais pas ce qu'elle disait. Je bus un verre d'eau et je sentis que les choses redevenaient normales lentement. Je savais ce dont j'avais besoin : l'absence, le silence.

Le lendemain, je dis à mes parents que je devais partir au *moussem* de Moulay Abdesslam pour me reposer. Ma mère essuya une larme, me prépara un panier de provisions et glissa de l'argent dans la poche de ma veste. Je pris l'autocar jusqu'à Larrache, puis un taxi qui m'emmena dans le village de Muciqa, là où des hommes guérissaient l'angoisse avec de la musique. En arrivant, Angela, une Australienne épouse d'un des musiciens, me prit pour une journaliste et me demanda de l'argent pour rencontrer le chef spirituel des musiciens, maître Abdesslam. Je la rassurai en lui disant que je n'étais pas venue pour faire un reportage ou pour exploiter la musique de ce groupe traditionnel. Pendant que je lui parlais, maître Abdesslam vint vers moi et me demanda de le suivre. Il me dit :

« Ici tu n'as rien à craindre. Tu es chez toi, tu es mon invitée. Nous sommes en train de préparer la fête du Sacrifice, et nous répétons tous les soirs. Tu peux te joindre à nous. On ne te demandera rien, juste d'être discrète et sincère. Tu habiteras là-bas, derrière le marabout. C'est une chambre isolée, sans confort, sans électricité, avec une natte, une jarre d'eau et beaucoup de silence et de paix. Je vois, tu viens de la ville. Tu viens de chez les ennemis. Ici personne ne te dérangera. Tu retrouveras tes pensées. Tu referas le chemin de tes erreurs jusqu'à ce qu'il t'amène à la sérénité. Prie, si tu as envie de prier. Ici rien n'est obligatoire. Quant à l'étrangère, ne fais pas attention à elle. C'est la femme d'un de mes fils. Il paraît qu'elle s'occupe de nous dans le monde. Elle nous parle de l'Amérique, du Japon, de la Chine... Nous, nous n'avons pas besoin d'aller à l'autre bout du monde pour être apaisés. Ici nous sommes heureux tant que nous faisons de la musique. Ce n'est pas notre musique, c'est celle de nos ancêtres. Nous sommes nés pour la faire vivre, pour la faire entrer dans les cœurs de ceux possédés par le mal ou par le malheur. C'est notre souffle, notre âme, notre esprit qui nous rappellent à la terre, avec ses forêts, ses fleuves et ses pierres sacrées. Je te laisse te reposer. Tu mangeras avec nous ce que nous mangeons. Tiens, prends cette djellaba, couvre-toi, la nuit il fait froid. »

Cet homme n'avait pas d'âge. Il était grand de taille et très mince. Dans ses yeux clairs qu'entourait du khôl, il n'y avait pas de malice. J'y reconnus la bonté et l'intelligence. C'était un homme heureux, en accord avec lui-même. Il n'avait jamais quitté le village et son expérience de la vie était surprenante. Dans un jardin derrière sa maison, il cultivait l'herbe qu'il fumait. C'était un vrai patriarche, qui intervenait de temps en temps pour mettre de l'ordre dans la grande famille. Il écoutait les plaignants, rendait la justice et surtout faisait travailler les musiciens. Une fois par mois, le vendredi, il recevait les visiteurs, aussi bien les malades que les curieux. Il parlait à chacun avec gentillesse et acceptait volontiers d'être payé en cadeaux. Il n'avait qu'une épouse, qu'il appelait « la femme ». Elle n'avait pas de nom. Les autres l'appelaient « la femme de Moulay ». Elle non plus n'avait pas d'âge.

Elle parlait peu et vivait retirée dans une pièce sur la terrasse. On disait d'elle qu'elle était venue du village d'à côté quand elle avait quinze ans et qu'elle était possédée par des djinns qui avalaient tout ce qu'elle mangeait. Amenée par sa mère pour consulter Moulay Abdesslam, celui-ci l'aurait gardée pour la mettre à l'abri de gens malveillants. Tout naturellement elle devint sa femme le jour où la mère de ses enfants mourut dans son sommeil. « La femme » avait plus de vingt ans et trouva normal de partager la couche de l'homme qui lui avait sauvé la vie. Avec lui elle eut des enfants, qui appelaient leur père Jeddi, comme faisaient ses nombreux petits-enfants.

Je compris assez vite que tout était bien structuré, chacun devant rester à sa place, tout en participant à la bonne marche du village.

J'avais un sommeil profond et mes rêves étaient insignifiants. Mon corps se reposait et mon imagination se calmait. J'avais un petit miroir dans mon sac. Je le sortais de temps en temps pour vérifier si mon image s'était reconstituée. Je la voyais encore floue. Je devais attendre encore un peu. Il fallait me débarrasser de toutes ces histoires qui me tiraient vers la violence et le mal, oublier ma naissance, mes jeux avec des personnages que j'inventais mais qui ne voulaient plus me quitter. Il m'arrivait encore de me souvenir des compagnons du silence, de leurs figures défaites et torturées par le temps, d'entendre les appels des gens du puits qui me réclamaient du fond des ténèbres. Il fallait rompre avec ce monde et renaître dans des sentiments de paix. Je comptais beaucoup sur cette expérience chez les gens de Muciqa pour m'en sortir.

Je me joignis le soir au groupe des musiciens et j'écoutai. Je n'avais rien à faire qu'à me laisser emporter par cette musique qui utilisait parfois des notes stridentes comme si elles raclaient le fond de l'âme abîmée. Cela durait des heures jusqu'à la transe et la perte de conscience. Personne ne vous demandait d'entrer en transe, mais la musique, pénétrant dans le corps, le faisait réagir en suivant le rythme, en dansant, puis en ne sachant plus ce qu'on faisait, laissant l'inconscient décider. Ce fut ainsi que moi aussi, je me trouvai au milieu du cercle, à danser les yeux fermés, les bras tendus, la main droite ouverte vers le ciel et l'autre ouverte sur la terre. Je n'avais pas appris à danser. Cela me venait naturellement, comme chez les derviches tourneurs, qui récupéraient les dons du ciel dans la paume de la main droite et les redonnaient à la terre par l'autre main. Je sentais mon corps libre, mes cheveux lâchés et mes pieds nus. Lorsque je tombai sur le sol, je fus prise d'une brève crise d'épilepsie. Le Maître vint vers moi et me souleva dans ses bras. Je me sentais sauvée, prête à me donner à cet homme qui avait su sortir de moi ce que je portais de mauvais et de trouble dans mon âme. Il me ramena dans la petite chambre et mit sa main sur ma tête. Je sentis des ondes bénéfiques traverser tout mon corps, puis je m'endormis.

Le lendemain je me sentais légère, soulagée et prête à m'en aller. L'Australienne me dit qu'il fallait attendre la décision du Maître. Peut-être avais-je besoin d'autres séances. Je ne pouvais pas me présenter à lui. On ne le dérangeait jamais. Je restai dans la chambre, espérant sa visite.

Il ne restait plus que trois jours avant l'Aïd Kébir, la fête du sacrifice du mouton. Je donnai de l'argent à l'un des musiciens pour qu'il m'achetât un mouton. Je lui dis de le choisir grand avec de belles cornes. Les femmes m'invitèrent à la cérémonie du henné. J'eus sur les mains et les pieds de très jolis dessins en henné. On me dit que je ressemblais à une jeune mariée. C'était une plaisanterie de femmes. On me banda les mains et les pieds. Je restai immobilisée toute la journée. Le lendemain, on m'emmena au hammam. Des femmes me lavèrent en riant. L'une d'elles me reprocha d'avoir de petits seins et me dit : « Le Maître les aime gros ! » Je ris. Elles rirent. Après le bain, on m'habilla en blanc et des femmes m'accompagnèrent jusqu'à ma chambre. Là, trois musiciens – deux ghaïtas et un tambour – m'attendaient. « Suivez-nous ! » Ils marchaient devant en jouant un air joyeux. Je les suivis, une femme de chaque côté. Ils se dirigeaient vers la maison du Maître, qui m'attendait à l'entrée. Il me reçut en me disant : « Bienvenue, ma fille, dans le sanctuaire de la paix de l'âme ! »

Je me trouvai seule face à Moulay Abdesslam, qui me regardait avec des yeux brillants. Il avait dû trop fumer. Il me prit par la main et me fit asseoir à côté de lui. Il me donna à boire un mélange d'herbes. C'était amer. Je faillis cracher. Il me fit signe de la main pour me l'interdire. J'avalai cette potion, qui devait en principe me détendre, probablement dans le but de me livrer à lui. Il avait allumé de l'encens. La lumière des bougies était assez faible. Le Maître ne parlait plus. Il se préparait à me mettre dans son lit. Je n'étais pas tout à fait inconsciente et je sentis monter en moi non pas le désir mais mes démons, ceux qui cassaient tout, gâchaient tout et me transformaient en vipère. Je me laissai faire. Il s'étendit à côté de moi, retira son séroual tout en gardant sa longue chemise. Il tira sur le cordon de mon séroual pour l'enlever. Je n'eus pas de résistance. J'étais nue. Il passa sa main sur mon bas-ventre. Je fis appel à tout ce qu'il y avait de mauvais chez moi, me concentrai et fixai son pénis dont l'érection n'était pas tout à fait assurée. Il comprit que je n'étais pas bonne pour lui, se releva et me tourna le dos. Pendant ce temps-là, je me rhabillai. Il me dit :

« Je ne peux rien faire pour toi. Retourne chez toi. Tu

es possédée. Quelqu'un t'a jeté le mauvais sort il y a très longtemps. Je crois même que cette personne qui t'a chargée de malédictions est morte ou disparue. Pour agir sur ce mal, il faudra te l'extirper et le retourner contre l'être qui te l'a jeté sur la figure le jour de ta naissance. Je ne crois pas qu'on puisse te libérer, du moins à Muciqa. Peut-être que si tu vas au sud, à l'extrême sud, dans le Sahara, et que tu cèdes ton âme à un grand *fqih*, Hadj Brahim, un saint homme capable d'annuler la pire des sorcelleries, peut-être que tu t'en sortiras. Tu peux rester avec nous jusqu'au jour du Sacrifice. On ne te fera aucun mal. Je ne dirai rien de ce qui s'est passé. Tu n'en parleras pas non plus. Je ne veux pas qu'on sache que tu m'as résisté. Sache que ta vie ne trouvera la paix qu'après avoir passé beaucoup d'épreuves. Malheur aux hommes qui succomberont à ta beauté. Ils seront détruits un par un. Je ne me trompe pas. Je vais te raconter une histoire vraie. J'avais un jeune disciple, un Berbère de Tafraout. Il s'appelait Hassan. Il venait souvent me rendre visite. Il passait ici quelques jours et nous lisions ensemble des manuscrits du XIVᵉ siècle. Il était fou de poésie mystique. Un jour, il est venu me voir accompagné d'une jeune femme, une étrangère, je crois qu'elle était japonaise, en tout cas asiatique. Dès que je la vis, j'eus un choc, une espèce de pressentiment néfaste. J'appelai Hassan et lui demandai qui était cette femme. Il me dit : "C'est mon épouse." Je lui dis : "Emmène-la au sud pour lui laver l'âme. Elle est pleine de mal. Si tu ne peux pas y arriver, sépare-toi d'elle. Elle te portera malheur, je le sens, je le sais." Hassan fut troublé. Il me quitta sans me dire ce qu'il allait faire. Je ne l'ai plus revu. On m'a dit que la Japonaise avait fait un enfant avec lui et avait disparu. Quant à lui, il rôde dans les rues, ayant tout perdu, son travail, sa raison et sa mémoire. Toi, tu pourras t'en sortir si tu te libères de tes démons. Sinon, tu feras le malheur autour de toi. Tu seras au mieux comme cette Japonaise. Mais j'ai confiance. »

Cette nuit-là, je fis un rêve, puis un cauchemar. Je rêvai de ma mère avec un bébé dans les bras. Ils étaient nus tous les deux. L'enfant avait de grands yeux noirs, une bouche parfaite, et posait sa main sur le sein de ma mère. Elle pleurait de joie. A un certain moment, elle me tendit le bébé comme si je devais le prendre, comme si c'était le mien. De là où j'étais, je ne pouvais pas bouger. Elle me suppliait de venir vers elle, mais je n'arrivais ni à parler ni à avancer. Plus je tardais à prendre l'enfant, plus il vieillissait. Il prenait de l'âge à vue d'œil et ma mère, épouvantée, criait mon nom de toutes ses forces. J'étais immobilisée par un poids très lourd qui empêchait tout mouvement. Le garçon prit l'image de mon père. Ma mère avait honte à cause de la nudité de son époux. Mon père se détourna de moi et mit sa tête entre les seins de ma mère. On aurait dit qu'il tétait. Ainsi le rêve s'était transformé en cauchemar. Puis il reprit des aspects plus supportables. J'étais à la place de ma mère et l'enfant était sur mes genoux. Il était doux et calme. Je sentais ses lèvres sur mes seins et j'entendais sa respiration et les battements très rapides de son cœur. Je me rendis compte que cet enfant était le mien. Ma mère vint vers moi et me dit : « Tu te rends compte ? Tu as eu l'enfant que je désirais avoir. Cela ne fait rien, je l'élèverai comme si c'était le mien et, comme on dit, cet amour sera celui du "foie redoublé" ! »

Je n'avais jamais pensé avoir un enfant. Même dans le rêve, j'étais surprise et inquiète.

En me réveillant, je savais que je n'allais pas passer la journée à Muciqa. Je regardais les femmes s'activer pour les préparatifs de la fête et je n'avais aucune envie de me mêler à cette cérémonie. Il fallait trouver un prétexte pour quitter le village. L'Australienne allait m'aider. Elle devait aller à Tanger envoyer des paquets aux États-Unis, puis, me voyant triste et ennuyée, elle me proposa de l'accompagner. En fait, elle ne supportait pas la vue du sang de tous ces moutons que le Maître égorgeait le matin de l'Aïd. Elle me dit : « C'est l'unique chose à laquelle je n'arrive pas à m'habituer. »

Avant de monter dans sa voiture, je tins à remercier le Maître et le saluer. Il était très gentil. Il me donna un talisman, qu'il rédigea devant moi avec une encre sépia, le plia en huit, l'entoura d'un fil en or et me dit : « Si un jour tu es tentée par le péché, enlève-le. Si tu le gardes sur toi, il pourra t'être défavorable ! »

J'eus tort de ne pas tenir compte de ce conseil. Peut-être eus-je tort également d'accepter de lier ma vie à ce talisman que je portais autour du cou, pensant que la petite main en or que m'avait donnée ma mère me protégeait suffisamment contre le mal.

Pendant le trajet, l'Australienne m'étonna par son sang-froid et sa stratégie. Elle me dit que son mari était un grand artiste et qu'elle faisait tout pour le sortir de ce village perdu pour en faire une étoile de la musique traditionnelle mélangée au rock et au jazz. Elle me montra des disques où des jazzmen noirs avaient utilisé sa musique. Elle m'avoua qu'elle suffoquait dans cette montagne et que son rêve était d'aller vivre aux États-Unis avec son époux. « Mais tant que le vieux est vivant, il n'y a rien à faire », ajouta-t-elle.

Tanger se préparait à la fête. A l'entrée de la ville, il y avait un immense terrain vague transformé en marché aux moutons. Cette année, l'Aïd Kébir coïncidait avec l'anniversaire de l'indépendance. Chaque famille devait avoir son mouton. Des hommes riches achetaient des brebis et les offraient aux personnes pauvres de leur connaissance. Mon père acheta un gros mouton et deux agneaux. Qu'allions-nous faire avec toute cette viande ? Ma mère était débordée, ne pouvant s'occuper seule de tout ce travail. Elle invita Rhimou, la paysanne qui venait une fois par semaine laver notre linge. Elle arriva avec ses cinq enfants et sa brebis. La maison était pleine. Les enfants couraient partout. Mon père se bouchait les oreilles, et moi je n'avais qu'une envie : fuir.

Je dis à mes parents que j'étais invitée chez mon oncle et partis avec l'Australienne dans une maison à la Vieille Montagne. Elle me présenta ses amis, tous des Marocains, jeunes pour la plupart. La maison était sombre. On ne distinguait pas bien les visages. En entrant je sentis mon cœur battre de manière forte. Ces gens n'avaient apparemment rien de particulier. Pourtant je sentis que quelque chose se tramait. Les garçons se donnaient des allures désinvoltes, fumaient du kif et buvaient de la bière. L'Australienne m'avertit que cette rencontre devait rester secrète. Je compris pourquoi sans savoir de quoi il s'agissait. Elle me dit : « C'est une cérémonie où tout est possible, à condition que rien ne sorte de ce lieu. On fume, on écoute de la musique, on danse, on peut même entrer en transe, on se donne les yeux bandés et, quand on quitte la maison, on oublie, mais vraiment on doit tout oublier ! »

Je trouvais tout cela bizarre, mais j'étais curieuse de voir ce qui allait se passer. Ils étaient quatre et ne nous parlaient même pas. Ils riaient entre eux, se donnaient des tapes dans le dos. L'Australienne vint vers moi et me dit : « J'espère que ta morale ne sera pas choquée ! Ici on se permet une fois par an tout ce qui nous est interdit. Le corps a besoin de se défouler et surtout de vivre sans penser, sans sentir le regard de la famille ou de la société se poser sur lui. J'adore me laisser aller à toutes les libertés. »

En effet, elle se laissa aller. Je la regardais en pensant au village, à son mari et au vieux.

– Ton époux est au courant?

– Je n'ai pas d'époux. Ahmed est un amant. Il m'a offerte le premier soir au Maître. C'est la tradition. On n'en parle pas. Ça se fait, mais personne ne doit en souffler mot.

Elle dansait tout en me parlant. Tout d'un coup, les hommes arrêtèrent de rire, mirent des masques et nous entourèrent. Elle portait une gandoura et avait retiré sa culotte et son soutien-gorge. Elle avait des seins énormes. L'un des hommes se glissa sous sa robe et caressa son ventre. Un autre vint derrière moi et me prit par les hanches. Il me dit à l'oreille : « Ô ma sœur, détends-toi, laisse-toi aller... » Je me laissai faire, en me souvenant de l'amour avec le bijoutier. Je sentis son sexe collé contre mes fesses. Un autre vint par-devant et me caressa les seins. En quelques minutes, nous nous retrouvâmes tous nus en train de forniquer comme des bêtes. La musique forte couvrait les râles des uns et des autres. Cela dura un bon moment. Je gardais les yeux fermés, ne sachant pas d'où viendraient les coups. Car ces hommes avaient l'habitude de forniquer en battant les femmes et en les injuriant : « Prends, ma sœur, ma pute, ma princesse, ma salope ; tiens, suce, lèche, hurle, mets-toi à genoux, donne-moi ton cul, écarte les jambes, ne te retourne pas, ne regarde pas, c'est ton maître qui te donne... si tu jouis, tu es une pute, allez, mets tes jambes sur mes épaules, ne ris pas, c'est fou de baiser une inconnue... »

J'avais sur moi le talisman du Maître ainsi que la *khamsa*. Je reçus moins de coups que l'Australienne, qui hurlait de plaisir ou de douleur. Il était impossible de fuir. J'enregistrai leurs voix dans ma tête. Cela était peut-être suffisant pour les retrouver un jour.

La nuit, tout le monde était fatigué. La fille dormait, ses deux mains sur sa poitrine. Les hommes, toujours masqués, somnolaient. J'avais soif et faim. Il n'y avait que de la bière. Je n'avais ni bu ni fumé. J'avais seulement été pénétrée un nombre incalculable de fois. Je me sentais salie, mais sur l'instant je n'en voulais qu'à moi-même. Je plaignais ces pauvres types qui n'allaient pas tarder à recevoir les premiers signes de ma vengeance. Le pire, c'était que je m'étais laissé faire. J'aurais dû réagir, faire quelque chose, mettre le feu à cette baraque ou taillader quelques joues. Avais-je besoin de cette épreuve pour alimenter ma passion du mal ? Je reçus un coup sur la nuque et perdis connaissance.

La cabane du Pendu

A la dérobée, pliée sur moi-même dans un coin d'une chambre obscure, je cherchais un regard humain, une main clémente. Des yeux je suppliais. Je n'avais plus de forces pour parler ou crier. J'essayai de me relever. Je titubai, puis tombai. Je serrais les fesses et les cuisses, sur lesquelles coulait un filet de liquide jaunâtre. Je n'avais plus aucune larme au fond des yeux. Sur le plancher, des bouteilles de bière vides, un reste de sandwich, des pipes de kif et une odeur nauséabonde. J'étouffais et n'arrivais pas à quitter ce lieu maudit où j'avais été jetée sur le sol comme une serpillière usée. Des hommes dont je n'avais retenu que les voix s'étaient essuyé les pieds sur ce corps qui ne ressemblait plus à un corps de jeune fille. J'étais devenue, en l'espace de quelques heures, une chose défraîchie, battue, souillée, puis oubliée dans ce gîte, sans doute un repaire de brigands et de trafiquants.

Mes yeux étaient devenus plus grands à mesure que je fixais le plancher. Je suivais le parcours des fourmis transportant des miettes de pain tout en contournant une tache de sang et des gouttes de sperme qui ressemblaient plutôt à des crachats de tuberculeux. Mon corps endolori se sentit tout d'un coup secoué par une sorte de volonté intérieure qui lui commandait de se lever et de quitter ce lieu où rôdaient encore le parfum de la mort et le goût suffocant de l'homme.

A moitié nue, je marchai à quatre pattes jusqu'à la porte. Je savais que j'étais poussée par une ombre, celle qui m'accompagnait souvent dans mes rêves, et soutenue par une voix dont j'entendais des bribes. Je traînais les pieds. La tristesse et la honte, le dégoût et la colère se mêlaient dans mon esprit. J'eus envie de rire quand j'aperçus une lune pleine et brillante. Je me dis alors : « Le talisman ne m'a pas protégée. J'aurais dû me méfier ; le sang coule souvent une nuit de pleine lune ! » Je continuai d'avancer jusqu'à la sortie. Il n'y avait plus personne. Par terre il y avait un masque de Mickey. Il fallait sortir de là. La nuit était claire. Je n'avais plus peur. Pourtant, de temps en temps, j'entendais un bruissement de pas sur des feuilles sèches, et parfois il me parvenait des éclats de rire gras comme seuls des hommes lâches en étaient capables. Pourtant il n'y avait personne. J'en étais persuadée. L'Australienne avait dû repartir dans son village. Sa voiture n'était plus là.

Je marchais dans le bois, où régnait un semblant de silence. Non, le silence n'existait plus. Ma tête était pleine de cris et de fureur.

Toute ma vie j'entendrai mes supplications et les rires nerveux des hommes. Toute ma vie ces visages masqués mais défigurés par l'alcool et le kif resteront penchés au-dessus de ma tête, comme seront figés dans ma mémoire ces paires de couilles et ces sexes difformes labourant mon visage plein de larmes. Toute ma vie sera hantée par ces images, ces odeurs de sueur, d'urine et de sperme mêlées à de la bière renversée.

Pourquoi ces garçons avaient-ils cru que tout était possible en cette longue nuit qu'ils appelaient Nuit de l'Oubli et s'étaient-ils volontairement transformés en monstres, par jeu et par folie ? Aucune image n'était nette. Tout se mélangeait. Seule l'odeur d'homme était précise.

Elle me faisait vomir. J'avais le souvenir de cette odeur, un souvenir persistant, sordide. J'avais beau vomir de la bile verdâtre, le souvenir se maintenait vif, présent, comme une obsession. J'expulsai de mes tripes un liquide visqueux. Il sentait l'homme, l'homme vomi.

Je parvins à rentrer à la maison après de longues heures de marche. Je m'enfermai dans ma chambre et refusai de me laver et de changer de robe. Je tenais à vivre quelques jours avec la souillure, avec ce sang devenu noir et ces odeurs de pourriture et de charogne. Il fallait apprendre le dégoût pour qu'il n'y ait jamais d'oubli ou de pardon.

Tous les matins, je me regardais dans le miroir. Cette fois-ci mon image était présente. J'étais presque fière d'avoir le visage tuméfié, les yeux sombres et l'haleine fétide. Au septième jour, sans rien raconter à ma mère, je partis au hammam, où je passai tout l'après-midi. Je frottai ma peau jusqu'à l'écorcher. Je versai des dizaines de seaux d'eau brûlante sur moi.

En sortant, j'étais toute rouge et je me sentais une autre femme. Je pensais avoir vieilli de quelques années et ne m'intéressais plus à ma beauté. Une seule certitude : plus aucune violence ne m'atteindrait. J'avais juste envie de mettre de l'ordre dans mes pensées, tout en sachant que mon destin était tracé. Je n'avais qu'à suivre ce que ma voix intérieure, celle qui communiquait avec les compagnons du silence et avec les djinns du puits, m'ordonnait de faire.

Mes yeux, tantôt gris, tantôt bleus, des yeux cendre, étaient devenus les fenêtres d'une âme apaisée. Je pressentais tout ce qui allait se passer. Je ne regardais plus le monde avec stupeur. J'avais vieilli d'un coup et j'avais plus d'expérience que toutes les jeunes filles de mon âge.

Je m'étais détachée de tout et, comme durant l'enfance, je m'entourais de silence et d'ombre. Je me sentais purifiée et je pouvais déchirer tous les voiles et agir avec une détermination froide.

Le talisman

J'eus une longue période d'inactivité. Je vivais dans ma chambre, entretenant des rapports corrects avec mes parents. Je lisais beaucoup et écrivais aussi. La nuit je me mettais sur la terrasse et observais la vie des gens de la falaise. Il n'y avait pas vraiment de maisons en dur, mais des baraquements en zinc, en bois ou en pisé. Là vivaient des centaines de familles à l'insu des autorités. Non seulement elles étaient pauvres, mais venaient des environs et ne savaient où aller ni à qui s'adresser. Les gens improvisaient la vie avec peu de chose. Le matin, je voyais des enfants propres et bien habillés aller à l'école. Il avait fallu une tempête terrible et le glissement de terrain pour que les pompiers et la police se déplacent pour sauver quelques corps enfouis sous les décombres.

Cette falaise n'avait pas d'existence légale et personne n'avouait y habiter. Je voyais de temps en temps une très jolie fille sortir de ce bidonville en djellaba. Arrivée au niveau de notre maison, elle la retirait, la pliait et la mettait soigneusement dans son sac, d'où elle sortait des chaussures à talons qu'elle chaussait à la place de bottes pleines de boue. Elle travaillait à la régie des tabacs et espérait se marier avec un homme aisé qui la sortirait de là. Elle avait un frère qui vendait des bonbons à la sortie des écoles et un autre qui récupérait de la ferraille pour la revendre à

71

des forgerons. C'est elle qui m'avait raconté tout cela. Elle était venue me voir alors que nous ne nous connaissions pas. Elle avait frappé à la porte et dit à ma mère qu'elle était une de mes vieilles amies. Elle s'appelait Bahija et était d'une beauté naturelle à couper le souffle. D'emblée elle me dit :

— Est-ce que je peux fumer ? Chez moi c'est impossible et, à la régie où je travaille, c'est le renvoi s'ils me voient en train de fumer.

Elle alluma cigarette sur cigarette, puis me dit :

— Si un jour tu quittes cette ville, emmène-moi avec toi. J'étouffe et je ne vois pas comment m'en sortir. On me dit que je suis belle, mais ma beauté est mon malheur. C'est une malédiction qui me cause plein de problèmes. Dans la rue je ne peux plus marcher seule sans avoir des hommes qui me poursuivent. L'autre jour, un homme de l'âge de mon père a sorti plusieurs billets de cent dirhams et a essayé de les mettre dans ma poche. Je souffre et ma vie se suffit des rêves. Dès que je suis seule, je m'évade dans des rêves. Je te voyais dans la rue et je t'enviais d'être si sûre de toi.

— Je ne suis sûre de rien. Mais toi, estime-toi heureuse de ne pas avoir connu les problèmes par lesquels je suis passée. Va, tu es vraiment belle, je penserai à toi, qui sait, peut-être un jour nous nous retrouverons !

J'eus peut-être tort d'ouvrir le talisman et de lire ce que le vieux maître y avait écrit. Après avoir invoqué Dieu le Miséricordieux, le Puissant, Celui qui sait, Celui qui donne, qui guide et qui reprend ; après avoir porté le salut sur le prophète Mohamed et réclamé Sa bénédiction suprême, après avoir dénoncé l'ombre de Satan qui plane sur l'être égaré, demandant qu'entre lui et nous s'érige une montagne infranchissable, un voile protecteur, le maître écrit :

« Ô toi, fille de la nuit où jamais tu n'aurais dû être conçue, fille du hasard malheureux qui s'était arrêté ce soir-là dans la petite ruelle de Fès, là où manquaient l'air et l'eau, fille d'une étoile sortie de sa trajectoire, fille de la parole donnée et jamais respectée, fille du trouble apparent et de l'errance du temps et du désordre, sache que tu as été maudite par les Anges gardiens venus recueillir le dernier souffle d'un saint homme qui vivait dans ta famille. Ils ont été dérangés et n'ont pas pu accompagner le saint homme jusqu'à la tombe, là où ils devaient écouter les confessions du corps libérant l'âme, cette âme qu'ils étaient chargés de monter au ciel jusqu'au trône suprême. Tu as été une victime innocente d'un désordre que ton arrivée impromptue a provoqué, surtout que tu es née avant terme, et cela les Anges le réprouvent.

« A présent, sache que ta beauté est un masque. Derrière elle est tapie une femme à l'âme trouble et parfois débordante de noirceur. Tu peux te racheter, tu peux vaincre cette malédiction, mais avant d'y arriver, avant de te libérer, tu sèmeras le malheur. Tes victimes seront des hommes. Tu iras vers eux et eux viendront vers toi, attirés par ton masque. Tu subiras des violences et tu te vengeras. Je ne connais pas leurs noms, mais j'en vois au moins quatre, des gens quelconques, ni beaux ni laids, des hommes ordinaires, chez qui tu réveilleras le mal caché en eux. Ton besoin de destruction sera insatiable. Il ne te restera qu'une voie, celle de l'amour de Dieu, celle du renoncement, de l'absence volontaire et du grand Silence. Seule cette voie te mènera vers la paix, celle du sommeil éternel, celle de l'oubli.

« A présent, va ! Va vers ton destin, car le chemin sera long. Je ne te bénis pas. Je ne peux pas. Tu es un être inachevé. Ta vie sera faite d'aventures, de rencontres, d'erreurs, de regrets et de larmes. Tu ne pourras pas revenir en arrière et remonter le temps pour arranger les failles de ton destin. Ce serait notre rêve à nous tous.

« Ô toi, fille qui n'as jamais rencontré l'innocence, échappée d'un malentendu, fille de braves gens qui sont loin d'imaginer ce qu'ils ont enfanté, sache que tu as une chance, une seule, de vaincre le malheur. Parmi les êtres que ta vie convoquera, il y en aura un qui lui aussi se sera trompé de vie et qui sera égaré. A toi de le reconnaître, de le prendre par la main et de le remettre sur le chemin de la vérité. Tu seras celle qui le sauvera et, si le Ciel est clément, tu te sauveras toi-même.

« Voilà, fille de cette nuit terrible, ce que je sais. Mon savoir n'est pas un savoir. Ce sont des signes reçus dans ma retraite. Je n'en fais pas commerce. Ces signes pèsent sur ma conscience, c'est pour cela que je les écris, je les expulse de mon esprit avec cette encre que je fabrique moi-même et qui s'efface au fur et à mesure qu'on la lit... »

Le talisman déplié était une grande feuille où n'apparaissait plus aucune syllabe. Il n'y avait plus rien. La feuille était froissée. En la mettant contre la lumière, on pouvait repérer des traces d'écriture, mais aucun mot n'était lisible.

Je retins par cœur le message que le Maître avait rédigé, mais j'étais dans l'incapacité de le recopier sur une feuille. Cette encre magique me fascinait. Un moment j'eus envie de retourner au village pour m'entretenir avec le Maître, mais je sus par une forte intuition que je n'avais plus le droit d'y mettre les pieds.

Quelques mois plus tard, par hasard je rencontrai l'Australienne au Café Hafa. Quand elle me vit, elle devint toute rouge et se leva pour m'embrasser. Je la laissai faire. Je lui parlai de l'histoire de la maison à la Vieille Montagne. Elle nia tout et me dit que j'étais victime de mon imagination.

Quand je lui rappelai ses paroles et des détails, elle me dit que c'était de la fabulation, du délire et de la folie. Elle me donna comme preuve que, ce soir-là, le soir de l'Aïd Kébir, elle était obligée d'assister à la grande cérémonie du sacrifice au village, où son mari devait diriger la procession qui allait faire de lui le Maître des Musiciens. Elle me proposa de me montrer le film qu'elle avait fait de cet événement. Elle m'expliqua que depuis ce jour Ahmed était devenu le Porteur d'Énergie, le Prince de la Masculinité, Dionysos, l'homme qui a réussi à flotter au-dessus du sol – elle me jura que son corps ne touchait pas terre –, et que pour rien au monde elle n'aurait manqué ce spectacle.

Alors j'aurais tout inventé, j'aurais fait un mauvais rêve, j'aurais débusqué l'horreur et m'en serais imprégnée !

Elle m'apprit que le vieux était mort dans son sommeil et qu'Ahmed lui avait succédé. Une partie de la tribu avait contesté cette attribution et, depuis, le village vivait mal puisque certains musiciens s'étaient rangés du côté d'Amar, le cousin d'Ahmed, revendiquant le rôle de Porteur d'Énergie.

Pour moi, cette page devait être tournée. Mon talisman avait été lu, donc il n'avait plus d'existence ni d'efficacité. Je savais à quoi m'en tenir. Je ne pensai plus au village et n'écoutai plus la musique de ces montagnards qu'une étrangère avait réussi à diviser.

Fadela

Je fis, depuis, un rêve qui revenait souvent avec des
variantes. Mes nuits étaient encombrées d'images, de sons
et d'impressions troubles. Je rêvais de Fadela, qui surgis-
sait sur la terrasse, portant un énorme chapeau de paille,
revêtue de peaux de chèvre et brandissant des branches de
sycomore, exactement comme apparaît le jeune monta-
gnard désigné par la tribu pour se battre avec Satan
qui apporte la sécheresse et le malheur au village. Elle ne
se battait pas, mais déposait à mes pieds un balluchon
contenant des flacons de parfum, des grenades séchées et
des pages manuscrites froissées. Elle versait le contenu
des flacons sur les grenades, qui se transformaient en
pommes vertes, puis étalait les pages pour que je les lise.
Dès que je m'approchais, tout disparaissait. Seule la voix
de Fadela persistait dans l'air, me promettant que, tant
que je n'aurais pas lu ces pages, je serais malheureuse.
Ce rêve se répéta plusieurs fois. Ce qui changeait, c'était
le contenu du balluchon, mais il y avait toujours les pages
à déchiffrer. Au bout de quelques semaines, je parvins
à saisir une de ces feuilles. C'était une lettre, où je reconnus mon écriture. Je n'avais aucun souvenir de l'avoir
écrite. Adressée au vieux maître, je répondais à son talisman :

« Maître,

« Suis-je née trop tôt ou trop tard ? Je porte en moi les stigmates d'une erreur. Mais la vie ne nous donne pas le choix. J'aurais pu être une petite fille modèle dont les parents, la famille, les voisins et même les djinns seraient satisfaits. Mais je sais que je suis marquée à vie par ce désordre. Ce qui m'arrive ne laisse pas de traces. Mes rêves se mêlent à ce que je vis en état de veille. Je ne maîtrise rien, mais j'irai jusqu'au bout. Je sais que je ne trouverai la paix que dans les cendres. Je sais que le temps qui passe ne s'inscrit pas en moi. On m'envie, sans savoir ce qui bout à l'intérieur de moi. Je donne l'apparence de la beauté et de la sérénité. Mais qui suis-je ? Qui m'habite ? Dites-moi qui ronge mon foie et détraque mon cœur... »

Ce fut la voix de Fadela qui me répondit :

« Ouvre bien tes oreilles et entends bien le secret du secret : non seulement tu as été conçue la Nuit de l'Erreur, la nuit où rien ne devrait être entrepris, à part les prières, l'examen des consciences et le recueillement dans le silence, mais tu n'es probablement pas la fille de ton père. Non que ta mère soit une dépravée, mais ton père aurait été subtilisé cette nuit-là et remplacé par un groupe de bandits de grand chemin. Ta mère n'en sait rien. Ton père non plus. On l'aurait attiré vers la mosquée et on l'aurait endormi. Les inconnus ont déposé leur semence alors que ta mère somnolait, la bouche bâillonnée. Personne ne connaît cette histoire. Ton grand-père aurait appris les faits la veille de ta naissance. Les bandits étaient au nombre de cinq. Là-dessus est née une légende : tu aurais eu cinq géniteurs, mais, en fait, tu serais la femme aux cinq visages. D'ailleurs, quand tu te regardes dans le miroir, parfois c'est quelqu'un d'autre que tu vois. Ton grand-père eut très mal au cœur quand une âme bien intentionnée lui raconta cette histoire, et il mourut de stupeur et d'effroi en cette nuit maudite où tu es arrivée. »

La voix de Fadela disparut. Il y eut un grand silence, puis un oiseau immense vint se poser sur le bord de la fenêtre. Un oiseau au milieu de la nuit, au terme d'un rêve où tout mon corps tremblait, ne pouvait être de très bon augure.

En me réveillant je n'avais plus de doute : c'était plus qu'un rêve, c'était un message que quelqu'un de proche voulait me faire passer. Je me levai avec la certitude que tout était possible, que de toute façon j'étais hors d'atteinte, puisque je venais d'un autre monde, d'une immense violence, une erreur et une folie. Je ne pouvais pas être responsable, puisque j'étais marquée par un destin fourbe, une sorte de machination vouée à me broyer comme si je n'étais qu'un insecte.

Je me souvenais du temps où je portais bonheur à mon oncle. En ce moment, il était malade. Je partis lui rendre visite et, alors que j'entrais dans sa chambre où il était alité, il me sourit en me disant :

« Heureusement que tu es venue. T'as remarqué que la lumière a inondé la chambre dès que tu as poussé la porte ? Tu as bien fait d'être là. Je sais que ma femme se méfie de toi et que mon fils Malek t'en veut. Ils disent que tu es une sorcière. Ça me fait rire. Si toutes les sorcières étaient aussi belles et douces que toi, alors vivent les sorcières ! Je plaisante. C'est ta présence qui me donne du courage pour rire et plaisanter. Viens près de moi, donne-moi ta main. Je suis au courant des bêtises qu'on raconte sur toi et sur ta famille. Ne fais pas attention. Les gens sont jaloux et hypocrites… »

Sa main était froide. Il me demanda de la réchauffer. J'aurais voulu lui parler de mon rêve, mais je sentais qu'il était très faible. Ce fut lui qui me parla de la mort :

« Je vais mourir. Cela fait longtemps que nous jouons à cache-cache. J'ai mis du temps à l'apprivoiser. La mort, ce n'est rien. L'important, c'est ce voile bleu qui monte de l'horizon et qui arrive lentement jusqu'à couvrir les pieds, puis les jambes, puis la poitrine. Là, il s'arrête pour te laisser le temps de le voir et de dire adieu à ce qui t'entoure. Ensuite, avec la même lenteur, et même avec grâce, il monte et couvre le visage. Ce voile bleu n'est pas encore là. Pendant des années, chaque fois que je pensais à la mort, je le voyais. Peut-être parce que j'ai toute ma vie adoré regarder la mer et que j'ai voulu peindre la mort de cette couleur qui me faisait rêver. J'ai bien vécu. J'ai beaucoup travaillé. J'ai aimé et j'ai été aimé. J'ai donné ce que je pouvais donner. J'ai dansé sur l'horizon, et puis, un jour, le corps n'était plus d'accord avec mon esprit, il ne pouvait plus suivre. Voilà pourquoi je suis cloué dans ce lit et j'attends. Réchauffe-moi l'autre main. Merci, ma fille. Tu es vraiment le porte-bonheur dont j'ai besoin. Tu sais, la nuit j'ai des souffrances atroces au niveau de l'abdomen, puis ça monte et ça atteint la tête. J'ai encore ma mémoire intacte, mais je ne veux pas continuer à souffrir. Tu vas m'aider. Tu vas faire venir le voile bleu. Tu feras en sorte que la fin soit douce. Tu iras chez le docteur Navarro. C'est un ami espagnol. Je sais qu'il a une petite pilule bleue qui donne la délivrance. Il n'a pas le droit de la prescrire. Il te la donnera. Tu sauras le convaincre et tu reviendras me la donner avec un verre d'eau. Personne ne doit le savoir, surtout pas ma femme et mes enfants. Je te laisse faire et te fais confiance. C'est drôle, j'ai parlé beaucoup, je commence à m'essouffler. Entre toi et moi, ce sera notre secret. Encore un ! »

J'avais les larmes aux yeux. Je n'eus aucune difficulté à convaincre le docteur Navarro. Il me dit de ne jamais en parler. Le lendemain, je m'habillai de blanc et je me rendis chez mon oncle. Ce fut sa femme qui m'ouvrit. Sans me laisser entrer, elle me dit qu'il dormait et qu'il fallait revenir plus tard. J'attendis dans la rue, surveillant la porte. J'avais la précieuse pilule dans une petite boîte au fond de ma poche. Ma mère arriva, s'étonna de me voir là et nous entrâmes ensemble. Il ne dormait pas. Il souffrait. Son visage était strié par des rides dues à des douleurs. Dès qu'il me vit, il fit l'effort de relever la tête et me demanda si je voulais bien lui réchauffer les mains. Je compris qu'il fallait y glisser la pilule. Quant au verre d'eau, ce serait sa femme qui le lui donnerait lorsque lui déciderait d'en finir. En partant, je l'embrassai et lui murmurai ces mots dans l'oreille : « Adieu ! Je t'aime du plus profond de mon cœur. Je ne t'oublierai jamais. Heureusement que tu as existé. Merci. Adieu ! »

Une larme coula le long de la joue. Nous quittâmes la maison sans nous retourner. Je savais que je n'y remettrais plus jamais les pieds. Ma mère me dit que nous étions peu de chose et que nous étions à Dieu, et à lui nous retournerions, pourvu que nous y arrivions musulmans, sereins et paisibles.

Trois jours plus tard, il mourut dans son sommeil. Ma tante dit à tout le monde que ma visite lui avait porté malheur. Ma pauvre mère dut essuyer des reproches et des plaintes. Elle était effondrée et dut quitter les funérailles en pleurs. Quant à mon père, il invoqua Dieu et le terme : « Dieu reprend son bien quand il juge que le terme est arrivé. Il n'y a que Dieu pour décider du jour et de l'heure. Le musulman n'a pas à discuter une volonté divine, sinon ce n'est plus un musulman ! »

Il n'y eut plus de commentaires après ces paroles bien sages. J'avais juste un regret : j'aurais dû prendre la montre de mon oncle. Elle me plaisait beaucoup.

Tarzan

Moi aussi, je donnerais tous les paysages du monde pour celui de mon enfance. Au moins là, je pouvais m'éclipser et on disait : « Elle est atteinte d'absence » ou : « L'absence est venue la chercher », ou bien encore : « Elle se sent à l'étroit ici, alors un petit voyage du côté de l'absence... » Mais j'avais grandi et vécu. J'étais devenue une histoire. J'ai été inventée, fabriquée, refaite, aimée, violentée, dissoute, maquillée, blanchie, vue, revue, touchée, frappée, caressée, réanimée, brûlée, réinventée, et puis abandonnée dans un puits sec où il n'y avait même plus de djinns, un puits réputé pour être le puits des souvenirs, parce que chaque pierre y est une éponge imbibée par le temps.

Je rêvais de vivre au fond de ce puits. Je rêvais d'être recueillie par une bouche heureuse. Ce fut une main large et fine qui me ramassa, mot par mot, phrase après phrase. C'était juste une main. Sans corps. Sans bras. Une main magique qui se promenait par là et qui me reconnut. Ce fut la main qu'on avait coupée à un scribe qui avait trahi son maître. La main continuait d'écrire et recherchait des histoires à offrir à l'homme qui vivait dans l'isolement et la misère depuis qu'il avait perdu son travail.

Ainsi lui fus-je offerte un soir de désespoir. Le scribe pensait mettre fin à ses jours. Puis j'arrivai. Je m'introduisis dans sa tête et pris place dans son intimité. Il eut comme un choc. Sa mémoire débordait et ne savait que faire de toutes ces histoires qui se versaient en lui. Il se leva et parla tout seul :

– Ô mon Dieu, je suis visité par la Sainte des mots et des paroles, maîtresse des conteurs et des poètes. Quelle chance ! Dès demain, j'irai la raconter. Il faut absolument qu'elle vive. Une histoire qu'on ne raconte plus est une histoire morte. Il faut que je m'applique. Elle mérite d'être bien contée. Je vois la vie pleine de couleurs et de chants.

– Calme-toi, manchot ! lui dit sa femme, qui ne le supportait plus depuis le jour où il avait perdu sa main.

– Non, je ne peux pas me calmer. Tu ne te rends pas compte. Je suis riche à présent. Pas en argent, mais en histoires. Dès demain je m'en irai les raconter dans les souks, dans les plaines, dans les montagnes, partout où les gens réclament du rêve et des contes.

– Mais les gens se moquent pas mal d'un manchot qui bégaie...

– Je ne bégaie pas. Et puis, tu ne connais rien à l'imaginaire. Les gens aiment qu'on leur conte des choses invraisemblables. C'est un besoin.

– Mais arrête de hurler ! D'où tiens-tu ces histoires ? Elles ne sont tout de même pas tombées du ciel !

– Justement... elles viennent d'ailleurs. Elles m'ont été rapportées par la main qu'on m'a coupée.

– Mais mon homme est devenu fou ! Je savais qu'après la main on avait dû lui toucher le cerveau. Ça va pas ! Tu imagines que ta pauvre main se balade en liberté et te rapporte des choses ! Mais tu te crois dans un livre !

– Exactement. Je suis dans un livre. D'ailleurs je te quitte pour entrer dans un livre. Au moins, là-bas on me respectera et on croira ce que je raconterai.

– Fais ce que tu veux. N'oublie pas d'éteindre et de ramasser le linge sur la terrasse. S'il passe la nuit là-haut, il n'est pas certain qu'on le retrouvera demain. Fais-le avant de disparaître là où on croira tes bobards mijotés par la nuit. Et puis, c'est ton tour de faire la vaisselle.

– Ce que tu appelles ainsi sont des histoires de vie et de mort, ce sont des histoires de gens qui souffrent, espèrent, travaillent, rêvent, imaginent, osent, pleurent et rient ; certains abrègent leurs souffrances en se supprimant, d'autres persévèrent dans leur être jusqu'à arriver en enfer... Mais, ma pauvre amie, tu ne sais pas avec qui tu parles... Tu te rends compte, je suis investi par la Sainte des mots et des paroles...

– Ça n'arrive qu'à moi, ce genre de tuile !

Ce scribe en passe de devenir conteur se faisait appeler Tarzan. Normal ! Il était petit, maigre, à moitié chauve et, surtout, rêveur. En fait, c'était sa femme qui l'appelait ainsi pour se moquer de lui. Au lieu de se mettre en colère, il riait parce qu'il pouvait donner à sa femme le surnom de Chita ! Même si ce n'était pas moi qui l'avais choisi pour raconter mon histoire, je ne regrettais pas cette rencontre, même imaginaire, avec Tarzan. Il inspira tout de suite confiance aux flots de paroles que je retenais prisonniers en moi. Un petit homme manchot et maltraité par sa femme ne pouvait que me plaire. Ses yeux profonds brillaient d'intelligence et de malice. Comme il était à court d'histoires, il se mit à raconter sa vie avec Chita.

Il dit qu'il était le secrétaire d'un armateur très riche mais complètement analphabète. Il lui rédigeait ses contrats, ses rapports et même ses lettres d'amour. C'était un homme qui avait fait fortune assez vite et se vantait d'avoir réussi sans avoir jamais mis les pieds dans une école. Il avait appris à signer et à lire les chiffres. Tarzan était son homme de confiance. Il lui était fidèle et dépassait parfois sa fonction de simple secrétaire. L'armateur avait des insomnies et lui demandait de venir à son chevet raconter des histoires. Tarzan aimait les *Mille et Une Nuits*. Il y choisissait un conte et le transformait ou, mieux, l'adaptait à l'époque moderne. Il en profitait pour glisser des insinuations sur le destin des gens s'étant enrichis de manière inavouable. Ce n'était pas tout à fait le cas de son patron, mais les rumeurs laissaient courir le bruit que certains de ses bateaux transportaient des marchandises suspectes. Il faisait semblant de ne pas comprendre et disait que, s'il avait tant de biens, c'était parce que Dieu l'avait voulu. Rien à ajouter, donc, quand il s'agissait de la volonté divine. Tarzan en avait peur, d'autant plus que son patron invoquait Dieu à chaque fois qu'il était en difficulté, et, par un hasard bien étrange, cette volonté s'exprimait et arrangeait la situation. C'était probablement un bon croyant, qui ne ratait jamais la prière du vendredi ni l'aumône qui s'ensuivait. Il portait sur lui une boussole indiquant la direction de La Mecque et faisait sa prière n'importe où. Il se promenait parfois avec un walkman où il mettait des cassettes de Coran psalmodié. Sa piété était mise entre parenthèses dès qu'il s'agissait des affaires. Il débranchait le walkman, retroussait ses manches et exigeait de Tarzan d'être là pour enregistrer discrètement les discussions avec les clients. C'est ainsi qu'un jour une dispute fut enregistrée sur une des cassettes où le fameux récitant du Coran Abdel Bassit Abdessamad disait la sourate de « la Vache ». Il en résulta un mélange indécent qui provoqua la fureur du patron et mit Tarzan dans un grand embarras.

En rentrant, le soir, Chita remarqua sa mine grise et son esprit aussi chagrin que rêveur. Tarzan avait la manie de s'abstraire de la réalité dès qu'un problème le préoccupait. Il pensait pouvoir le résoudre magiquement. Or son patron était en colère et rien au monde ne pouvait le calmer. La faute, une fois commise, ne se réparait qu'avec le temps. Avoir ainsi mélangé les affaires et le Coran était une faute grave. Mais Tarzan n'était pas un bon croyant. Il savait en outre que le patron utilisait la religion comme un fonds de commerce. Évidemment, il ne pouvait pas le lui faire remarquer, mais il eut une idée pour se faire pardonner. Il fit installer des micros dans le bureau, pour ne plus avoir à manier le magnétophone-walkman et aussi pour ne plus susciter la méfiance des clients. Il ne dit rien à son patron et promit du travail au cousin électricien qui s'amusa à mettre au point l'installation. L'appareil enregistreur, situé sous le bureau de Tarzan, se déclenchait dès qu'on ouvrait la porte du patron. Il n'avait même pas besoin d'appuyer sur un bouton. C'était de la haute technique, digne des meilleurs espions.

Les micros furent installés le vendredi soir, parce que le patron offrait un dîner aux récitants du Coran. Tarzan passa le dimanche au bureau pour tester les micros. En ouvrant le tiroir où il y avait l'enregistreur, il constata que la bande était entamée. Il la remit au début pour l'écouter. Il entendit des voix basses et reconnut tout de suite celle du patron. Il disait : « Rien qu'une fois, une petite fois, tu auras ce que tu as demandé, n'aie pas peur… »

Une voix féminine : « J'ai peur, je suis mariée… si jamais il le découvre, il me tue et vous aussi. C'est un Rifain… »

Le patron : « Mais pourquoi veux-tu qu'il le sache ?… Allez, viens… C'est ça, à genoux, doucement, il ne faut pas que je sente tes dents… Doucement, voilà… la langue, entoure-le avec ta langue… Ça te plaît… Évidemment, tu ne peux pas répondre. Continue, ma petite ; donne-moi tes seins… c'est un don du ciel… Maintenant, tourne-toi… ta croupe… oh là là… c'est un don du ciel, cette croupe… Attends, ne bouge pas, laisse-moi faire… tiens, mets ces gros annuaires sous le ventre comme un coussin… C'est bon, comme ça j'ai tout, ta croupe et ta prairie bien parfumée... Quelle merveille! Tiens, prends, ne crie pas, on pourrait nous entendre... C'est bon, ne bouge pas, c'est moi qui bouge. Ah, ah, ah... »

Suivit un râle lent. La femme ne disait rien. Le patron lui dit : « Bon, rhabille-toi vite, prends ça et reviens samedi prochain à la même heure! »

Tarzan réécouta la bande pour essayer de reconnaître la femme. Ce ne pouvait pas être la secrétaire. Ce n'était pas sa voix, et puis elle n'était pas mariée avec un Rifain. C'était peut-être la voisine de palier, une très jolie femme, mariée effectivement à un homme de Nador, un chauffeur de camion souvent en déplacement. Comment avait-il fait pour l'amener jusqu'au bureau? Tarzan savait que l'armateur avait des maîtresses, puisqu'il lui écrivait des lettres d'amour en arabe, en français et en espagnol. En tant qu'ancien guide touristique, il connaissait plusieurs langues. Mais c'était la première fois qu'il était jaloux. Tarzan était jaloux de son patron. Les mots, les râles de plaisir l'excitèrent et le rendirent nerveux. Il se mit en tête d'essayer d'attirer cette belle femme dans son bureau pour l'obliger à être aussi obéissante qu'elle l'avait été avec le vieux. Il lui écrivit une belle lettre où l'amour se mêlait à un soupçon de chantage, du genre : « Tu sais ce que je sais... samedi... les annuaires du téléphone... » Les insinuations étaient codées. La femme joua le tout pour le tout, montra la lettre à son mari. Elle lui répondit qu'elle acceptait d'aller à son rendez-vous. Ce fut le mari qui vint. Il n'était pas en colère. Il était même affable, ce qui intrigua Tarzan.

— Es-tu gaucher ou droitier? lui demanda-t-il.

— Droitier, répondit le pauvre Tarzan.

Alors il lui tendit une corde et lui demanda de s'attacher à la chaise en laissant la main droite libre. Lorsque Tarzan

vit le grand couteau sortir de dessous la djellaba du camion-
neur, il faillit s'évanouir. Il s'exécuta en tremblant et en
suppliant. L'autre fumait tranquillement des cigarettes
américaines. Il s'approcha de lui et lui dit :
– Ma femme te plaît. C'est bien. Tu as écrit une lettre.
Juste une petite lettre où tu lui demandes de te rejoindre
là. Cette main, je vais la couper. Estime-toi heureux, car
si tu l'avais touchée, ce sont les couilles que j'aurais coupées...

Tout d'un coup, il devint furieux. Il plaqua la main du
malheureux Tarzan sur le bureau et la trancha en deux
fois. Après un cri horrible, Tarzan s'évanouit. Le mari
avait tout prévu. Il sortit d'un sac en plastique *El Corte
inglés* de l'alcool, du coton et un pansement. Il lui fit une
piqûre et lui tapota les joues en disant : « La femme du
Rifain, on ne l'approche pas, pas même avec des mots. »

C'est ainsi que Tarzan devint manchot et qu'il perdit
son travail. Il n'osa jamais avouer au vieux toute la vérité.
Il prétendit qu'il avait été attaqué par deux chiens sauvages qui lui avaient arraché la main. Sa femme n'en crut
pas un mot, mais cela faisait longtemps qu'entre eux il
n'y avait plus rien qui ressemblât à l'amour, à l'affection,
à l'amitié ou à la gentillesse. Aigris, sans enfants, sans
beaucoup d'argent, ils vivaient mal et Tarzan essaya de
reprendre son ancien métier, mais il ne pouvait pas s'empêcher de fabuler en racontant l'histoire de la ville. Il
découvrit que sa véritable vocation était d'être un conteur.
Il pensait qu'un jour ou l'autre le patron aurait les couilles
coupées, mais rien de tel n'arriva et il se disait que, s'il
avait été riche, jamais la femme n'aurait montré sa lettre à
son mari.

Entre Chita, qui le méprisait, et l'épouse du camion-
neur, qui avait brisé sa vie, Tarzan n'avait pas de chance

avec les femmes. Il en tira une leçon qu'il gardait pour lui-même : les femmes sont cruelles et les hommes sont lâches.

Chita

J'aurais voulu rencontrer Tarzan, lui rendre justice, lui donner un peu d'amitié, lui démontrer que toutes les femmes ne sont pas cruelles et que tous les hommes ne sont pas lâches. Mais il fallait partir, disparaître, aller là où je pouvais rejoindre l'enfance, le silence et l'absence. Je fis parvenir à Tarzan des pans entiers de mon histoire et lui donnai des instructions pour l'écrire et la raconter. Il avait le meilleur de moi-même. Je le laissai libre de faire ce qu'il voulait. J'étais soulagée de ne plus sentir des regards haineux se poser sur mon visage. Là où j'étais, je devenais hors d'atteinte et ce que j'avais vécu se transformait jusqu'à se confondre avec des légendes. Il fallait arriver à cet état pour que la souffrance fît son travail.

Tarzan s'excitait chaque fois qu'il recevait un de ces cahiers où je racontais ma vie. Il le dépouillait soigneusement, y mettait de l'ordre, faisait des plans. Il avait la conviction d'avoir été choisi par le hasard pour mener à bien cette mission. Il se cachait pour construire cette histoire. Chita le démolissait, plus par jalousie que par peur. Son imagination se libérait. Une nouvelle vie commençait pour lui, une vie sans cette épouse acariâtre, malheureuse et misérable. Lui aussi était lâche. Il ne faisait plus d'efforts pour la rassurer, n'écoutait plus ses commentaires et ne craignait plus ses crises de nerfs. Ce fut ainsi qu'il décida de faire le tour du pays en racontant mes histoires.

Il avait revu le riche armateur, qui regrettait de ne plus l'avoir à son service. Il était prêt à le reprendre et à l'augmenter, mais pour une fois Tarzan s'offrit le luxe de lui dire non, ce qui provoqua une crise de larmes chez ce patron puissant. Tarzan le consola en lui promettant de ne rien dire au Rifain jaloux. Le patron cessa de pleurer, mit sa main dans la poche et en sortit une liasse de dollars :

– Tiens, prends cet argent. C'est pour pardonner mon manque de générosité et ma stupidité.

Tarzan, surpris par ce geste, pensa qu'il pouvait demander plus et autre chose :

– Ce que je voudrais, si toutefois cela vous est possible, c'est que vous me prêtiez la petite camionnette... Je vais en avoir besoin pour mon nouveau travail.

– C'est quoi, ton nouveau travail ?

– Raconteur d'histoires !

– Tu as besoin d'une camionnette pour ça ?

– Oui, je vais faire tous les souks du pays. Si j'ai la voiture, j'y installerai un micro... mon cousin est un bon technicien...

– Comment conduire avec une seule main ?

– Ma femme m'accompagne... Enfin, je pense la convaincre de tenter l'aventure avec moi. J'ai décidé de ne plus l'appeler Chita. Dorénavant on se respectera. Elle m'appellera Dahmane et moi je lui dirai Jamila. C'est bête de passer sa vie à se détester.

Ainsi naquit l'association « Dahmane et Jamila, conteurs des temps modernes ». La répartition des tâches fut vite décidée : à Jamila la camionnette, les accessoires, la cuisine et la technique ; à Dahmane le micro et le conte.

Jamila ne se posait plus la question de savoir si Dahmane l'aimait, si elle lui manquait quand il partait en voyage, s'il pensait à elle en ses moments de solitude et de désarroi. Il y avait quelque chose entre eux qu'elle n'osait pas appeler amour, un sentiment d'appartenance où l'habitude avait faussé les émotions, où l'agacement mutuel et même un peu de pitié se mêlaient au besoin de se savoir rassuré par la présence de l'autre. Leur vie sexuelle s'était beaucoup ralentie, réduite à quelques attouchements au milieu de leur sommeil. Depuis la tentative de séduction qui lui avait coûté la main, Dahmane n'avait plus d'érection. Il oubliait même à quoi cela correspondait et n'en parlait pas. Il ne pensait plus qu'à moi et aux histoires que je lui faisais parvenir pour qu'il les rendît publiques. Il continuait de recevoir des cahiers d'écolier où des éléments pour construire une histoire étaient consignés. Cette confiance que je lui manifestais le rendait fier. Pourquoi l'avais-je choisi pour conter la souffrance des uns et des autres ? Peut-être parce qu'il n'avait plus rien à perdre et qu'il pouvait oser tout dire. Moi, j'étais fatiguée des hommes et de leur arrogance. J'avais besoin de m'isoler, d'aller ailleurs, là où personne ne me connaissait, là où je referais ma vie sans que le passé ne brouille le présent. Je devais renouer avec cet état d'absence qui avait marqué mon enfance. J'avais besoin de disparaître et d'assister sans être vue au spectacle de la déchéance de ceux qui avaient jeté ma vie en lambeaux au fond d'un puits où des taupes mortes étaient ressuscitées pour enténébrer mon âme et la déchiqueter dans un festin où j'étais réduite à une araignée qui faisait peur aux enfants. J'exagère ! J'aime bien exagérer !

Rassurez-vous, je ne suis pas la fameuse Aïcha Kandicha, qui traversa toutes les enfances de Fès et de Tanger. Je ne suis que son ombre, son visage humain, avec un visage clair et sans rides, éternel dans sa jeunesse, immortel dans sa beauté apparente.

Là où je suis, personne ne peut m'atteindre. Je me confonds avec les paysages et les nuages, avec la nuit obscure et le vent hurlant. Écoutez plutôt Dahmane, ex-Tarzan, héros de la lutte pour l'indépendance du pays, époux inconstant de Jamila, une femme beaucoup moins mauvaise que moi.

Zina
et les hommes

Amis du Bien! Hommes de cœur et d'esprit! Gens de la Bonté, de l'Écoute et du Don! Passants entre les mains de l'Éternel! Vous qui aimez regarder de l'autre côté de l'horizon, vous qui penchez la tête pour entendre les bruits du monde, vous qui prenez des chemins de traverse pour éviter d'être pris dans les rets de celle qui nous aime tous au point de nous donner tout pour nous le retirer en une fraction de seconde, ô mes amis, sachez qu'il restera toujours une histoire à conter pour voiler le temps qui passe, une histoire à dire dans l'oreille d'un mourant, un conte à inventer pour aider chacun à revenir à soi, car où que nous allions, quoi que nous fassions, le bonheur est là, à portée de main, sous notre regard, le bonheur est simple, c'est apprendre à se contenter de ce que le jour apporte à la nuit, avoir la santé du corps et de l'esprit et savoir que la clé du trésor est là, dans notre cage thoracique, là où le cœur bat, où les poumons respirent, là où notre sang circule. Le bonheur! J'ai prononcé ce mot? Nous, nous parlons de l'absence du mal, nous nous enquérons de l'état de notre santé... Le bonheur, on le laisse pour figurer sur l'enseigne d'un café ou d'un restaurant, on le laisse pour les dialogues pleins de miel et de jasmin des films égyptiens... L'histoire que je vais vous raconter n'en parle pas... peut-être parce que les gens heureux n'ont pas d'histoire… Mais vous qui m'écoutez, vous qui croyez ce que je vous dis, je vous demande un effort, un tout petit effort, car cette histoire m'a été confiée en plusieurs fois et dans des styles différents. Soyez indulgents avec le conteur des journées d'été où bien d'autres attractions lui font concurrence.

Il était une fois… une nuit blanche, un jour sans lumière, un printemps sans euphorie, un ciel sombre… Il était, et ce sera toujours ainsi, une fois et jamais une seule fois, un être hors du commun, un être de chair et d'esprit, je dirais prudemment une personne, une femme qui ne ressemble à aucune autre femme, une fleur carnivore, une mandragore, une superbe illusion humaine, un être exceptionnel, conçu pour son malheur la Nuit de l'Erreur, cette nuit où nous ne devons rien entreprendre, où l'homme et la femme ne doivent surtout pas se rencontrer et copuler, où aucune décision ne doit être prise, où nous devons nous tenir à l'écart des mouvements des vagues commandés par la lune pleine, où nous observons le silence et surveillons nos pensées… La Nuit de l'Erreur, ô amis du Bien, est l'opposé de la Nuit du Destin. Elle porte bien son nom, c'est une nuit qui n'aurait pas dû exister sur le calendrier, ni lunaire ni solaire, ni celui des musulmans ni celui des juifs. C'est une nuit en trop, qui a échappé à la Raison et qui s'est enroulée dans une passion funeste, celle de légitimer le Mal. Une nuit que nous avons appris à éviter par intuition ou par instinct de conservation. Mais cet être qui va être conçu en cette nuit n'est pas responsable de ce qu'il entreprendra sa vie durant. Il sera marqué par le sceau du malheur et de l'innocence, jusqu'au jour où il prendra la décision de réparer l'erreur… Mais de cela, je vous parlerai plus tard.

Cette histoire tournera autour de cinq hommes, d'une

ville et d'une femme. Ces hommes savaient qu'il ne fallait jamais parler d'elle. La femme, pas la ville. Quoique... la femme et la ville se confondaient souvent, s'échangeaient les visages, les rires et les larmes.

C'était un pacte entre eux, un mystère dont ils se méfiaient, un secret qui leur pesait. Ils auraient aimé s'en passer ou, mieux encore, ne jamais avoir vécu ces moments où la malédiction se présentait à eux sous le voile de la beauté la plus envoûtante. Ils savaient qu'il ne fallait surtout pas prononcer son nom, ni évoquer les prémices d'un souvenir, ni faire une insinuation qui rappellerait un fait précis ou vague de leur rencontre avec la jeune fille aux yeux cendre.

C'était une époque étrange, où tout était facile, c'était le temps où Tanger somnolait, se laissant aller à une lassitude précoce, prenant plaisir à exhiber son statut de ville hermaphrodite. C'était pour plaisanter. Mais nombreux étaient ceux qui accouraient du monde entier pour se lover dans ses bras, comme si elle était leur mère ou leur amant. Tanger se fabriquait un petit bonheur sans prétention, où des filles de bonne famille brisaient les miroirs des temps anciens, accumulant des aventures rocambolesques, ayant recours aux ruses les plus venimeuses et redoublant de cruauté à l'égard d'hommes aussi virils que lâches.

Aucun d'eux ne savait comment la malédiction allait opérer. Ils ignoraient le lieu et le moment, mais n'avaient aucun doute quant à la férocité de la charge. Ils se regardaient, soupiraient, puis parlaient de choses anodines. Il valait mieux ne pas insister, ni chercher à savoir quoi que ce fût de cette affaire. Il leur arrivait, chacun à part, de douter, jusqu'à se demander s'ils n'étaient pas devenus tous fous, s'ils n'avaient pas inventé cette histoire juste pour passer le temps, pour s'amuser et mettre à l'épreuve leur capacité d'imaginer et de se faire peur.

Mais de quoi avaient-ils peur ? Comme ils n'abordaient pas le sujet, chacun devait avoir ses raisons. Ils se sentaient coupables, mais demeuraient dans l'impossibilité de préciser en quoi consistait la faute. Il leur manquait la force d'âme nécessaire pour supporter ce qui avait déclenché en eux ce sentiment de culpabilité où germait l'idée du malheur. Idée saugrenue, mais qui avait fait son chemin dans leur esprit, jusqu'à devenir une réalité menaçante et inévitable. Tôt ou tard, la sanction tomberait et ils paieraient.

Payer quoi ? me direz-vous. Payer pour les faiblesses qu'ils avaient eues, chacun à sa manière, face à une femme belle comme l'idée de l'amour absolu, celui du soufi pour Dieu, belle comme le désir de la mort quand la sérénité a été atteinte et que le corps s'abandonne dans une douce lenteur à la main venue le caresser avant de l'étreindre. Payer ! Mes amis, nous passons notre vie à payer.

Ils ne pouvaient pas savoir que Tanger était une vieille dame aux joues peintes avec de la chaux vive, une femme pleine de malice et de ressource, tantôt une vamp des années trente, tantôt une femme d'intérieur, silencieuse et redoutable quand elle retirait son voile. La menace n'apparaissait nulle part. On scrutait les murs de la Casbah, les ruelles d'Amrah et de Siaghine, on dévisageait les femmes du Fahs, les mendiants venus de Khouribga, les petits trafiquants, les grands voleurs roulant en Mercedes, les apprentis contrebandiers, les cireurs indicateurs de la police, les garçons de café rêvant de prendre le large, les anciens flics reconvertis dans les affaires juteuses, les nouveaux flics croyant encore en leur mission, les enfants vendant des cigarettes au détail, des gardiens de voitures avec leur plaque jaune accrochée sur la poitrine, des fonctionnaires avec ou sans scrupules, des étrangers échoués ici un soir d'été où l'amour était facile, des étrangères au cœur immense et à la vue courte, des diplomates ayant tout abandonné pour une passion fugitive, des Témoins de Jéhovah faisant du porte-à-porte en essayant d'expliquer à des musulmans médusés qu'il existe un autre prophète, des aiguiseurs de couteaux se faisant annoncer par le son d'une flûte espagnole, des ramasseurs de vieux habits poussant un cri strident : « *Elbaalyy* », des adolescents vendant une purée de pois chiches appelée *caliente*, un vieil aveugle espagnol proposant des billets de loterie madrilène, des familles juives restées ici par paresse ou par habitude... On scrutait tous ces visages et on s'arrêtait devant celui de Benjot, scrutateur en chef de la communauté juive de Tanger, assumant avec tendresse la toilette des morts et le réconfort des vivants. Il vendait des voitures américaines à l'époque de Tanger internationale, et organisait en douce l'exode vers Israël, via Gibraltar, de quelques familles juives qui avaient peur tout en ayant honte d'avoir peur, parce qu'aucune menace ne les visait particulièrement. Mais l'époque était étrange, et la ville du détroit s'épanouissait dans des trafics en tout genre et s'amusait à exagérer les faits jusqu'à les rendre incroyables. Elle les maquillait, les déformait, puis les enrobait d'une matière qui les faisait briller. Elle cultivait la nostalgie, même s'il n'y avait rien d'important à regretter. Chacun se faisait son petit cinéma à propos d'une ville que plusieurs nations se partageaient tout en faisant croire aux autorités marocaines qu'elles détenaient le pouvoir. Quel pouvoir ? Celui de compter en pesetas l'ampleur des faillites et les dépôts de bilan. Tanger n'était pas faite pour le commerce. Elle n'est toujours pas faite pour le monde des affaires, à moins qu'elles soient illégales, sombres et dangereuses. Elle vivait de légendes. Aujourd'hui elle vit de rumeurs.

Elle ne cesse de se raconter des histoires. Peut-être que celle de ces cinq hommes qui ont pris l'habitude de se retrouver tous les matins au café est à prendre au sérieux, ne serait-ce que parce qu'elle est invraisemblable. C'est une histoire typiquement tangéroise. Elle a les atouts et les aspects du genre qui circule bien dans les hammams, dans les réunions de femmes, dans les fêtes ou simplement au marché.

Amis du Bien ! Que ceux qui ont reconnu le visage de l'aimée dans les traits tirés de la ville m'excusent. Je ne fais que rapporter les paroles de celle qui a eu la bonté de verser en moi son histoire. Elle se confond avec la ville, et la ville se confond en elle. Écoutez la suite, car cette femme sera nommée par la rumeur. Et, comme vous savez, chez nous la rumeur est plus importante que Radio-Le Caire ou la BBC. La rumeur est brutale, elle se présente sous différentes formes et se conjugue diversement :

« La fille de Lalla Zoubida a rendu fous plusieurs hommes » ;

« La fille de Hadj Abdelkrim a semé la panique dans plusieurs familles » ;

« Zina est trop belle, c'est suspect, elle est possédée par le Diable... La preuve : tous ceux qui l'ont approchée sont à Beni Makada, l'asile de fous » ;

« Zina est née un jour de malheur, elle sème le plaisir et le mal, elle vit avec les araignées et les chauves-souris, c'est une bête à visage humain, sa beauté est trompeuse, elle est suspecte, elle est dangereuse, elle s'habille dans des tissus transparents, elle mange du jambon et danse le flamenco, elle chante dans les tunnels et fait fuir les papillons, elle enjambe les morts et crache sur les vivants, Zina n'est pas d'ici, elle est d'ailleurs, on ne sait pas d'où elle vient, peut-être qu'elle nous a été envoyée par nos ennemis pour vider nos hommes de leur semence » ;

« La fille de Lalla Zoubida est une torche vivante, partout où elle va elle allume des incendies, elle met le feu au cœur d'hommes paisibles, dérange les foyers tranquilles, brûle les champs de maïs et éclate de rire au milieu de la nuit dans les places publiques où dorment les vagabonds » ;

« Tanger est maudite, on ne lui veut que du mal, Tanger a été offerte aux trafiquants pour en faire une ville encore plus pourrie que sa réputation, Zina est un indice, la preuve qu'on cherche à ruiner Tanger, à la défigurer, à la jeter aux chiens et aux loups affamés » ;

« Zina-Tanger / Tanger-Zina. »

Mais il n'y a pas que les rumeurs. Il y a aussi une histoire qui s'est réellement passée dans cette ville où les trafiquants n'avaient pas encore fait fortune et n'avaient pas encore saccagé le visage et les mains de Tanger. Une histoire qu'on raconte en faisant attention. Même si on n'est pas superstitieux, même si on ne croit pas les contes fantastiques, il est conseillé de faire attention aux mots qu'on prononce. C'est une fiction. Raison de plus pour se méfier des mots. La réalité ne fait pas peur et ne dérange pas vraiment les gens. C'est la capacité de rêver et d'imaginer, le pouvoir d'inventer des personnages et de les rendre crédibles qui inquiètent les gens, ceux qui donnent des leçons de morale, gouvernent, lancent des anathèmes, condamnent à mort et promettent, en plus du paradis, une rançon, un sac bourré de fric à celui qui accomplirait le devoir de liquidation du créateur de fictions. Ah, les poètes, les conteurs d'histoires incroyables, les fabulateurs, les inventeurs, les provocateurs, les pousse-au-rire, les insolents, les dérangés, les écrivains, véritables cambrioleurs de la vie, de l'apparent et du dissimulé, du visible et du caché, ceux qui ne respectent rien, rient de tout et sont fiers de leur folie ! Comme disait un vieil aveugle : « Notre croyance en

101

la croyance du conteur sauve toutes les négligences et tous les manques. Qu'importent les faits incroyables ou maladroits, si nous savons qu'il les a imaginés non pour surprendre notre bonne foi, mais pour définir ses personnages ? »

Raconter une histoire n'est pas chose anodine, surtout dans le pays où il est très mal vu de dévoiler aux étrangers nos défauts, nos faiblesses et nos malheurs. A l'étranger il faut toujours montrer un visage serein, un cœur blanc, un pays-où-tout-se-passe-bien. Le linge sale ne se livre pas aux yeux des étrangers. C'est une question de pudeur et de respect de soi. Mais le conteur aime étaler le linge sale de sa tribu. C'est une question de principe.

Excusez votre serviteur ! C'est pour une question de principe que j'ai perdu ma main droite. Depuis, j'ai appris que j'étais bien seul, ou presque seul, à respecter les principes. Étaler le linge sale devant les regards étrangers... Et alors ? Est-ce un crime ? Non, mes amis, nos failles sont visibles de loin... de Sydney et même de la lune. Alors, devançons tout le monde et disons ce qui ne va pas...

Ville de débauche, certes, mais Tanger a aussi ses lieux de culte, de prière et de méditation. Comme moi, vous voyez des jeunes et des moins jeunes sans travail qui traînent dans les rues à la recherche de n'importe quoi. Ils se ressemblent et possèdent dans le regard une flamme de colère retenue, prête à exploser. Ils n'attendent qu'un prétexte pour mettre le feu à la ville. Harcelant les touristes, persécutant les vieux, ils ne savent pas où s'arrêter ni quand il faut reculer. Ils sont au Café Central, au petit Socco, arpentant l'époque de leurs défaites. Certains attendent l'appel à la prière pour s'engouffrer dans les mosquées et s'abreuver de paroles liturgiques. Ils pensent trouver une raison de vivre en écoutant la litanie religieuse.

Rebelles à tout sauf à la foi. Peut-être que Zina symbolisait à leurs yeux l'esprit et le corps de la foi. Quand elle passait devant eux, ils se levaient et la saluaient respectueusement. Elle les intimidait ou leur faisait peur. Ils la reconnaissaient de loin, se faisaient signe et marquaient son passage par un salut qui intriguait les gens attablés au café. D'un geste discret de la main droite, elle leur rendait leur salut et continuait son chemin, suivie par ses compagnes. Des effluves de parfum artisanal persistaient après son passage. Personne ne faisait de commentaire. Le silence s'imposait. La chose était vraiment bizarre. Comment cette femme si redoutée, si haïe, inspirait-elle autant de respect ? D'où tenait-elle ce pouvoir quasi magique ? Comment expliquer sa beauté qui réduisait à néant toute volonté de médisance ? Où était-elle née ? Personne n'était capable de répondre à ces questions. On se contentait des rumeurs, du bruit et des images.

La rumeur se répandait vite : « Zina est en ville ! Zina est de retour ! Zina n'est pas en prison ! Zina chantera au mariage de Lalla Fatma ! Zina est venue chercher un mari ! Que les épouses se méfient et enferment leur homme à la maison ! »

Cette peur existait. Des femmes trouvaient des prétextes pour garder auprès d'elles leurs époux. Elles les endormaient en versant un somnifère assez puissant dans la soupe. Et pourtant, aucune de ces femmes n'avait jamais rencontré Zina. Elles croyaient en son existence et au danger qu'elle représentait. Un jour, le *fqih* de la grande mosquée fit son discours sur elle. Écoutez, mes amis, ce qu'il dit. Ce discours, je le connais par cœur :

« Aujourd'hui, c'est de la femme que je voudrais vous entretenir. Pas n'importe quelle femme. Pas une mère de famille honorable. Pas une jeune épouse soumise à son

mari et qui applique à la lettre les préceptes de notre religion bien-aimée. Non, c'est d'une femme qui porte bien
son nom que je voudrais parler. La rumeur la précède à
chacun de ses méfaits. Il suffit qu'elle soit là pour que
le malheur s'abatte sur des innocents. On ne sait pas d'où
elle vient, ni comment elle est. Tout ce qu'on sait, c'est
qu'elle est belle dans son apparence physique et mauvaise
dans son âme. Elle s'appelle Zina. Curieux, n'est-ce pas,
de porter le nom de l'adultère ! En même temps, Zina
vient de *zine*, qui veut dire beauté. Vous voyez bien la
manigance qui consiste à allier le péché à la beauté. Je sais
que vous êtes convaincus du danger que représente cette
femme qui séduit, attire, crée des troubles et attise la
haine entre les frères, entre les amis et même chez les
voyous. Fille de Satan, elle est le Mal qui court et menace
la paix du pays. Les hommes la craignent. Ils ont raison.
Mais la peur est mauvaise conseillère. Les femmes qui
nous font peur ne sont pas des femmes. Elles ont l'apparence d'êtres féminins, mais elles sont d'une autre origine,
venant d'une autre planète. Je vous mets en garde, car on
ne peut pas l'attraper ni l'enfermer. C'est une femme qui a
des pouvoirs extraordinaires. Son visage ne porte aucune
ride. Le temps passe et l'oublie. Il ne la concerne pas. Elle
aurait gardé intacte toute sa beauté et continuerait à
assouvir sa soif de vengeance. Mais de quoi se vengerait-
elle ? Sur qui pèserait cette lourde menace ? Il paraîtrait
que cinq hommes l'auraient un jour rencontrée et ne l'auraient pas reconnue. Ces hommes auraient essayé d'abuser d'elle, sans savoir qu'ils signaient leur arrêt de mort.
Quel malheur ! Quelle détresse ! Il n'y a qu'à Tanger, notre
ville si mal aimée, si négligée, si sale, souillée par l'esprit
du Mal, que ça arrive. Fès est préservée. Marrakech est
protégée. Casablanca est adorée, Laayoune embellie, Settat
reconsidérée et développée. Et Tanger est laissée à Zina

pour qu'elle en fasse la poubelle du pays, pour qu'elle la transforme en un immense cimetière de tous les déchets.

« Et les déchets humains abondent. Est-ce parce que cette ville a péché au temps du Protectorat ? Comment donc ? Mais c'est à Tanger que feu Mohammed V a lancé en 1947 l'appel pour l'indépendance du Maroc. Ce fut une journée historique, où tous les habitants étaient sortis pour acclamer leur souverain bien-aimé. Il fit son discours à la Mandoubia, au Grand Socco devant une foule en délire. La lutte pour l'indépendance allait démarrer de cette place populaire, là où se tenait deux fois par semaine le marché des fruits et légumes. On sait qu'elle démarra à Casablanca, puis à Fès, à Meknès, à Rabat... Et Tanger ? Elle donnait asile à certains militants, comme elle servait de refuge aux bandits de tous les pays. Il y avait des espions folkloriques. Ils se déguisaient pour ne pas être repérés. Ils étaient ridicules. On s'amusait. On prenait les choses à la légère. On ne travaillait pas beaucoup. On aimait s'asseoir au café et regarder les gens passer. C'était une époque paisible. Zina n'était pas encore née. Tanger n'était pas encore contaminée par le vice. Et le vice qu'apporta Zina est grand et invisible. Il faut prier pour qu'elle soit éloignée de tout croyant. Il faut prier pour que Tanger en soit débarrassée et que cette ville retourne à l'estime et à l'amour de ceux qui ont les moyens et le pouvoir de la sauver... »

Amis du Bien, ce discours impressionna la foule. Le *fqih* était jeune et ne portait pas de barbe. Il était réputé pour son savoir et admiré pour exprimer souvent l'opinion de la plupart des gens qui venaient prier sous sa direction.

Le silence fut pourtant interrompu par un grand éclat de rire. C'était un rire féminin. Il n'y avait pas de doute. Un rire strident et tout à fait déplacé. D'où venait-il ? De la mosquée ? Non. Les femmes n'y étaient pas admises.

A moins que ce soit une femme qui se serait déguisée en homme pour pénétrer dans ce lieu saint et perturber la paix de braves fidèles à Dieu. Ou alors, ce rire retentissant aurait été enregistré et un doigt aurait appuyé sur un bouton. Aucune religion ne supporte le rire. Normal. Le rire, c'est le doute, c'est la liberté et le début de la déflagration. Le *fqih* fit semblant de n'avoir rien entendu et appela à la prière. Un chat égaré, une sardine entre les dents, se faufila entre les fidèles et se réfugia dans la bibliothèque. Personne ne fit attention à cette irruption et la prière fut dite dans le calme et la sérénité.

Le vent d'est arriva sans prévenir. Tôt le matin on vit des vaguelettes blanches se succéder dans le détroit. Le vent prenait son temps. Il aimait quitter les côtes espagnoles le matin et atteindre Tanger avant midi. C'était son habitude. Quand il choisissait de fouetter la ville un vendredi, les gens étaient persuadés qu'il s'installait pour au moins deux fois une semaine. Alors la nervosité montait chez les insomniaques, chez les maniaques et les vagabonds. Les couvre-chefs tombaient. Les chéchias se déroulaient et les têtes restaient nues, pleines de sueur mêlée aux grains de sable que transportait le vent.

Qu'avait dû rêver le vent pour mettre la ville sens dessus dessous ? Qu'avait-il apporté dans ses bourrasques pour rendre les hommes si fébriles et les femmes si cruelles ? Il avait rêvé le monde à l'envers, les arbres renversés, les montagnes ouvertes en leur milieu, la mer peinte en blanc et les maisons alignées comme dans un jeu mortel. On dit que le vent éloigne le mauvais œil, déjoue les sorts jetés aux braves gens, écrase les moustiques et dérange les pendules des horloges de la cathédrale Hasnouna. Alors le vent arrivé ce matin-là était plein de messages et de signes en relation avec notre histoire. Il donnait le signal que quelque chose allait se produire. Bonne ou mauvaise. Personne ne pouvait le prévoir. C'était ainsi et nos cinq hommes, au café, sentaient la menace mieux que quiconque. Ils ne pouvaient même pas prévenir leurs proches. Ils savaient que la catastrophe était en route et ignoraient où elle irait faire leur malheur. Ils étaient prêts pour subir, mais auraient voulu en savoir plus. Ces hommes devenaient comme des enfants habités par la peur. Ce fut le moment qu'ils choisirent pour parler de la spiritualité.

L'un – appelons-le Bachar – croyait que le Destin faisait son chemin et devait passer sur son corps étalé au milieu de la grande rue comme un personnage tombé de la camionnette d'un conteur borgne et qui attendrait que la foule le ramassât. Il disait avoir remis entre les mains de Dieu sa vie et celle de sa famille et qu'il ne craignait rien. C'était ainsi ; il n'était responsable de rien et se complaisait dans cette démission que ses parents lui avaient apprise dès l'enfance. Il disait cela alors que la peur se lisait dans ses yeux, qu'il avait petits et souvent pleins de larmes. Il prétendait que sa force était dans la foi et que ce n'était pas à la portée du premier venu.

L'autre – appelons-le Bilal – était persuadé que le secret de la vie était contenu dans un bol d'eau fraîche avec un pain d'orge et quelques olives offerts par une femme inconnue, belle évidemment, un peu rebelle, un peu conciliante, jamais triomphante. Le secret était un drap blanc posé comme un voile sur le sommeil d'un enfant trouvé près d'une source d'eau claire. Ce qu'il recherchait avant tout, c'était la simplicité d'une rencontre et la sincérité d'une promesse. Il avait choisi le silence et ne regardait plus les femmes. C'était ce qu'il laissait supposer. Or les femmes étaient le secret le plus énigmatique, pour lequel il était prêt à toutes les guerres. Il disait que, tant qu'il n'avait pas compris le mystère de la femme, il vivrait dans le silence.

Le troisième – appelons-le Abid – tenait la tête entre ses mains et répétait à l'infini : « Dieu est grand ! Dieu est grand ! » Il se voulait ailleurs, épargné par les brûlures de la passion. Mais tout le monde savait que c'était un hypocrite passant plus de temps à persécuter sa femme qu'à prier Dieu.

Le quatrième – je l'appellerai Carlos – pleurait avec une sorte de jouissance inexplicable. Il se vidait de ses larmes comme s'il expulsait de son corps tout ce qui l'empêchait de vivre en paix. Il avait trouvé son bonheur dans cette humilité qui le bouleversait, et ne cachait pas son angoisse profonde et lourde. Il disait que rien n'était évident ni juste. Il avait peur du ciel, surtout quand il était plein d'étoiles, peur de la nuit, qu'il comparait à un tunnel sans issue, peur de la lumière, qui le dénudait, peur de son visage, qui prenait parfois l'apparence d'un oncle qui avait été décapité lors d'un pèlerinage à La Mecque en 1949. Il avait peur, tout simplement.

Le dernier – appelons-le Salim – affirma que la vérité était là où l'être persévère dans son être tout en restant proche de la terre, des racines et de l'eau. Il pensait pouvoir échapper à la malédiction en confiant sa vie à la fatalité, qu'il comparait au fleuve qui coule devant les yeux du sage. Pour lui, l'être et l'eau du fleuve étaient identiques ; ils changeaient tout en restant les mêmes, se maintenaient dans leur éternité quelle que soit l'ampleur de la tempête.

A eux cinq, avant même que l'histoire ne les mélange dans la métaphore du labyrinthe étoilé, ils posèrent l'unique question qui hantait la ville :

– Qu'allons-nous devenir ?

Des fresques peintes sur les murs des prisons ?

Une légende écartelée entre des pêcheurs de corail au

large d'Asilah et des chercheurs d'herbes qui soigneraient les blessures de l'âme ?

Une peau tirée pour faire les tambours ?

Une histoire apocryphe qu'on raconterait aux enfants de Chine ?

Ou alors des pantins entre les mains d'une femme, cruelle parce qu'un temps elle fut humiliée, une femme qui aurait toutes les séductions et toutes les raisons pour briser ceux qui furent indignes des dons de la nuit ?

Comme la plupart des histoires qu'on raconte pour conjurer le sort, pour être en avance sur le châtiment et se préparer à la défaite, celle-ci sort de l'ordinaire parce que son personnage principal est une femme d'exception, capable de toutes les vertus, de toutes les beautés, comme elle capable de toutes les vilenies, des cruautés ancrées dans les temps antiques, ceux où la femme était Shéhérazade obéissant à l'ordre unique et brutal du prince sanguinaire : « Raconte-moi une histoire ou je te tue ! » Il fallait faire preuve de beaucoup d'imagination et de patience pour tisser les mailles de cette immense couverture faite pour se protéger contre l'erreur et pour épargner le Mal aux enfants. Mais ces derniers sont terribles : ni innocence ni illusion. Ils sont présents et méchants. La vie est dure et ils savent s'y adapter. Ils ne connaissent de la piété que des formules qu'ils répètent tout en riant ou en s'aspergeant d'eau de rivière. Zina les connaissait et les surveillait du haut de son arbre. Elle sentait leur présence et ne cherchait pas à les contrarier. Il faut dire qu'elle avait à l'époque beaucoup à faire.

Et Zina disparut sans laisser de traces, comme si elle n'avait jamais existé. Apparemment, personne ne se préoccupa de cette absence. Elle retourna vers la nuit où son image se confondit avec les débris de rêves abandonnés. De temps en temps, elle réapparaissait dans les songes de nuits de célébration, où elle passait suivie par une horde d'enfants. Elle ne disait rien, regardait le monde avec dédain, puis s'évanouissait dans le noir.

Le temps passait ; elle s'arrangeait pour se faire oublier. Personne ne cherchait à la retrouver, surtout pas nos cinq hommes qui ne l'évoquaient jamais. Même s'ils étaient inquiets, ils faisaient un effort pour ne pas le montrer.

Tanger retrouva le chemin tranquille d'une mort lente. Les murs retenaient l'humidité ; les visages sombraient dans une mélancolie désuète ; le vent d'est continuait de fouetter l'air du grand immobilisme ; les eucalyptus de la Vieille Montagne arrêtaient de grandir ; les hommes forniquaient sur la banquette arrière de leur voiture ; de nouveaux quartiers surgirent dans la nuit ; Beni Makada perdit son statut de bidonville ; Casabarata devint le centre de toutes les contrebandes, annexe de Sebta et de Gibraltar ; Tchar Ben Dibane sortit de nulle part avec ses petits commerces, ses enfants harceleurs et ses jeunes filles à la recherche du prince riche et bedonnant ; Socco Chico rassemblait revendeurs de drogue, voleurs et mendiants ; la grande plage accueillait tous les détritus des estivants : peaux des figues de Barbarie, peaux d'oranges et de pastèques, serviettes hygiéniques, bouteilles en plastique, poupées découpées, couches de bébés... Tanger perdit ses amants et garda dans un coin quelques fous qu'elle lançait le jour de fête pour hurler des vérités que les passants ne voulaient pas entendre. Tanger tombait de lassitude et les jeunes, de plus en plus nombreux, formaient des hordes prêtes pour n'importe quoi. Tanger était oubliée, abandonnée à elle-même. Elle crevait lentement. Une autre ville s'était mise à sa place, une ville inconnue, pas belle, sans mystère et sans joie.

Et Zina ne faisait plus partie de ce paysage où la lenteur s'accaparait les esprits, ourdissant au loin d'obscurs projets. Qui pouvait espérer le retour de la fille aux yeux cendre ? Pas les trafiquants devenus les maîtres du Nord. Pour la plupart, ils venaient des montagnes du Rif ; ils achetaient les consciences comme ils s'emparaient de certaines femmes, certes consentantes mais le dégoût au bord des lèvres. Une partie de la ville s'enrichissait pendant que les côtes abritaient des ports clandestins qui travaillaient surtout la nuit. Avec l'argent facile qui circulait dans le Nord, on construisait des immeubles au centre-ville ; on les fermait et on les oubliait. Immeubles fantômes, ombres funestes dans une ville se détachant lentement d'elle-même, creusant des tranchées autour des places fortes où l'âme sommeillait. Tanger nous quittait et on ne le savait pas. Il avait fallu l'histoire de Zina, quelques légendes qui n'opéraient plus et les murs qui se fissuraient, pour constater l'ampleur du mal. En vingt ans, le ventre de Tanger avait reçu plusieurs balafres : coups de couteau à cran d'arrêt, crachats multiples, revers de toutes sortes, blessures banales, viols en plein jour... La passion s'en détournait et les cafés se remplissaient de gens qui regardaient le temps passer comme si c'était un personnage marchant avec des béquilles, car il lui arrivait d'avoir des ratés, des moments creux où tout s'arrêtait, où il ne se passait rien, où les regards se perdaient dans la fumée des cigarettes et les vapeurs du thé à la menthe.

Ô mes amis, je ne suis qu'un conteur manchot dépositaire d'une histoire qui me trouble. Je suis moi-même natif de cette ville et je sais de quoi je parle. Soyez patients. Vous entendrez des choses plus étranges que merveilleuses. Hélas, je n'invente rien. Mais ne perdons pas de vue notre personnage. Il faut que je vous dise : depuis que cette histoire s'est versée en moi, je me sens possédé, je suis moi-même devenu l'objet de ses manipulations. Pour le moment, je ne fais que raconter ce qu'elle m'a permis de savoir.

La rumeur fut brève et persistante : une fille aux yeux cendre travaillait chez le Chacal à Ksar Seghir. Elle était employée à la toilette des pieds du Maître. Le Chacal était le trafiquant le plus performant, le mieux outillé, le plus armé, le plus riche et le plus cynique. Ancien docker, ancien boxeur, ancien mouchard, il ne savait ni lire ni écrire et tirait sa fierté de cette réussite fulgurante. Il vivait comme un pacha, entouré de gardes du corps, de jeunes filles toutes habillées de la même façon, et se prenait pour un héros de film d'aventures. Le Chacal était petit, trapu et gourmand. Il ne fumait pas, ne buvait pas, sa religion le lui interdisait, mais il aimait les jeunes filles vierges. C'était son vice. Il avait un rabatteur qu'il payait avec des caisses de Johnny Walker que celui-ci revendait aux épiciers louches. Il déflorait les jeunes filles et recueillait leur sang dans un bocal qu'il gardait précieusement dans son fameux coffre-fort où il entassait des liasses de billets verts. Que faisait-il avec ce sang ? On disait qu'il le versait dans la paume de sa main et se masturbait devant un miroir. Le Chacal était un homme imprévisible. Il achetait tout le monde et n'avait confiance en personne. Il avait, dit-on, été maudit par sa mère. Son père était mort pendant la guerre du Rif. Il se disait fils de révolutionnaire et enfant de la famine. On racontait beaucoup de choses à son propos. Rien n'était vérifiable. Certains l'appelaient « l'homme invisible ». Peut-être que Zina fut attiré par ce personnage brutal qui fascinait les gens, et qu'elle cherchait à se faire passer pour une vierge, pour mieux le connaître et le confondre. Mais cette rumeur rejoignit la fumée du kif. Quant au Chacal, il continuait de faire fructifier ses affaires en toute tranquillité.

Nous sommes toujours à Tanger. En ce début d'hiver, la ville a le visage d'une jeune mariée fatiguée. Les cafés sont pleins. Les mêmes personnes, fidèles à leurs habitudes, sont assises aux mêmes tables. Le ciel est d'un bleu inquiétant, l'air est froid, le port est désert. Le Café de Paris est sombre. Le propriétaire fait des économies et interdit qu'on allume la lumière le jour. Les garçons sont aimables. Certains ne se sont pas rasés ce matin. Eux aussi font des économies. La plupart des consommateurs fument en lisant un journal qu'ils n'ont pas acheté mais loué à un vendeur futé. Lisent-ils ou font-ils semblant ?

Ils sont là, autour de la table du fond, Abid, Bachar, Bilal, Salim et Carlos. Comme tous les matins, ils commencent par échanger des banalités du genre : « Telle est l'époque », « Personne ne l'a eue comme il l'a voulue », « Le monde est calme et le ciel limpide », « Le marché est chaud », « La santé, rien que la santé »...

Ces cinq hommes ont été choisis par Zina. Moi je n'y suis pour rien. Ce sont des gens comme vous et moi, avec leurs défauts et leurs qualités. Des gens ordinaires appelés à vivre des histoires extraordinaires. C'est cela, le hasard. Les lignes de leur vie rejoindront un jour ou l'autre celles de Zina et ils ne le sauront même pas. Mais je dois céder le micro à Jamila, la femme qui se méfiait au début de cette histoire et qui a fini par m'aider à y voir clair et à y mettre de l'ordre. Elle a enquêté sur nos cinq hommes et va vous les présenter.

Dahmane et Jamila

Amis du Bien, ne partez pas ! Je ne suis que Jamila, l'épouse de Dahmane. Je ne suis ni parente ni voisine de Zina. Je n'oserais pas me comparer à elle. Je n'ai ni sa beauté ni son intelligence. Je ne suis que la femme du conteur manchot. Je l'aide et je reste vigilante, car depuis que cette Zina tourne autour de nous, notre vie a changé. En bien. Curieusement. Mon mari et moi sommes presque devenus des amis ; nous ne nous disputons plus, nous nous respectons. C'est peut-être Zina qui a eu pitié de nous.

J'ai cherché, j'ai fouiné, j'ai discrètement enquêté sur nos cinq hommes. Je ne suis pas de l'avis de Dahmane, qui vous a dit qu'ils étaient des gens ordinaires. Apparemment ils sont quelconques, mais au fond ils ont tous un grain de folie.

Prenons Abid, par exemple. C'est un peintre. Autrefois il vivait de sa peinture. Il faisait des portraits sur commande, surtout de vieilles familles espagnoles ou juives installées depuis longtemps à Tanger. Mais depuis que sa vie a été bouleversée par une histoire d'amour, il ne vend plus ses toiles. Il peint pour lui-même, en secret, et détruit systématiquement la toile une fois achevée. Il vit en donnant des cours particuliers de piano.

Bachar, qui, comme son nom l'indique, voudrait être

« porteur de bonnes nouvelles au visage ouvert et avenant », croit savoir ce qui se cache derrière les apparences que présente chacun. C'est un Fassi. Cela se voit tout de suite sur son visage et se confirme quand il parle. Il a la peau blanche et ne peut pas prononcer le « r ». Il est fier de ses origines citadines. Il dit que tous les maux que connaît le pays sont dus à l'exode rural. Il aurait bien aimé isoler les villes derrière des murailles infranchissables ; il donne l'exemple de Fès et de ses immenses portes qu'on fermait le soir. Mais les temps ont changé et cela l'affecte beaucoup. Il ne s'est pas résigné à l'expulsion des Arabes d'Andalousie. Grand joueur de cartes andalouses, il aime l'argent, les femmes et les papillons. Il est comptable, prétend avoir les mains propres et la conscience tranquille. De taille moyenne, corpulent, il tient à faire sentir qu'il est supérieur aux autres. Quand il parle, il dit « nous » en se référant à ses supposés ancêtres expulsés d'Espagne. Il court les filles tous les jours de la semaine, sauf le dimanche qu'il consacre tantôt à sa femme, tantôt à la chasse aux papillons ou à leur classement. Il taquine Carlos, notre troisième homme, qu'il appelle le Rifain pour lui rappeler ses origines montagnardes.

C'est vrai que Carlos est du Rif. Il est né dans un village où l'on ne parlait que le berbère et l'espagnol. Il est intarissable sur l'histoire de l'Espagne et de l'Amérique latine. Carlos prétend avoir dîné avec Fidel Castro en 1963, fumé un cigare en 1965 avec Che Guevara, serré la main de Franco la même année, lu tout Lénine et tout Freud en quelques nuits durant lesquelles une fièvre étrange l'avait rendu particulièrement intelligent. Il parle beaucoup, rit en racontant des histoires qu'il croit drôles, crache par terre et se cure le nez dès qu'il est seul. Carlos a une petite affaire de pêche. Il connaît bien les fonds marins. On l'appelle « Carlos-qui-sait-tout », certains l'appellent « l'Ambassadeur », car il rêve d'entrer dans la carrière diplomatique. Il pourrait en avoir l'allure s'il se tenait mieux. Or il a tendance à courber le dos. Pour certains c'est une forme de servilité, pour d'autres c'est un défaut acquis à l'école coranique, où on lit le buste penché en avant. Mais Carlos a à peine connu l'école coranique. Très tôt son père l'a inscrit à l'école primaire de Cadix, où il travaillait comme chauffeur chez un officier de l'armée de Franco.

Il est souvent ridicule, mais il ne s'en rend pas compte, et même quand quelqu'un le lui fait remarquer, il persiste dans la lourdeur de ses plaisanteries et soutient que c'est là une forme d'humour que seuls ceux qui ont fréquenté les Espagnols sont susceptibles de comprendre. On ne sait pas s'il est généreux ou avare. Il est capable de marchander longtemps le prix d'un fromage que vendent les paysanne du Fahs et il dépenserait une fortune dans un dîner avec des personnes dont il cherche à se rapprocher parce qu'elles sont haut placées et peuvent un jour lui être utiles dans ses manigances. Il a la manie de vouloir entreprendre beaucoup d'affaires en même temps, où se mêlent l'appétit du gain, la volonté de notoriété et, pourquoi pas, des possibilités de forniquer encore plus.

Gourmand à l'excès, on dit qu'il mène de front trois vies : deux foyers installés dans le même immeuble, la vieille épouse habiterait au rez-de-chaussée et la jeune au dernier étage. On dit aussi que le rêve de sa première femme serait d'aller au dernier étage pour jeter par la fenêtre sa jeune rivale. Malheureusement une sciatique l'empêche de monter les escaliers ; quant à l'ascenseur, elle ne le prend jamais, à cause de vertiges fréquents depuis sa ménopause. Carlos irait de l'une à l'autre selon un plan bien établi : à la jeune il ferait l'amour, à l'autre il ne ferait que des massages. Sa troisième vie serait celle qu'il mène dans son bureau, au port, sa secrétaire assumant plusieurs tâches, dont une fellation quotidienne au moment de la sieste, juste avant le retour des bateaux de pêche. Il aurait eu cette idée en regardant un film pornographique japonais, où le maître est salué tous les matins par une superbe domestique qui avance vers lui à quatre pattes, la bouche ouverte en direction de son pénis.

De tous les gars de la bande, Carlos est le plus insouciant. Optimiste, il pose sur la vie un regard d'imbécile satisfait, fanfaron, menteur, égoïste et, surtout, content de lui. Il est persuadé d'avoir toujours raison et de tout savoir. Il ne connaît pas le doute. Sa pédanterie agace. Il colle à la bande. Pour rien au monde il ne raterait le petit déjeuner au café avec ses amis.

Bilal est sec. Il a deux passions : le cinéma et les cartes postales. Tous les bouleversements qui secouent la planète sont pour lui moins importants qu'un rendez-vous pour acheter un film ou une collection de cartes postales. Il a réussi à transformer une partie de son bureau en salle de projection. Il refuse de regarder des films à la télévision. Quand un film est acheté par un exploitant au Maroc, il ne quitte plus le territoire. C'est ce qui est arrivé aux films des années quarante et cinquante en noir et blanc que les marchands ont brûlés parce qu'il ne savait pas où les stocker et que personne ne les réclamait. Toute la collection de Bilal vient de là. Il a un ami à Casablanca qui le prévient chaque fois qu'un film va être détruit.

Comme la plupart des collectionneurs, Bilal n'est pas généreux. Il aime parler de ses acquisitions, mais répugne à organiser des projections pour ses amis. Les cartes postales sont classées dans un fichier qu'un voisin menuisier lui a fabriqué. Il a fait installer deux sièges en cuir récupérés sur une voiture américaine. Il dit que cela facilite le voyage. On peut ainsi faire le tour du monde en ouvrant des tiroirs. Il a essayé de mettre au point un système assez sophistiqué de musique qui se déclenche en tirant sur le boîtier. A chaque pays sa musique. Parfois musique et pays ne s'accordent pas. Ainsi, en ouvrant le casier « Chine », c'est de la musique russe qu'on entend.

Sa vie de famille est assez pauvre. Il n'a pas d'enfant. Sa femme est dans l'enseignement et lui dans les assurances. A-t-il rencontré Zina ? On sait que, lorsqu'il travaillait dans une entreprise de céramique, il a eu avec une femme une histoire qui l'a marqué. Personne n'était au courant. On pense que c'était Zina, mais ce n'est qu'une supposition. On dit que sa passion pour les films en noir et blanc des années quarante ainsi que pour les cartes postales a commencé après un sévère chagrin d'amour. Par discrétion, par peur, il n'en parle pas.

Bilal est maladivement attaché à Tanger et ne connaît le monde que par les cartes postales et le cinéma. Médisant mais pas méchant (« Je ne dis du mal qu'en présence de mes victimes », rappelle-t-il), il est également paresseux.

Reste Salim. C'est l'intellectuel de la bande. Sa grande passion, c'est le théâtre. Il n'a pas de chance. A Tanger, il n'y a pas de salle convenable pour représenter des pièces. A l'époque de la ville internationale, il y avait une vraie salle de théâtre, le Cervantès. Elle appartenait à l'Espagne, qui l'a peu à peu abandonnée. Devenue un cinéma, on y projetait des péplums et des comédies du Mexicain Cantinflas. Il rêve d'une belle salle, où les gens des quartiers pauvres viendraient en famille assister à une pièce qu'il aurait écrite.

– Pourquoi le théâtre ? lui a demandé un jour Abid.

– Parce que, dans ce pays où soixante-cinq pour cent des gens ne savent ni lire ni écrire, le seul moyen de les toucher, c'est de leur parler directement. Le théâtre est un excellent médiateur. J'ai envie de les faire rire, de les faire pleurer d'émotion, de leur dire les mots qui soulageraient leur misère et qui leur donneraient du courage pour se battre contre l'humiliation. Les gens adorent le spectacle. C'est pour cela que la censure politique a toujours été vigilante dès qu'il s'agissait de scène théâtrale. Entre une comédie et un prêche politique, ils préfèrent la comédie. Mais à l'époque, tout était difficile. Les autorités se méfiaient, les partis politiques ne se préoccupaient pas de culture. J'ai écrit des pièces, mais que vaut un texte dans un tiroir, surtout quand sa raison d'être est d'être dit, joué, écouté?

Entre Abid et Salim il y avait de l'amitié. Le désir de création les rapprochait. Ils se voyaient de temps en temps en dehors des autres membres du groupe. A l'origine de leur complicité, une rencontre. Leur vie était marquée par une douleur qui creusait son sillon à l'intérieur de leur solitude. Comment l'exorciser? Comment dépasser ce sentiment de culpabilité et d'angoisse? Étaient-ils coupables? Coupables de quoi? Ils auraient bien aimé être mieux informés, mais personne ne venait à leur secours. Ils étaient persuadés d'être victimes d'une machination, une sorte de malédiction portée sur leur art et sur leur vie par une femme à plusieurs visages. Ils n'y croyaient pas vraiment, mais la souffrance les égarait, leur faisait perdre toute raison.

Salim viendra vous raconter son histoire. Il aime les mots, les images, l'art et l'amour. Il est trop compliqué pour moi.

– Non, Jamila, il ne viendra pas. Nous avons reçu une cassette où il se livre. Nos moyens techniques ne nous permettent pas de vous la faire entendre pour le moment...

Un homme sort de la foule et vient vers Dahmane, pendant que Jamila ramasse l'argent.

– Votre histoire, ou plutôt vos histoires m'intéressent. Il y a moyen de faire mieux ou de toucher un très grand public.

– Comment ? Et puis, qui êtes-vous et que me proposez-vous ?

– Au lieu de sillonner le pays avec cette vieille camionnette dont le micro est souvent défectueux, je vous propose d'enregistrer vos histoires et de les passer à la radio...

– A la radio nationale ?

– Pourquoi pas ? On essaiera.

– Mais il y a des choses osées, des scènes de sexe, des choses étranges... On ne laissera jamais passer ça à l'antenne. Salim n'a jamais réussi à obtenir une salle pour ses pièces de théâtre... et vous voudriez qu'il passe sur les ondes !

– Non, pas exactement. On fera des enregistrements sur cassette et après on les mettra sur le marché.

– Vous en connaissez beaucoup qui se précipiteront pour acheter les cassettes de Dahmane et Jamila ?...

– C'est une proposition. Vous n'êtes pas un conteur traditionnel. Déjà vous vous êtes modernisé. Alors il faut aller plus loin. Avoir un peu plus d'audace.

– Et si Zina n'est pas d'accord ?

– Mais enfin, Zina, c'est une fiction. Elle n'existe pas. Comme toutes les légendes, elle est hors du temps.

– Vous n'êtes pas sérieux ! Et tous ces cahiers qu'elle m'envoie, c'est son écriture.

– Quelle preuve avez-vous ?

– Elle m'a choisi pour raconter son histoire. Je n'invente rien. Comme tous les conteurs, il m'arrive d'exagérer un trait, d'ajouter quelques détails, de créer des situations nouvelles pour passer d'un conte à l'autre... c'est ça, mon travail. Et puis, ma main ne ment pas.

– Celle qui vous reste ?

– Non, celle que les chiens m'ont arrachée. C'est elle qui m'a...

– Écoutez, vous n'allez pas nous faire croire qu'une main coupée marche, prend, donne, salue, retire...

– Je ne crois pas que nous pourrions travailler ensemble.

– Mais là, nous sommes entre nous. Avec un peu plus de travail, on peut rendre tout ça crédible.

– Mais c'est crédible.

– Alors on va demander au public ce qu'il en pense.

– Mais le public a besoin de croire en des histoires invraisemblables, il a envie de rêver, il aime être pris par la main et emmené ailleurs, là où la logique n'est pas logique, là où il échappe à ses problèmes quotidiens.

Jamila, tout en comptant les pièces qu'elle avait ramassées, dit :

– Et vous ferez ça pour nos beaux yeux, comme ça, gratuitement ?

– Combien avez-vous récolté aujourd'hui ?

– Cent deux dirhams et cinquante centimes, plus un poulet vivant, trois pains et une bouteille de Coca.

– Ça vous suffit pour vivre, mettre de l'essence, vous loger, vous habiller ? Moi, je vous propose un contrat moitié-moitié et je vous avance de l'argent. On s'enferme dans un studio, on enregistre, on sort sur le marché, on fait de la publicité et le tour est joué.

– Non, nous ne marchons pas. Nous, nous aimons les gens, nous aimons voir la foule se former en cercle autour de nous, nous aimons lire sur leurs visages l'attention, la peur, le rire, le plaisir. Je sais, nous ne gagnons pas beaucoup d'argent, mais les Marocains adorent les histoires. D'ailleurs, quand les conteurs se font rares ou s'absentent, ils inventent. C'est fou ce qu'ils inventent comme histoires à partir de faits réels. Et chacun a sa version, chacun a son style. Je sais qu'après notre passage nos histoires vont vivre ailleurs, transformées, tronquées ou embellies, mais elles vivent. Alors qu'avec une cassette nous nous priverons de ce spectacle permanent et changeant. Et puis, si les cassettes plaisent, elles seront vite piratées. Vous n'avez qu'à voir avec les chanteurs. Ils ne gagnent rien avec leurs cassettes. De toute façon, nous rejetons votre proposition, Dahmane et moi, parce que nous sommes ce qu'on appelle des gens du voyage, nous sommes des saltimbanques, nous n'avons ni enfants, ni chiens, ni chats. Nous sommes libres et nous aimons découvrir le pays en contant des histoires dans les souks, les places publiques, les villages où il n'y a ni eau ni électricité. Nous sommes pour eux la télévision, le cinéma et le théâtre réunis. Nous logeons chez eux et nous sommes fiers quand nous leur apportons un peu de distraction. Alors votre histoire de modernité, on n'en veut pas.

– Absolument, dit Dahmane. Elle a raison. Nous ne sommes pas les seuls à croire en nos histoires. Vous, vous voulez tout comprendre. Mais sachez que le monde est incompréhensible. L'intelligence consiste à ne pas s'entêter à vouloir tout comprendre, tout expliquer. Nous avons la faiblesse de croire qu'il existe des parts obscures dans le monde. L'homme et la femme sont l'une de ces parties obscures. On raconte des histoires peut-être invraisemblables pour essayer de comprendre un petit bout des choses.

– C'est bon, je m'en vais. Restez arriérés. C'est à cause de gens comme vous que le pays n'avance pas comme il le devrait. Tant pis.

Une ombre noire obscurcit le ciel et s'étend en quelques minutes sur la ville. Le ciel est très bas. Le port est pris dans une nappe de brouillard soudain. Les magasins du boulevard Pasteur allument leurs vitrines et leurs enseignes. La circulation se ralentit. Le policier de la place de France donne des coups de sifflet sans raison. Il perd un peu la tête, gesticule, jette son képi par terre et s'en va. Devant le consulat de France, une foule composée d'hommes jeunes attend. Ils savent qu'un vent de folie arrive sur la ville. C'est pour cela qu'ils sont venus demander un visa pour pouvoir entrer en France. C'est le vent bleu de l'exil. Il ne vient pas de l'est comme d'habitude, mais du sud. Il est bleu parce qu'il souffle par temps clair et vient de très loin, traverse le pays à partir de Laayoune, poussant dans son voyage les hommes qui ont un fort désir de quitter le pays. Redoutable, le vent du sud jette les récalcitrants dans la mer. Quand il arrive, il se fait annoncer par une ombre qui couvre la ville. Rien ne lui résiste. Voilà pourquoi Tanger est plein de gens qui traînent dans les rues, des gens à qui on a promis un grand voyage et qui se retrouvent sans rien, la tête remplie de sable, les mains vides et l'âme en loques.

Il y a Midou, l'unijambiste qui donne l'heure avec une précision suisse ;

Hamou, le charlatan qui vend une poudre rose qui développerait la puissance sexuelle ;

Ghita, trop vieille pour faire la pute, loue des enfants pour mendier ;

El Ghoul, qui s'est laissé emporter par le vent bleu jusqu'à se cogner contre la grande grue du port, depuis il n'a plus sa tête ;

Abbas, l'estropié du Gharb qui se croit arrivé en France ;

Pépé, le garçon de café de Larache qui exhibe un faux passeport belge et ne comprend pas pourquoi on le refoule ;

Madiha, la paysanne qui habite au cimetière des chiens ;

Inge, l'Écossaise qui a vendu son passeport et ne peut plus quitter la ville ;

Machlote, le peintre hébété ;

124

Maskhoute, le fils maudit par ses parents et qui tente de traverser le détroit à la nage ;

Lemkief, celui qui a les yeux jaunes à force de fumer du kif et qui prétend vendre de la cervelle de hyène au petit Socco, vit avec une chèvre dont les crottes lui servent à préparer une potion magique aux effets multiples et incontrôlables ;

Ghanem, qui élève des chats et dit que tout est politique, tout est suspect ; des centaines de cireurs ; des milliers de gardiens de voitures ; des campagnards venus de toutes parts lors d'une marche appelée par des escrocs la « marche bleue », parce qu'il s'agissait de traverser la Méditerranée ; des diplômés sans travail exhibant une pancarte « Acceptons n'importe quoi, veilleurs de nuit ou de jour »...

Et puis, il y a tous ceux que la vie a lâchés, qui ont vu leurs attaches se briser et qui ont échoué sur le sable de Merkala, une plage prisée par les contrebandiers... Tanger est ainsi devenu un mur contre lequel viennent buter des corps bourrés d'illusions ; ils se mélangent avec la poussière et les détritus qui s'entassent dans les coins de rue, dans les terrains vagues où les rats de la région tiennent leur congrès annuel...

Abid

Ô compagnons qui attendez les lumières célestes, ô serviteurs du Tout-Puissant qui espérez mériter Sa bénédiction, ô amis des mots tissés dans la laine du pardon, ô amis du Bien prêts à entendre la nuit fabuler en plein jour, nous allons vous conter l'histoire d'Abid et de Zina. C'est le début du naufrage. C'est le châtiment écrit sur une page d'un manuscrit andalou trouvé à l'université d'El-Azhar au Caire, qui l'a rendu à la Qaraouyine de Fès, leçon brutale de l'amour qui n'est pas toujours un bouquet de roses. C'est le retour de Zina, celle dont certains pensent qu'elle n'a jamais existé. Mais supposons qu'une autre femme, aussi belle, aussi énigmatique qu'elle, ait décidé de faire irruption dans la vie de notre peintre. Ah, l'artiste! Quelle erreur, quelle brûlure! Jamais la haine n'a été si proche de l'amour! Jamais ils n'auraient dû se rencontrer. Zina l'a choisi et lui a fait descendre l'échelle du temps jusqu'au labyrinthe où la raison se perd, où le corps s'abandonne jusqu'à perdre les notions les plus élémentaires. Ô mes amis, personne ici présent n'a connu cet état qu'on appelle pudiquement la passion; non, je ne vous le souhaite pas. Je passe le micro à Dahmane, qui ouvre pour vous le cahier du secret.

C'était une de ces soirées où le temps s'ennuyait, dévisageant sans pitié les personnages qui s'étaient trompés de siècle et de ville. Mais qu'allait faire notre Abid dans ces lieux où la nostalgie avait le goût du beurre rance ? Il allait au-devant d'un ouragan qui allait tout emporter sur son passage.

Jamila vous a dit hier qu'Abid était peintre, un artiste solitaire, ni bon ni mauvais, quelqu'un qui se contente de peu, mais qui a attendu toute sa vie d'être un jour visité par un ouragan. Il l'attendait plus par jeu que par volonté de tout bouleverser. Il était seulement capable de copier les images de l'apparence. Il lui fallait un stimulant, une grande tape dans le dos, au point de le ramener vers les temps anciens, ces temps où il était inconscient, sans visage, sans âge. Il lui fallait perdre la mesure comme d'autres perdent la raison.

L'arrivée de Zina mit le désordre nécessaire dans sa vie. Elle mit fin à toutes les facilités d'un égoïsme tranquille. Aujourd'hui encore, il se souvient avec précision de leur rencontre. Ce fut fulgurant. Lui, l'homme timide qui se trouvait antipathique, incapable de séduire une femme, changea plusieurs fois de couleur quand il la vit apparaître, dans une de ces soirées dites mondaines mais qui ne sont en vérité qu'une addition de solitudes, des soirées où les habits sentent assez fort la naphtaline. C'était une belle demeure, à la Vieille Montagne, où les serveurs marocains étaient déguisés en esclaves romains, où, en fait, tout le monde se connaissait et se détestait avec une pointe d'humour qui cachait un malaise certain. C'était une assemblée hétéroclite, à dominante espagnole, avec l'inévitable folle qui dit que Tanger n'est plus ce qu'elle était et qu'il va falloir émigrer à Essaouira ou à Marrakech pour trouver son bonheur ; avec l'inévitable vieille Anglaise qui vous dit, un petit four à la bouche : « Je suis arrivée en 1932 pour un week-end. Mon mari devait régler une affaire à Gibraltar. Mon Dieu, Tanger est à une heure de bateau... alors, le week-end est devenu une vie. Ah, Tanger, quel mystère, quelle énigme ! Même si aujourd'hui les Marocains ont changé. » Elle vous dit ça les larmes aux yeux pendant que vous pensez à cette année 1932 où vous n'étiez pas encore né et où vos parents ne se connaissaient pas encore.

Donc la rencontre eut lieu dans cette atmosphère nostalgique à souhait et ennuyeuse à mourir. Ce ne fut pas un banal coup de foudre. Ce fut une insolation, accompagnée de fièvre, de tremblements et de délire. Comment ne pas la remarquer et ne pas se mettre dans une franche colère en tombant sur ces yeux si gris et si grands ? Était-ce à cause de l'alcool ? Il se sentit devenir courageux et audacieux. Plus de timidité. Plus de complexe. Plus de retenue. Il s'approcha d'elle et lui dit sans détour : « Vous n'auriez jamais dû venir à cette soirée ! » Et elle de lui répondre sans perdre une seconde : « Et vous, vous n'auriez jamais dû venir au monde pour faire des remarques aussi bêtes et aussi plates ! »

Le ton était donné. Ils se mirent à rire de quelques personnages déphasés, comme ce pianiste américain qui se croyait toujours à l'époque où la ville était sous statut international, ou cette vieille Italienne qui se disait la mère d'un parrain de la Mafia tué à Tanger en 1950. Puis ils rirent d'eux-mêmes, sans retenue, sans gêne. Ils eurent aussi le temps de se dire quelques méchancetés du genre : « Vos cheveux gras trahissent la médiocrité de vos idées », ou alors cette réponse : « Je préfère avoir les cheveux gras que les seins en forme de gant de toilette ! », ce qui amena Zina à ouvrir son chemisier, à dégrafer son soutien-gorge et à montrer ses superbes seins, fermes et lourds, ce qui laissa Abid sans voix. Ils éclatèrent de rire après un laps de temps, jusqu'au moment où un homme d'un certain âge, un Marocain ayant vécu longtemps à l'étranger, s'approcha de Zina et lui chuchota quelques mots à l'oreille. C'était son compagnon, un homme apparemment riche et distingué, un homme qui savait lui parler et la calmer. Abid comprit qu'il fallait la laisser et s'éloigna avec la nette impression qu'il venait de rencontrer, non pas la femme de sa vie, mais la femme qui allait précipiter sa perte. Il en était tellement persuadé qu'il revint à la vieille demeure pour lui parler, mais elle n'était plus là.

Pour elle, cette rencontre fut plutôt drôle tant elle trouvait Abid grossier et prétentieux. Il l'amusait et elle savait pertinemment qu'il essayait de la séduire en la provoquant. Le fait d'avoir ri avec lui l'inquiétait. Elle se disait que la séduction avait eu quelque effet. Comme lui, elle était en colère. Contre lui. Contre elle-même. Elle voulait le revoir, surtout pour lui faire des reproches, critiquer son comportement et lui dire combien sa prétention l'exaspérait. Le hasard allait les mettre nez à nez de nouveau. Ce n'était pas lors d'une soirée, mais à la bibliothèque française. Elle était venue rendre un livre et emprunter un autre. Il la suivit, lisant par-dessus son épaule les titres qu'elle sortait du rayon.

Dans un premier temps, elle emménagea chez lui. Elle apporta peu de chose : une petite valise et une caisse de bouquins. L'installation se passa sans heurts, mais très vite elle provoqua une première dispute : elle fouilla dans ses affaires, trouva un paquet de photos de ses anciennes amies, fit le tri en mettant de côté les photos de famille, puis brûla les autres. Quand il rentra, elle le reçut en lui jetant à la figure un bol plein de cendres. C'était sa manière de lui signifier que son passé n'avait plus lieu d'être et qu'il était désormais interdit de souvenir, du moins tant qu'elle serait là, dans cette maison où il n'y avait de place que pour un seul amour, violent et possessif. Il lui parla de principes, de ce qui ne se fait pas, de jardin secret, de territoire intime, qu'elle n'avait pas le droit de mettre le nez dans ses affaires... Elle lui rit au visage, brutale et indifférente, et promit qu'elle continuerait ses recherches pour vider la maison de la moindre trace du passé, récent ou ancien. A partir de ce jour, il vécut sur ses gardes, fermant à clé le tiroir de son bureau et cachant tout ce qui pouvait susciter les foudres de Zina. Il avait beau penser à tout, elle était plus forte et plus astucieuse que lui.

C'était l'époque où il travaillait sur commande. Une vieille dame espagnole, ayant de vagues liens de parenté avec le roi d'Espagne, lui demanda de peindre le portrait de sa famille. Il le fit dans son atelier, à partir de photos que la dame lui avait remises. C'était bien payé et, même si cela ne l'excitait pas beaucoup, il y prenait un certain plaisir. Un soir en rentrant, il voulut se faire un thé et écouter de la musique. Zina n'était pas à la maison. Quand il alla à la cuisine, il fut stupéfait : tous les ustensiles avaient disparu. La poubelle était pleine d'assiettes et de verres cassés, les couverts avaient été tordus à coups de marteau. Il se mit au salon et comprit que la folie s'était installée chez lui. Il se sentait démuni, sans défense, ne sachant pas comment réagir à cette nouvelle agression. Ce qui l'inquiéta, c'est qu'il n'avait nulle envie de la mettre à la porte. C'était hors de question. Elle était là et elle resterait là. Quelque chose de vague le rendait impuissant. Il se disait : « Oui, il faut réagir, mais comment ? Avec quels moyens ? Faut-il entrer dans sa logique et faire comme elle, ou au contraire lui donner une leçon en restant calme, voire indifférent ? » Il en était incapable. Comment simuler l'indifférence, alors qu'il avait envie d'éclater, de hurler et de lui tordre le cou ? Que faire ? Se taire ? Lui demander des explications ? Elle se moquerait de lui. Ce fut d'ailleurs ce qui arriva. Elle attaqua la première. Il se dit que c'était une excellente méthode : ne jamais cesser l'agression. Il faut dire qu'il ne s'y attendait pas. Dès qu'elle ouvrit la porte, elle lui jeta à la figure une vieille robe qu'elle avait trouvée dans l'armoire de sa chambre :

« Alors, tu te masturbes en t'enroulant dedans ? Tu fous ton visage de pauvre type dans le parfum plein de sueur qui a déteint sur les manches ? Tu sens les aisselles et tu te souviens du déodorant bon marché de ta dame ? C'est ça, tu te satisfais de fétiches ! Dis-moi alors pourquoi tu as gardé ce torchon ? Ah, tu vas me dire qu'elle l'a oublié ! Oui, c'est ça, mon pauvre ami, tiens, prends-le et fais-en des petites culottes qui parfumeront tes couilles et ton trou du cul ! »

Il resta abasourdi, n'eut pas une seconde pour placer un mot. Elle partit en claquant la porte. Le bruit résonna longtemps dans ses tempes. La guerre avait bel et bien commencé. Il ne s'y était pas préparé. Il reconnut que sa stratégie était efficace. Au lieu de s'expliquer sur la vaisselle qui avait été jetée, elle avait fait pire, redoublant de férocité. Il fallait répondre à cette double agression. Comment faire ? Il sortit faire quelques pas en ville, rencontra Salim à qui il se confia. Celui-ci lui conseilla de se séparer très vite de cette femme. Il lui dit :

— Toi, tu es un artiste, un être sensible, tu n'es pas un guerrier. Tu es mal tombé, elle est capable de te démolir, elle est très forte. N'entre pas dans sa folie, sinon tu es perdu !

— Non, répondit-il, je ne peux pas la quitter, je suis amoureux comme je ne l'ai jamais été. Je sais, elle a juré ma perte et elle y parviendra. Hélas, je n'y peux rien. Si je t'ai parlé, c'était uniquement pour me soulager, je ne cherche pas de solution, je sais qu'il n'y en a pas !

Il se souvint qu'il y avait dans son bureau un gros paquet de lettres d'amour qu'il avait gardées sans savoir pourquoi, des lettres d'admiratrices qui flattaient son narcissisme. Il se mit à courir, pensant à la scène qu'elle était capable de lui faire de nouveau. En rentrant chez lui, il la trouva assise au salon, le visage plein de larmes. Elle ne disait rien. Il crut qu'elle avait découvert les lettres, fouilla dans la poubelle, dans les cendriers. Apparemment elle n'avait rien trouvé et rien brûlé. Non, elle pleurait pour des raisons qui lui échappaient. Il n'eut pas la faiblesse de croire qu'elle était en train de regretter ce qu'elle avait fait. Il s'approcha d'elle, mit sa main sur son épaule. Elle pencha sa tête jusqu'à se poser sur sa main. Il n'osa pas lui demander la raison de ces larmes. Ils restèrent ainsi, silencieux. Une tendresse souffla sur ce couple comme la brise du petit matin. Il l'embrassa dans le cou, elle se tourna vers lui et le serra très fort dans ses bras. Ils firent l'amour avec une belle lenteur. Elle se laissa faire. Peut-être avait-elle besoin d'être aimée sans violence. Il adorait ses seins qu'il embrassait, mordillait et suçait. Elle gardait les yeux fermés et respirait profondément. Sa langue se promenait sur tout son corps. Quand elle arriva au bas-ventre, elle s'y engouffra, les lèvres chaudes, et y trouva tous les parfums du paradis. Elle avait posé ses mains sur sa tête et lui caressait les cheveux. Ils changèrent plusieurs fois de position. Ce jour-là l'amour était entouré de silence. La paix régnait dans la maison. Quelle étrange impression ! Ce moment de bonheur valait bien toutes les disputes du monde. Leurs jouissances furent simultanées et intenses. Le corps las, ils s'endormirent par terre au milieu du salon. Elle demanda un verre d'eau, puis se mit à rire, se rappe-lant qu'il n'y avait pas de vaisselle. Elle lui dit :

– Ça ne fait rien, je boirai à la bouteille.

– Non, tu boiras dans mes mains.

Ils allèrent à la cuisine, il fit couler le robinet, recueillit l'eau dans ses mains jointes, et elle but comme une gazelle. Ils étaient nus. Il l'aspergea d'eau. Elle se colla à lui et ils firent de nouveau l'amour, cette fois-ci debout. De temps en temps, ses yeux se posaient sur la poubelle. Il se dit qu'on ne pouvait pas chasser ainsi tout un passé. Elle se rendit compte qu'il était moins concentré qu'avant. Elle lui donna une gifle et l'amour fut interrompu. Elle prit une douche et s'enferma dans une des chambres, le laissant seul méditer cette gifle.

Le lendemain, il partit très tôt à son atelier et eut du mal à travailler. Il pensait tout le temps à elle. Il était obsédé par son image, par sa voix, par ses gestes, par ses colères. Il laissa de côté le portrait de la famille espagnole et se mit à peindre cette passion : du rouge vif et violent, mêlé à du jaune et du blanc avec des touches sombres, des ombres et des flammes. C'était mauvais. Non, cette passion ne pouvait se décrire. Elle était intérieure, hors des mots et des couleurs. Il s'imaginait bien que cette violence soudaine devait avoir des origines lointaines. Il décida de ne pas réagir et d'essayer de comprendre. Peut-être qu'en parlant avec elle, il lui trouverait des excuses du genre enfance difficile, fille unique, traumatisme à la naissance, etc. Elle lui dit un jour de ne pas jouer au psychanalyste avec elle, qu'il n'avait pas besoin de lui faire subir un interrogatoire déguisé pour savoir pourquoi ses réactions étaient si violentes.

« Écoute-moi, lui dit-elle. Est-il une chose plus vile que d'être satisfait de soi, dans une superbe vulgarité d'âme, et de forniquer en pensant au contenu d'une poubelle ? Tu ne me feras jamais croire que les défaillances sont saines et les décrépitudes subtiles. Sais-tu au moins, toi qui peins le monde derrière le monde, que nous sommes cernés par le vide, des gouffres où nous sommes tentés de nous jeter ? Mais cette tentation qui se veut notre ultime liberté est un leurre. Car, comme en enfer, nous renaîtrons pour souffrir davantage, éternellement. C'est vrai que l'idée d'être maître de notre mort est perverse, parce qu'en fait, elle nous rend maître de notre vie, mais une vie qui n'en vaut pas la peine ; du moins, ce n'est pas avec toi, en étant là comme une abeille dans un bocal de miel, content de toi, que la vie prend du sens. Au contraire, non seulement elle en perd mais s'annule dans une opération du Saint-Esprit qui te fait croire à ta petite, toute petite folie. Mais mon ami, la folie, la vraie, la grande, la terrible, celle qui arrache tout sur son passage, celle qui anime les génies est une denrée que tu ne connaîtras jamais, parce que tu es fait de telle manière que tu retomberas toujours sur tes pieds, en bon fils de famille qui se dit artiste parce qu'il sait imiter l'apparence des choses. Que veux-tu savoir ? Non, je n'ai pas été violée par mon père, ni abandonnée près d'un hospice par ma mère. J'ai eu une enfance heureuse, insouciante, sans problèmes. Ma violence est ma façon naturelle d'être. Je n'agresse personne gratuitement. Mais si on me ment, si on tente de me réduire à de l'insignifiance, alors, comme une bête, comme un animal de mes montagnes natales, je fonce et je fais mal. Je sais, je porte sur la vie des jugements cruels et sans nuance. En quoi ça te gêne ? De quel droit te fais-tu l'avocat du monde ? Et je souffre. Tout le temps. Je suis seule, affreusement et irrémédiablement seule. Voilà mon ami, mon ennemi intime, mon homme sans délicatesse, sans rigueur. A présent, laisse-moi, je ne vais pas pleurer devant toi. »

Bouleversé par ce qu'il venait d'entendre, il se retira dans sa chambre, espérant la voir, calme et sereine, venir se blottir dans ses bras comme une enfant blessée. Il attendit toute la nuit. En s'endormant il rêva d'elle. Il la vit dans un champ de blé en train de se battre avec une vipère à tête humaine. Il voulait lui venir en aide, mais une force étrange le retenait. Lui aussi se battait avec des ombres sur les terrasses des maisons de la vieille ville. Il se réveilla de ce cauchemar le visage froissé, l'âme amère, le corps tremblant. Il décida de la quitter. Partir, fuir, s'échapper, telle était la solution qui le hantait. Il eut peur. Puis il pensa sauver sa peau. Mais, se dit-il, que vaut cette peau sans cet amour, sans ces tensions qui me font mal mais me procurent des émotions d'une grande intensité ? L'aimait-elle ? Bien sûr qu'elle l'aimait, autant qu'elle le haïssait. Peut-être n'était-il pour rien dans ce torrent de sentiments contradictoires. C'était parce qu'elle l'aimait qu'elle ne lui pardonnait rien. Mais pourquoi la haine ? Elle avait besoin de passer par là pour atteindre quelques brefs instants d'extase. Il fallait payer le prix.

Il s'en alla un jour, seul, à la montagne, dans une vieille maison qu'un ami lui avait prêtée. Il emporta ses pinceaux et ses toiles et s'interdit de redescendre en ville avant d'avoir terminé au moins une œuvre. Le premier jour il ne pensa pas à elle. Il s'occupa à préparer son matériel. Le deuxième jour il se mit à peindre, mais il s'arrêtait souvent, comme s'il devait conjurer le sort et repousser de toutes ses forces l'image de cette femme qui ne cessait de grandir tout en s'approchant de la maison jusqu'à l'envahir et l'occuper entièrement. Il se sentait cerné par elle, la voyant partout comme un fantôme ou une revenante. Le troisième jour il se mit à parler tout seul, à s'adresser à elle comme si elle était présente physiquement. N'ayant pas de réponse, il abandonna tout et reprit le chemin de la ville en courant. Il avait besoin d'elle, besoin de la savoir là, besoin de ses colères, de son intransigeance, de sa folie, bref, besoin de la vie. C'était cela leur amour, un besoin incompréhensible pour un esprit logique, mais qui, comme tous les besoins vitaux, n'avait pas à être justifié.

Pour eux, l'amour, c'était d'être ensemble et en même temps de tout faire pour empêcher l'harmonie, la béatitude. C'était de pousser les sentiments à leur extrémité, de vouloir la présence et l'absence, l'étreinte et la rupture, la beauté et la vulgarité. Car plus leurs disputes étaient féroces, plus elles étaient vulgaires. Mais cela restait entre eux. Ils étaient les seuls témoins de leur propre bassesse. Le bonheur, c'était probablement cela : un état d'extrême tension interrompu par quelques scènes d'amour où leurs corps se reposaient en silence. La vie, c'était ce désordre, cette remise en question de tout, cette fenêtre ouverte sur la mort.

Lui avait les angoisses d'un artiste qui se cherche encore. Elle se moquait pas mal des repères et des certitudes. Elle le stimulait, le malmenait jusqu'à la détresse. Elle l'avait converti à la suspicion, le début de la folie, première porte d'un engrenage d'où l'on sort rarement grandi. La jalousie s'était infiltrée dans sa tête. Il s'était mis à suivre Zina sans oser la surprendre, de peur d'avoir trop mal, de peur de se trouver face à une situation qui l'aurait fait souffrir. Elle entrait dans un immeuble et lui l'attendait, s'imaginant qu'elle se donnait à un autre, un homme qu'elle n'agressait pas, un amant avec lequel elle faisait l'amour sans se poser trop de questions. Elle était douce et aimante, calme et heureuse. Il se cachait, comptait les minutes, les heures, et sentait monter en lui une espèce de fièvre qui trahissait ses faiblesses et ses inconséquences. Quand elle rentrait, il faisait semblant d'être serein et tranquille. Il lisait le journal. Dès qu'elle s'enfermait dans la salle de bain, il allait fouiller dans son sac. Il avait peur d'y trouver des indices. Il espérait de toutes ses forces être dans l'erreur. Il n'avait pas le courage de l'affronter. Elle était plus franche, plus directe et, sans même chercher des indices ou des prétextes, elle le provoquait :

« J'ai lu ton journal, je devrais dire ton défunt journal, car il est parti en fumée ; ça t'apprendra à te plaindre au lieu d'agir et de réagir ! Tu croyais que tu allais t'en tirer avec ces petits cahiers minables où tu consignais tes journées minables, tes soirées sinistres et tes rêves de petit bourgeois qui manque de cran et de vie ? C'est moi ton journal, c'est moi ta vie. Dorénavant tu n'auras plus besoin de te cacher pour écrire ces phrases mièvres et ces pleurs indignes. Oh, bien sûr, je n'avais pas le droit de le lire et encore moins de le détruire, mais sache que je t'ai rendu service, je suis en train de faire de toi un homme ! Alors, qu'as-tu à répondre ? »

Pour toute réponse il lui administra une double gifle qui la fit tomber. Elle se releva en souriant et lui envoya au visage la cafetière pleine de café tiède.

Il comprit que la jalousie était plus qu'une maladie : une malédiction. Pour elle, ce n'était qu'une variante de son intolérance. Elle disait :

« Je laisse la confiance aux imbéciles ; moi je n'ai confiance en personne et j'ai raison de suspecter, de surveiller et de fouiller, car je trouve toujours, je ne fais rien au hasard, même si je dois beaucoup à mon intuition. Les hommes pensent qu'on ne se rend compte de rien, qu'il nous faut du flagrant délit pour réagir. On n'a pas besoin d'en arriver là. L'important, c'est de faire de votre homme son propre détective. Il se surveillera lui-même, il marchera en se retournant pour voir s'il n'est pas suivi, et, quand il s'apprête à trahir, il sera tellement angoissé à l'idée d'être pris sur le fait qu'il ne pourra rien faire, son sexe restera dans sa culotte, froid et petit, honteux et misérable. Il faut occuper son esprit et, même s'il ne fait rien, il se sentira coupable. A la limite, quand la jalousie fonctionne bien, l'enfer s'installe de lui-même dans le couple, et tu verras ton homme s'accuser de trahisons qu'il n'a pas commises. Là, c'est la victoire ! Plus besoin de réclamer fidélité, confiance, respect... Ce sont là des balivernes pour midinettes. Il sera habité par ta jalousie, il l'aura à son insu intégrée à sa respiration. Et pour parfaire le tout, tu le provoques et tu le fais souffrir. Là, c'est le bouquet. Tu n'as plus qu'à attendre pour le ramasser en loques. »

Ainsi, pour eux, la jalousie était devenue un mode de vie, une façon particulière d'être, la voie royale pour souffrir et faire mal. Ils s'observaient, s'épiaient, se tendaient des pièges. Ils étaient de plain-pied dans l'engrenage en direction de l'enfer, ses antichambres où règnent la solitude, la fièvre et la folie. Il fut le premier à entrer dans ces antichambres. Il était persuadé qu'elle avait des indicateurs partout, au point que sa méfiance se transforma en un délire de persécution. Il soupçonnait tout le monde d'être de mèche avec elle, même sa mère, qui tomba malade après l'avoir vu dans cet état. Il ne mangeait presque plus, se mettait à fumer des pipes de kif, abandonna son atelier et ses commandes, maigrissait et ne souriait plus. Il considérait tous les faits et gestes de Zina comme des pièges montés pour un éventuel constat d'infidélité. Il était habité : sa mère était persuadée qu'un mauvais sort lui avait été jeté. Elle convoqua des voyants, des chefs de confréries et des amies, et décida avec eux d'agir. Il fallait sauver son fils. Elle ne lui dit rien, le mit en confiance et l'attira dans une soirée où des barbus debout entraient en transe en invoquant à l'infini Allah contre les forces de Satan. Curieusement, cette cérémonie lui plut. Il se mit au milieu du cercle et répéta avec eux leurs invocations. Il entra en transe, tomba, gesticula comme s'il avait une crise d'épilepsie, puis sombra dans un sommeil agité et fiévreux. La mère, habillée de blanc, suivait toute la séance, égrenant un chapelet et murmurant entre ses lèvres quelques formules religieuses. Le lendemain, il se réveilla avec une forte migraine, le visage griffé. Il ne se souvenait plus de ce qu'il avait fait la veille. Il pensa immédiatement à la réaction de Zina quand elle le verrait ainsi : elle l'accuserait d'avoir été griffé par une femme. Il décida alors de se laisser pousser la barbe et s'enferma dans son ancienne chambre d'étudiant, chez sa mère. Durant une semaine, il ne sortit pas. Il pensait fortement à Zina, en même temps il se félicitait d'avoir tenu autant de temps sans la voir ni lui donner de ses nouvelles. Cette disparition eut des effets positifs sur son état. Pour la mère, cela ne faisait aucun doute : les prières avaient agi. Pour lui, c'était la réclusion volontaire qui l'avait aidé à rendre les choses plus relatives. Le fait qu'elle ne cherche pas à le retrouver lui ouvrit un peu les yeux. Il comprit aussi combien la haine qui existait entre eux brûlait tout ce qu'ils essayaient de construire. Cette haine était violente et sans raison. Il se rendit compte qu'il était arrivé là où il l'avait trouvée le jour de leur rencontre : elle était au bord d'un abîme et, au moment de sauter, il s'était présenté avec son charme, son sourire et ses émotions. Il fallait l'amener jusqu'à elle, l'introduire dans sa détresse, en faire un frère en désespoir, un double, un jumeau qui aurait bu la même ciguë. Elle était sur le point de l'associer à son projet destructeur, de l'entraîner avec elle dans une chute finale.

La rencontre avait été une fulgurance. La rupture devait être une illumination, avoir l'effet d'une libération. Il découvrit que leurs solitudes pouvaient les rapprocher. Mais si la sienne était celle, naturelle, d'un artiste, celle de Zina était chargée de dégoût et de cynisme. Elle était l'expression d'un malaise profond et lourd, qui faisait d'elle une « hérétique de l'existence », bannie de la communauté des vivants, affranchie de tout et débarrassée de toute illusion.

Elle avait besoin d'un compagnon de route pour arpenter

les sentiers de l'enfer. Elle crut l'avoir trouvé en cet artiste qui manquait d'ampleur, c'est-à-dire de souffrance et d'épreuves. A présent elle n'avait pas à réapparaître. Son action n'avait plus de raison d'être. L'homme qu'elle persécutait n'existait plus. Elle lui avait montré la voie. Il n'allait pas tarder à se laver de cette histoire et à retrouver son univers. Entre-temps il avait changé. Quant à Zina, elle avait disparu. Comme un ouragan d'amour, elle avait tout bouleversé, détruit ce qu'elle pouvait détruire, puis, sa mission terminée, elle s'était fondue dans la nuit des ténèbres et n'avait laissé aucune trace derrière elle. Si : Abid était marqué à vie par cet amour. Et depuis cette histoire, sans oser le penser ou l'avouer, il ne cessa de rechercher Zina à travers toutes les femmes qu'il crut aimer. Quant à sa peinture, elle est devenue grave, forte et inquiétante.

Un jour d'été particulièrement chaud, il prit toutes ses toiles et les exposa sur la terrasse de l'immeuble où se trouvait son atelier. Il les disposa face au soleil et les laissa ainsi tout un mois. Les enfants marchaient dessus, les femmes y étalaient le linge qu'elles ne pouvaient suspendre. Le jour où il remonta à la terrasse, il fut curieusement heureux de constater que le soleil avait avalé sa peinture. Les couleurs n'étaient plus à leur place, les visages n'avaient plus de forme ; certaines toiles étaient déchirées, d'autres étaient devenues toutes blanches, comme si elles n'avaient jamais été peintes. Il remercia le soleil de l'avoir aidé à se débarrasser de ce travail de plusieurs années :

« Merci de m'avoir soulagé, je n'ai jamais été peintre, je n'ai pas l'âme d'un artiste, l'art ne m'a pas permis de me comprendre, ni de savoir ce qu'il y avait derrière l'apparence du monde. Un artiste se met à déchoir à partir du moment où il pense avoir trouvé les clés de quelques mystères. J'ai cru que le réel était à ma portée. Je me suis appliqué à le recopier. J'ai fait des portraits assez réussis dans la mesure où les visages que j'ai dessinés se sont reconnus avec satisfaction. J'ai été fidèle aux reflets de l'apparence, j'ai suivi les chemins du visible alors que ce que j'aurais dû faire, c'était révéler ce qui ne se livrait pas. J'avoue avoir trahi l'art et n'avoir eu aucune exigence. Alors, à quoi bon mentir et continuer à faire semblant ? J'aurais pu brûler les toiles, on aurait dit que c'était un geste irréfléchi, une folie, la colère d'un moment de déprime. Non, j'ai préféré les vider lentement de leurs contenus. C'est un acte réfléchi, simple et décisif. Je connais un écrivain argentin qui n'a publié que trois romans ; il en a écrit neuf autres qu'il a détruits en ressentant un immense plaisir. C'est peut-être sa façon de témoigner sur les limites de toute littérature. Dans mon cas, je ne cherche à témoigner que sur une seule chose : mon incapacité à changer quoi que ce soit dans ma vie par la peinture. »

Telle est l'histoire du premier ouragan. Zina disparut comme elle avait surgi dans ce conte. Abid dit que ce ne fut qu'un cauchemar prémonitoire. Il se mit à se raconter des histoires et prétendit qu'un jour d'hiver Zina lui avait envoyé une messagère pour le retrouver à Asilah. Il a eu raison de rêver et d'effacer de sa mémoire ce qui l'avait torturé au point de ruiner sa vocation. Il vivait mal, réduit à dessiner le calendrier des sapeurs-pompiers de la ville. Ses cours de piano ne lui rapportaient pas grand-chose. Il survivait dans la pauvreté, mais se sentait riche quand il évoquait son passé.

Asilah

Notre héros fabule. Il a rangé tous ses souvenirs dans une petite mallette. Quand il n'a plus envie de supporter le présent, il l'ouvre et croit entendre une musique mécanique faite pour l'installer dans le passé. C'est sa façon de s'arranger avec l'angoisse qui l'étreint souvent. Il lui suffit d'une pipe de kif, un verre de thé et le silence pour se retrouver vingt ans en arrière dans les bras de la plus belle femme de Tanger, messagère des passions et de la mort.

Abid est assis au café avec ses amis Bilal, Bachar, Carlos et Salim. Ils échangent des banalités comme d'habitude. En fait, Abid est dans sa chambre, la mallette ouverte. Il a fait brûler de l'encens et attend. Il se voit au café, tantôt seul, tantôt avec les autres. Mais il a envie de s'abstraire, de ne plus entendre les bavardages autour de lui. Il rallume une autre pipe, tire dessus nerveusement, et là il voit une femme en djellaba noire, le visage voilé, entrer au café.

Tout le monde se retourne. D'habitude, ce genre de femme n'entre pas dans ce lieu. Elle avance d'un pas décidé vers Abid, à qui elle tend la main. Il se lève, la salue et la suit vers la sortie. En quelques secondes, il imagine tout ce qui pourrait lui arriver : cette femme serait de la police parallèle, venue le kidnapper et l'interroger dans une cave

143

sur un mouvement subversif ; elle serait envoyée par un galeriste parisien qui aurait découvert sa peinture et serait prêt à lui faire un bon contrat ; elle serait une amie de sa femme ou une voisine venue lui annoncer une mauvaise nouvelle ; elle serait une trafiquante de drogue déguisée en musulmane, venue arracher Abid à sa petite vie où il ne se passe pas grand-chose ; elle serait une femme décidée à faire sa connaissance et à s'offrir à lui quand il voudrait et où il voudrait... Toutes ces suppositions se mélangent dans sa tête pendant qu'il marche derrière elle. Il aurait pu ne pas la suivre. Qu'est-ce qui l'a fait se lever comme s'il avait reçu un ordre militaire ?

Arrivé sur le trottoir, il lui dit :

— Est-ce que je vous connais ?

— Non, mais vous connaissez celle qui m'envoie.

— Et qui vous envoie ?

— Je n'ai pas le droit de vous le dire.

— Et pourquoi moi ?

— Le hasard. Vous y croyez, vous ?

— Un peu.

— Le hasard est ce qui nous gouverne. Il nous suit partout et nous ne faisons qu'appliquer ou subir ce qu'il a décidé pour nous. Enfin, ce n'est pas de ça que je suis venue vous parler.

— Alors que me voulez-vous ?

— Je suis envoyée par une femme dont la beauté et la bonté sont légendaires. De mauvaises langues disent qu'elle est connue pour avoir rendu fous beaucoup d'hommes. C'est une sainte. Elle vit retirée et souhaite que vous veniez faire son portrait.

— Je ne peins plus.

— Je pense que pour elle vous reprendrez vos pinceaux. Elle m'a donné une avance pour vous.

Elle lui donne une enveloppe. Abid la prend, puis essaie

de fixer les yeux de la femme en noir. Ils sont baissés. Il croit reconnaître la voix. Il n'est pas sûr de lui.

– Puis-je vous demander pourquoi cet accoutrement à la Fantômas ?

– Je suis de la même confrérie que la femme qui m'envoie. C'est celle du Respect de la Femme.

– Mais, dites-moi, le portrait que je dois faire sera celui d'une femme à visage découvert...

– Vous verrez avec elle. Vous avez une lettre avec l'argent. Vous saurez ce qu'il faudra faire.

Que de mystère ! Abid est désarçonné, il ne sait pas ce qui lui arrive et sent l'angoisse l'envahir. Sa vie d'ancien artiste va être de nouveau bouleversée. Il est ému et pense évidemment à Zina, dont le souvenir est toujours très vif. Il se dit : « Vingt ans après, elle me donne toujours des frissons. Quelle femme ! Elle serait devenue sœur musulmane et n'aurait plus d'amants. Il m'a semblé reconnaître les yeux de Zina derrière le voile de Fantômas. C'est probablement l'émotion qui me joue des tours. Zina a disparu, nous n'avons plus de nouvelles d'elle. Cette femme en noir n'est qu'un fantôme d'un passé qui m'a fait assez mal. »

Abid prend son sac et s'en va en disant à la bande : « Je vous raconterai plus tard. »

Curieux de savoir ce que contient la lettre, il a tenu à l'ouvrir dans son atelier. Il y avait effectivement de l'argent, quelque chose comme cinq mille dirhams, mais en billets qui n'ont plus cours depuis au moins dix ans. Il se met à rire. Une farce ? Une plaisanterie des membres de la bande ? Il lit la lettre, écrite en arabe en calligraphie koufique :

« Ami du Bien et de la Consolation,

« Te souviens-tu de la lumière du crépuscule, quand elle donne des couleurs à la mer, quand le froid étreint les amants et la nuit enveloppe leurs rêves? Je suis de ce temps qui s'est arrêté sur l'ultime lueur du soir. Je suis la prairie demeurée verte loin des hommes. Je suis l'ombre du souvenir qui s'étend comme un nuage lourd sur une ville qui a perdu son âme. Je suis l'orgueil qui s'agenouille pour te demander une ultime faveur : faire revivre un instant le souvenir de notre première étreinte dans cette vieille demeure humide d'Asilah. Je suis revenue d'un voyage d'où l'on ne revient jamais. J'ai réussi à traverser les années, les forêts et les déserts, juste pour que l'émotion qui secoua mon corps et s'installa dans mon âme fût de nouveau rappelée pour que cette passion s'éteignît. Respirer! J'ai oublié comment respirer, comment se pencher sur la tombe et ne plus rien entendre ni sentir. La consolation dont nous avons besoin est en nous… »

Suivent des indications pour le jour et l'heure des retrouvailles d'Asilah. La lettre est signée d'un Z qui ressemble à une demi-lune avec une étoile au-dessus.

Comme un enfant, Abid s'est mis à compter les heures. Impatient, il marche nerveusement dans son bureau. Il compte l'argent qui n'a plus aucune valeur, le remet dans son enveloppe et se voit riche.

Asilah est une petite ville blanche et propre. L'hiver, elle est hors du temps, à l'écart du monde, loin du bruit. Elle vit dans le recueillement et la solitude pleine d'humidité. L'été, elle est envahie, étranglée, et souffre en se laissant aller à la débauche. C'est la saison où elle grossit, perd sa grâce et éparpille sa beauté.

Abid et Zina se retrouvaient à Asilah à l'époque de leurs amours. Ils s'y cachaient pour s'aimer, loin des regards indiscrets et des mauvaises langues. Ils avaient peur de la police, qui à l'époque faisait des rafles et emmenait au

146

commissariat les couples qui ne pouvaient pas prouver sur-le-champ qu'ils étaient mariés.

C'est dans la maison bleue qui donne sur le cimetière que Zina a donné rendez-vous à Abid. Appartenant à une vieille amie de Zina, elle est inhabitée l'hiver. La clé est sous la pierre tombale de Zrirek, le vieux pêcheur aux yeux plus bleus que la mer. Arrivé le premier, Abid attend en faisant les cent pas dans la ruelle. Des enfants jouent avec un ballon en chiffons. Comme d'habitude, Zina arrive en retard. Toute de noir vêtue, elle avance sans lever les yeux du sol. En passant à côté d'Abid, elle dit : « Ne me suis pas, attends un peu, je vais chercher la clé. Tu frapperas à la porte et je t'ouvrirai. »

Abid acquiesce de la tête et se met à jouer avec les enfants. Dix minutes plus tard, le cœur battant, la gorge sèche, il donne deux petits coups à la porte. Une odeur de renfermé et de moisi l'accueille à l'entrée. Il fait doux dehors. Il manque s'étrangler en avalant sa salive de travers. Il tousse et respire mal. Il fait sombre. Aucune fenêtre n'est ouverte. La lumière est coupée depuis longtemps. La maison est telle qu'elle était il y a vingt ans. Zina, sans voile ni djellaba, n'a pas changé. Un corps de jeune fille, un regard étrange. Elle le serre dans ses bras. Elle met la tête au creux de son épaule et reste ainsi à humer son odeur quelques minutes. Abid tremble d'émotion. Il tient à peine sur ses jambes. Cette scène, avec ses émotions et ses odeurs, n'est pas neuve pour lui : il l'a déjà vécue. La sensation qu'il éprouve est exactement la même qu'il y a vingt ans : trouble et pesante comme une terre lasse qui tombe sur son corps, essayant de l'ensevelir. Dans la bouche, il a le goût des figues sèches moisies par le temps. C'est l'avant-goût de la mort. Il le sait intuitivement, mais il est incapable de l'expliquer. Il se dit, dans un bref moment de lucidité : « C'est ça, la mort. Ça commence par une morsure dans le cou, puis ça descend jusqu'à la pointe des pieds. » Son père lui disait que la mort monte des orteils jusqu'aux cheveux, ça prend du temps, ça monte, ça monte... et lui sent que ça descend, ça descend...

Zina s'accroche à lui comme à un arbre qui lui donnerait de la vie et de l'ombre. Elle n'a pas changé. Ce n'est pas qu'une impression. Abid est dans les bras de la même personne qu'il a connue il y a vingt ans. Elle est toujours jeune et belle. Comme dans un conte, elle n'a pas changé physiquement. Son corps est aussi lisse et ferme que celui de la jeune fille qu'elle fut et qu'elle est toujours. Pour elle, le temps ne s'est pas déroulé. Il ne s'est rien passé. Son visage n'a subi aucun travail.

Abid essaie de sortir de cette angoisse. Mais le doute devient de la peur. Cette femme n'est pas de ce monde. C'est une apparence humaine qui se joue de sa raison. Sa lucidité n'est pas certaine. Pourtant ce corps qui l'enroule et l'embrasse a quelque chose de rassurant. Zina refait exactement les mêmes gestes qu'à leur première rencontre. Elle lui dit les mêmes paroles et lui murmure la même rengaine à l'oreille. Sa voix le chatouille. Il essaie de se dégager de cet enlacement, mais n'y parvient pas. Son plaisir grandit, en même temps que son inquiétude devient diffuse. Drôle de sensation : être là et ailleurs ; être au présent et au passé ; mêler le désir avec le goût des figues séchées, et se préparer à mourir dans les bras de la plus belle fille de Tanger... Mourir ou renaître avec de nouvelles forces, avec un destin tout neuf tissé par les mains d'une femme de la montagne qui parle aux pierres.

Zina essuie une larme. De sa voix cassée, elle dit : « J'ai froid. » Abid la serre de toutes ses forces et l'embrasse longuement dans le cou, comme il aimait tant le faire avant. Elle rit. Il lui caresse les seins, libres sous le chemisier.

Comme il faisait avant, avec la même lenteur, les soupèse en disant :

– Grâce et bénédiction de Dieu sur ces biens que le hasard me met entre les mains...

– Ne mêle pas le ciel à ton obscénité ! Quant au hasard, c'est une vieille histoire qui traverse nos vies à notre insu, pendant qu'on s'imagine que nous maîtrisons ce qui nous arrive ou ce que nous provoquons.

Cette pensée est toute neuve ; elle n'avait jamais été exprimée par Zina auparavant. Il commence à se détendre, rit, met la tête sur sa poitrine, de façon à ce que chaque bout de sein se pose sur ses paupières. Comme un enfant, il tète et suce. De nouveau il sent le goût des figues. Cela dure une seconde. Zina le serre contre elle. Ils sont sur le tapis humide. Elle commence à retirer sa jupe. Abid l'arrête. Elle ne comprend pas. Il veut casser la répétition. Il sait à présent qu'elle agit comme une mécanique impitoyable, refaisant les mêmes gestes. Après la peur, il sent monter en lui la volonté de changer le cours des choses. Étendu sur elle, il lui murmure à l'oreille :

« Je te veux interdite, voilée et en djellaba ; je te veux enlaidie par cet accoutrement ; je te désire dans ta rage fanatique ; je te prendrai dans les ténèbres de ton monde ; je ferai avec toi tout ce qui nous est interdit ; je te veux sainte et putain ; je te veux sans nostalgie, sans larmes ; je te veux prosternée, tes lèvres fraîches sur le bout de mon pénis ; pas de retour en arrière ; nous vivons le moment présent ; je suis Abid Fenane, quarante-six ans, marié sans enthousiasme, père de deux enfants ; je ne suis pas beau, j'ai du ventre et plein d'incertitudes ; et toi, n'es-tu pas Zina, celle qui a toujours vingt et un ans, libre et sans enfant, disparue dans une bourrasque du vent bleu de l'exil, jamais retrouvée ; tu as le ventre plat et les seins toujours aussi beaux ; je te veux telle que tu es, une femme du lointain, un rêve persistant, une ombre de mes souvenirs ; tu as été ensorcelée par des fanatiques et tu es restée si désirable, faisant de ta vertu un excès d'érotisme ; plus tu effaces ta beauté, plus tu m'attires ; plus tu voiles ton corps, plus il me fait bander comme à l'époque de nos vingt ans... »

Quelque chose s'est brisé dans cette cérémonie. Zina se met à pleurer, se lève brusquement et se rhabille. Abid est à moitié nu. Il la regarde en se délectant. Il sent qu'il n'est plus le même ; quelque chose en lui le pousse à réagir ainsi. Il ne se rend pas compte de ce qu'il dit ni de ce qu'il fait. Il pousse un râle de plaisir. Une fois tout habillée, Zina dit derrière son voile noir : « Viens me prendre, si tu es un homme ! »

La voix a changé. Les yeux cendre sont devenus rouges, et le corps raide. Assis par terre, Abid la contemple, apeuré. Elle lui récite un tas de formules religieuses, puis ajoute :

– Tu n'es qu'un voyou, un *zandiq*, un homme sans religion, sans morale, fils de la rue, fils de l'adultère, sans principes, sans vertu, vendu à l'Europe pourrie, sans rigueur, adepte du mécréant Voltaire et de ses disciples. Lève-toi, viens, si tu es un homme, viens chez Zina qui t'apprendra la prière et le respect de la femme...

– Continue, tes menaces et tes châtiments m'excitent.

La voix retrouve la douceur du début :

– Arrête ! C'est un jeu stupide ! Regarde mes yeux, ils sont rouges de colère et de honte. Suis-je la même femme que tu as connue ? Suis-je l'éternité figée dans le temps ? Suis-je le temps qui s'est immobilisé, un jour où le vent d'est m'a jetée sur la falaise des détritus ? Qui suis-je ? Je ne le sais pas. Personne ne le sait. Alors je ne joue pas au plus fort. Peut-être ne suis-je qu'un rêve en train de s'éteindre...

Les murs d'Asilah suintent d'humidité. Une brume épaisse est descendue sur les toits des maisons. Les enfants disent que le ciel s'est approché de la terre ; certains montent sur les terrasses malgré le froid, tendent la main et essaient d'attraper un morceau de brume. Les mères les appellent ; ils répondent : « Nous sommes avec les étoiles. » Les chats longent les murs. Un bateau lance des appels. Asilah s'endort lentement, comme d'habitude. Il règne dans la maison froide un calme précaire. Les corps sont séparés, ils ne bougent pas. Ils sont couverts par un tapis. Comme avant, comme au premier jour, comme il y a vingt ans, ils font le même rêve :

Ils sont vieux, assis au Café Hafa, regardent la ligne de rencontre de la Méditerranée et de l'Atlantique. Elle est verte. Elle est invisible. On l'imagine. Chacun en voit le tracé là où il pense le voir. Ce soir ils sont les seuls à repérer la vraie ligne. Ils se tiennent par la main et, de temps en temps, se disent des choses anodines :

– Le thé est toujours trop sucré.

– La menthe mêlée à l'absinthe provoque des tremblements.

– L'absinthe dans la théière n'est pas une bonne chose...

– Elle ne porte pas bonheur.

– Elle provoque des disputes entre époux.

– Elle installe des différends entre les amis.

– Ah oui !

– Il fait froid.

– Tiens, prends ma veste et mets-la sur les épaules.

– Merci, mon ami.

– Tu entends ce bruit de moteur ?

– C'est une barque de pêche.

– Ou une barque pleine de kif en direction de la Hollande.

– Tu en sais des choses !

– La barque doit rejoindre un bateau au large.

– Encore du thé ?

– Non merci. Redis-moi combien tu m'as aimée…

– Je n'ai aimé que toi.

– Même quand je n'étais plus là ?

– Toutes les femmes que j'ai rencontrées avaient quelque chose de toi. Tu m'as poursuivi partout et tout le temps.

– J'ai les yeux humides.

– Moi aussi.

– Nous nous aimons comme de vieux amis.

– Comme des amants qui ont fait toutes les guerres.

– Est-ce de l'amour, quand tout est calme, quand nous respirons au même rythme, quand nous voyons la même chose au même moment ?

– Je suis en toi ; tu es en moi. Nous sommes une seule et même personne. Nous avons épuisé toutes nos énergies.

– Nous nous sommes vidés et nous sommes paisibles.

– Nous sommes possédés comme dans un conte après la saison des pluies… nous sommes nus, simplement nus.

– La mer s'assombrit.

– C'est une nuit sans étoiles.

– Il fait froid.

– Allons, rentrons…

– Mais rentrer où ? Nous n'avons pas de maison, pas de famille, pas d'amis, nous sommes seuls et personne ne nous voit. Alors, attendons sur ce banc l'arrivée de l'Ange.

– L'Ange risque de nous oublier. Il a tant à faire en ce moment.

La maison est entièrement sombre. Le froid se fait plus vif. Les deux corps se relèvent et, sans se dire un mot, sortent. Chacun va d'un côté. Ils se tournent le dos et ne se retournent pas pour se voir. Ils ont peur ; Abid plus que Zina, qui se dirige vers le cimetière de la ville. Abid cherche un café encore ouvert. C'est un homme brisé.

D'une main tremblante il ferme la mallette. Il porte l'encensoir à l'extérieur et le dépose sur le bord de la fenêtre. Il range sa pipe et constate qu'il n'a plus de cannabis. Il va dans la salle de bain et s'observe dans le miroir. Il a vieilli. Des rides autour des yeux, des cheveux blancs sur les tempes. Ses dents sont noircies par la fumée du kif. Il a envie de pleurer. Il regarde autour de lui. Sa chambre ressemble à un grenier plein de vieux objets. Il se considère comme l'un de ces objets. Vieux et inutile. Pense à sa femme et à ses enfants. Ils dorment en bas. Lui n'a aucune envie de dormir. Il n'a envie de rien. La nuit lui fait peur. Comment a-t-il fait pour tout rater ? Il ferme les yeux, mais continue de voir des images se mouvoir. Il se met un bandeau noir sur le visage. Les images deviennent de plus en plus nombreuses et précises. Il voit ce qu'il n'a jamais voulu voir : son corps piétiné par Zina, qui change de visage à chaque fois qu'elle tourne sur elle-même. Elle lui tend un sac en plastique noir. Il l'entend lui dire : « Viens, viens me rejoindre, l'enfer a besoin de tes lumières ! » Il ne se demande pas ce qu'il a pu faire pour être ainsi désigné pour aller en enfer. Il ne se pose plus ces questions, s'empare d'un sac-poubelle, met sa tête dedans et tire sur la ficelle. Il a du mal à respirer. Tout en restant calme, il tâte son sexe qui commence à grossir. Il est excité. Il sent la main puis les lèvres de Zina entourer son pénis. Il est en sueur. Le plastique enfle. L'air se fait de plus en plus rare. Il étouffe. Des étoiles argentées brillent à l'horizon. Il se voit marcher sur une route infinie, où une femme tout de blanc vêtue lui tend les bras. Il court. La silhouette blanche s'éloigne. L'écran est vide. La tête d'Abid tombe sur la table. Il ne respire plus. De la mallette fermée sort la petite musique mécanique. Un grand silence règne dans la maison.

Ainsi Abid faillit succomber à l'appel de la mort enrobée dans une beauté foudroyante. Nous n'accuserons pas Zina. Ce serait trop facile. Zina est ailleurs. Nous essaierons la prochaine fois de la localiser.

L'homme du songe

Moi, Zina, je ne crois pas qu'Abid soit mort asphyxié. Il n'est pas mort. Il ne m'a pas rejointe là où je l'attendais. Dahmane en rajoute un peu. Abid est resté petit dans son coin. Il s'est inventé des souvenirs et se les raconte avec la même monotonie, sans jamais s'en lasser.

Pendant qu'on racontait son histoire, pendant qu'il se perdait dans les brumes d'une Asilah n'existant que dans sa tête, ailleurs je me manifestais en prétendant que j'étais l'envoyée de Moha, que j'aurais connu dans un asile d'aliénés. J'exhibai même une lettre authentifiée par les empreintes de son pouce droit.

J'apparus sous les traits de l'homme aux haillons de soie et aux dents en or. J'étais sur un âne qui avançait péniblement, le ventre bas, trop bas. Je m'arrêtai place de France, saluai le drapeau français et fixai de mon regard les hommes assis au Café de Paris. De la main je les fis taire et leur dis ceci :

« Alors, le monde va mal, très mal. Vous êtes assis là, dans ce café misérable, vous radotez comme si le monde avait besoin de vos réflexions. Mais passons. J'ai l'âme ficelée par un fil d'or, signe de bonté, dit-on. Est-ce l'âme ou le cœur qui chavire à l'approche de la mort ? Celle de la ville est en route. Elle avance lentement. Il est de mon devoir de vous prévenir : votre ville n'est plus votre ville ;

155

vos souvenirs vont devoir vous aider à vivre et à vous repérer dans l'espace. Je sais qu'une femme s'est emparée de la ville et qu'elle est dans les parages. A travers mes haillons, c'est mon âme que vous voyez. Elle est blessée. J'essaie de la consoler en parlant haut et fort sur les places publiques, et je vous dis que ce n'est pas la folie qui crie, mais la révolte d'un corps échappé de justesse à la terre mangeuse d'hommes. Je suis allé, comme des centaines d'avocats, au tribunal de première instance de Rabat proposer mes services. J'ai couvert mes haillons d'un burnous noir pour rappeler que j'ai été avocat à l'époque de l'olivier et du figuier, à l'époque où mes mots tombaient comme des fruits mûrs, où mes plaidoiries étaient apprises par cœur par les étudiants. Moi aussi je voulais défendre cet homme qui avait accusé le gouvernement de vol, d'enrichissement illicite, de mauvaise gestion et de corruption. On ne m'a pas laissé entrer. On m'a repoussé comme un malpropre. On m'a jeté comme un mendiant. On m'a bousculé. Je suis tombé ; mon âne s'est penché et j'ai pu le monter.

« Vous riez ! Vous ne me croyez pas ! Malheureux ! Mais nous avons le plus beau pays du monde et le gouvernement le plus honnête de tout le tiers-monde. Nos ministres sont reconnaissants au gouvernement d'exister ; il leur permet de nouer des amitiés solides, d'avoir des fortunes spirituelles, de cultiver la passion de la justice et du dévouement. Arrêtez de vous moquer. Ce que je dis est vrai. Il faut dire que je n'ai pas de preuve de ce que j'avance. Pourquoi vous dire ça à vous, et surtout dans cette ville maudite dont l'âme a été spoliée par une femme aux yeux étranges qui séduit, abandonne, détruit, puis renaît avec un visage toujours neuf, jamais le même, dans un corps toujours jeune, mais avec une âme tellement chargée de noirceur qu'il lui arrive de vomir de la bile noire ? Tanger est la poubelle du pays. Non, je n'ai pas dit la plus belle du pays. Entendez-moi bien : c'est la décharge municipale de tout un pays. Personne ne vient se salir les mains et l'esprit en se penchant sur cette malade qui pue ! Vous voyez ce que je vois ? Une fourgonnette de police. Ils appellent ça une voiture de la Sécurité nationale ! Je vous dis adieu ! C'est moi qu'ils veulent. A quoi bon résister ? Mes paroles leur sont déjà parvenues. Peut-être même que tout le café est sur écoute. Je vous dis, nous sommes dans un État de droit. S'il y a eu écoute, c'est par décision de monsieur le procureur. Tout est en règle. Je ne suis qu'une âme en haillons de soie qui s'apprête à monter dans une fourgonnette de la Sécurité nationale pour une destination que je vous laisse deviner, tout en vous promettant de revenir, cette fois-ci pas seul, l'âme revigorée et le cœur endurci. »

Le soir même, j'étais libre. Je ne savais pas où aller. J'avais besoin de me laver et d'enlever le cirage qui m'avait permis de me déguiser. Alors je partis me baigner sur la plage des Grottes d'Hercule.

Dahmane et Jamila devaient être à Marrakech sur la grande place. Demain ils raconteraient l'histoire d'Abid et Zina. Qu'importe si, chaque fois, ils changent la fin. Cela dépend de leur humeur ou de l'ambiance régnant sur la grande place. Je sais ce qu'ils diront :

« Gens du Sud, gens de sable, peuple du désert, aidez-nous à retrouver Zina, Maîtresse des mots et Sainte de la parole. Où est-elle à présent ? Elle doit être immobile mais pas figée. Nous la sentons proche. Est-elle, comme on dit, la légende réfugiée dans une maison en ruine en haut de la Grande Montagne, du côté des Grottes d'Hercule ? Ou bien veille-t-elle le corps d'un enfant malade à l'extrême sud du pays, là où n'arrivent ni médecins ni infirmiers, là où les guérisseurs se livrent à leurs pratiques, mélangeant la poudre de cervelle d'hyène avec du venin de vipère ? Serait-elle devenue l'une de ces femmes au visage buriné, le front et le menton tatoués de petites étoiles, le corps caché dans des robes noires retenant la poussière des sables, les yeux profonds, les lèvres gercées, passant le temps à scruter l'horizon tout en mâchant l'écorce amère du *souak* pour faire briller les dents ? Ou bien se serait-elle installée dans la Cabane du Pendu, au fond de la Forêt diplomatique, tel un fantôme habillé de caftan de lumière et de robe de mariée morte le soir même de ses noces, portant ainsi le malheur à bout de bras, comme si cette femme n'avait rien d'autre à faire que de persévérer dans la folie froide d'une vengeance qui ne sera jamais assouvie ? »

Au lieu de faire des spéculations sur mon existence, ils feraient mieux de vous parler de l'homme tombé du ciel et des quatre filles qui l'ont recueilli. Ne me demandez pas d'où elles viennent ni ce qu'elles font en ma compagnie. Moi aussi, je les ai recueillies et j'en ai fait des messagères habilitées à puiser dans mon âme tout ce dont elles ont besoin pour mener à bien les missions que je leur confie.

Cet homme, appelons-le l'Homme du Songe. Les filles pensaient qu'il allait descendre dans un couffin, les pieds larges, les mains longues, le front immense, la bouche épaisse, l'œil tantôt bleu, tantôt vert, la voix claire et le regard simplement amoureux. Mais du ciel ne descendit qu'un pigeon malade. Alors les yeux des filles fixèrent l'horizon. Et l'homme apparut, marchant sur le sable, suivi par un dromadaire. Le vent le poussait, mais lui avançait sans se presser. Il laissa son dromadaire à un gardien et descendit dans les Grottes d'Hercule comme si c'était là sa demeure. Il faisait frais et il se laissa bercer par le bruit des vagues. Il s'assoupit, les jambes écartées, la braguette de son séroual ouverte. Les quatre filles l'entourèrent et le regardèrent comme si c'était un don du ciel. Elles étaient inséparables et n'avaient pas touché un homme depuis longtemps. Chacune était une histoire. Elles étaient nées pour se retrouver et former les doigts d'une seule main. Personne en ville ne connaissait leur existence. Il y avait la métisse Batoule, la blanche Kenza, la brune Zineb et Houda à la peau miel.

Elles ne s'étaient pas retrouvées par hasard. Il était écrit qu'elles se rencontreraient pour se laver de leur histoire, pour ne constituer qu'un seul et même être.

Batoule n'avait même pas seize ans lorsqu'elle fut donnée en mariage à Hmidou, son cousin, fils de Hmida, modeste contrebandière de tissus entre Ceuta et Tétouan, une brave femme qu'on appelait « Gorda » à cause des pièces de tissu qu'elle enroulait autour de la taille et qui lui donnaient l'aspect d'une femme obèse. Hmidou vivait de petits trafics sans trop se fatiguer. Il installa son épouse chez son père, séparé de sa mère et qui venait juste de se remarier avec une jeune veuve. Au bout de quelques semaines, Hmidou répudia Batoule en lui reprochant d'être une négresse, et devint l'amant de sa belle-mère, qui n'était autre que la cousine de son père, dont on disait que le diabète avait amoindri ses capacités sexuelles. Batoule retourna chez ses parents et pleura longtemps, jusqu'au jour où elle entendit l'appel de la Maîtresse des mots, la Sainte des paroles qui réparent les cœurs.

L'histoire de Kenza est aussi malheureuse. C'était la fille adorée de Larbi, un jardinier sourd-muet qui travaillait chez un couple d'Italiens. Il ne pensait qu'à son bonheur et espérait lui trouver un jour un homme de qualité. Mais, à l'époque, les hommes de qualité ne couraient pas les rues. Les jeunes qui la suivaient dans la rue renonçaient à la demander en mariage dès qu'ils apprenaient que son père était sourd-muet. Ils pensaient qu'avoir un beau-père handicapé portait malheur.

Un jour, Kaddour, un jeune pêcheur d'une trentaine d'années, bien portant et d'une apparence civilisée, se présenta avec sa mère, qui avait apporté un grand bouquet de roses, deux caftans, dix pains de sucre, un bracelet en or, du henné et des dattes. C'était la tradition des gens de qualité. Larbi était conquis. Il s'isola avec Kenza et lui demanda son avis. Elle mit sa main ouverte sur le cœur et baisa le front de son père, qui en conclut qu'elle était d'accord. Ainsi Kenza se maria avec Kaddour.

Le jour même de la nuit de noces, le pêcheur s'excusa parce qu'il devait partir avec un groupe de marins espagnols. Il revint le lendemain et lui fit signe de se mettre à plat ventre en lui disant : « Il n'y a que ton cul qui m'intéresse... C'est un cul de garçon ! » Elle refusa d'obéir. Il la gifla et s'en alla. Trois jours plus tard, il revint, accompagné d'un jeune homme efféminé. Il s'enferma avec lui et demanda à Kenza de leur servir à boire et de préparer les anchois en *tapas*. Ce qu'elle fit. Quand elle entra dans la chambre, elle découvrit les deux hommes nus dans le lit nuptial qui n'avait pas encore servi. Le plateau avec une bouteille de vin et des verres lui tomba des mains. Kaddour l'obligea à laver immédiatement par terre. Pendant qu'elle était à quatre pattes en train d'essuyer le sol, le garçon efféminé se leva tout nu et la chevaucha comme si elle était un animal. Il hurlait : « Vas-y, salope ! Vas-y, salope ! » pendant que le mari riait en se caressant les testicules.

La belle-mère se révéla une vieille sorcière. Elle fit de Kenza sa domestique. Non seulement le mari ne la touchait pas, mais en plus elle devait faire le ménage dans toute la maison. En obéissant ainsi à la mère, elle espérait se faire répudier. Ce qui arriva, moyennant une belle somme d'argent et la restitution des cadeaux faits le jour de la demande en mariage.

Kenza retourna vivre avec son père dans le jardin, jusqu'au jour où elle entendit l'appel de la Maîtresse des mots, la Sainte des paroles qui réparent les cœurs.

Zineb était aussi vierge que Kenza et ne connaissait des hommes que des histoires que lui racontait sa tante maternelle, mariée cinq fois et qui avait enterré quatre de ses maris; le cinquième avait disparu et on n'avait jamais su ce qu'il était devenu. Zineb vivait de ces histoires, qu'elle se remémorait chaque fois qu'elle avait faim. C'était une avaleuse d'histoires. A force de les raconter, elle finissait par les transformer, les arrangeant comme si c'était sa propre vie. Ainsi était-elle persuadée d'avoir organisé la disparition de Hamza, le dernier époux en titre de sa tante. Il était parti à Anvers échanger une livraison de cannabis contre des diamants. Zineb lui avait promis de le rejoindre et attendait d'avoir sa majorité pour demander un passeport et partir vivre avec lui. Hamza était beaucoup plus jeune que la tante. C'était un personnage important dans les histoires dont se nourrissait la belle Zineb. Elle était devenue rachitique et passait ses nuits à dessiner des hommes et des femmes dans une forêt où ils se faisaient la guerre. Elle ne supportait pas d'être touchée et vivait recluse, jusqu'au jour où elle entendit l'appel de la Maîtresse des mots, la Sainte des paroles qui réparent les cœurs.

Houda était la plus jeune des quatre. Son corps s'était développé très tôt et faisait d'elle une femme qui rendait fous les hommes dans la rue. Elle s'amusait à les provoquer en s'habillant légèrement, les aguichant en leur faisant des clins d'œil ou en laissant voir le bout d'un de ses seins. Dès qu'un homme l'approchait, elle hurlait au viol et ameutait la police, exhibant sa carte d'identité de mineure. C'était une garce qui maltraitait ses parents. Un jour on l'emmena chez un marabout réputé pour calmer les excitations précoces des jeunes filles. Dès qu'elle pénétra dans le mausolée où était enterré le saint, elle prit une bougie et, au lieu de l'allumer et de la déposer au-dessus du tombeau, elle la glissa sous sa jupe et essaya de l'introduire dans son vagin. Une femme l'aperçut et se précipita vers elle pour l'empêcher de commettre une action sacrilège. Elle fut enfermée dans une pièce vide jusqu'au jour où, grâce à l'appel de la Maîtresse des mots et la Sainte des paroles qui réparent les cœurs, sa porte fut ouverte et elle retrouva la liberté qui la mena aux Grottes d'Hercule, où elle rencontra les autres filles.

Donc, l'Homme du Songe était là, à peine réveillé, livré à la curiosité de ces quatre filles, déposé à cet endroit par le vent d'est et pour les besoins du conte.

Elles l'entourèrent et dansèrent comme autour d'un feu. De temps en temps, une main se posait sur l'épaule de l'homme ébahi. Elles chantèrent, puis se baissèrent, effleurant le sexe de l'homme qui était toujours en érection. Elles le transportèrent dans une grotte plus profonde, le déshabillèrent et l'aspergèrent de parfum. L'homme ne disait rien. Il observait ce manège. Aucune émotion n'apparaissait sur son visage. Il se laissait faire. Houda fut la première à le chevaucher et à s'asseoir sur son sexe levé. Elle poussa un hurlement quand elle se sentit pénétrée. L'homme ne bougeait pas. Cambrée, elle tournait le dos à l'homme. Elle se pencha en avant et se mit à lui lécher les pieds ensanglantés. Pendant ce temps, Kenza la blanche donnait à manger à l'homme une bouillie jaune. Il l'avalait sans réagir. Houda haletait, criait. En se retirant, elle s'évanouit, les mains entre les cuisses. Batoule la poussa du pied et prit sa place. L'homme fit quelques mouvements de hanches. Kenza ranimait la petite Houda en lui faisant sentir un oignon coupé. Zineb la brune était assise dans un coin et attendait son tour. Batoule poussa un cri de douleur avant de se retirer. Zineb le chevaucha tout en gardant sa robe. Le sexe de l'homme avait grandi démesurément. Plus il prenait de l'ampleur, plus le visage de l'homme rapetissait. Une métamorphose étrange s'opéra. De sa bouche il expulsa quatre dents et quelques papillons phosphorescents. La grotte s'illumina soudainement. Zineb essaya de s'accrocher à lui. Il la repoussa et se releva. Les femmes se blottirent les unes contre les autres. Un papillon se posa sur le nez de Houda. Il y fit un trou. Un autre se posa sur le sein nu de Batoule. Le sein enfla. Zineb, qui ne s'était pas déshabillée, alluma de l'encens pour faire partir les papillons carnivores. Les femmes hurlèrent. L'homme sortit de la grotte en titubant. Un chameau équipé pour les touristes était là. Il s'agenouilla pour permettre à l'homme de le monter. Il y avait ce jour-là une brume épaisse sur la côte atlantique. L'homme disparut, suivi par les papillons qui le protégeaient, illuminant sa route.

Dans la grotte, les quatre femmes étaient désemparées. Elle ne savaient pas ce qui leur était arrivé. L'une d'elles riait. Une autre se lavait énergiquement. Cette visite leur laissa un goût amer. A l'entrée de la grotte, quelqu'un avait gravé cette phrase dans la roche : « Ici repose l'œil du cyclope. » Elles se regardèrent, étonnées, puis éclatèrent de rire.

Batoule dit :

– Nous avons copulé avec le Diable et nous accoucherons d'un monstre.

– Mais il n'y avait pas de semence, dit Houda. C'était un sexe en bois...

– Qu'importe ! dit Zineb. Le malheur est entré dans notre peau. A partir d'aujourd'hui nous sommes damnées. Cela ne change pas grand-chose à notre condition. Au moins, là, nous sommes libres de faire mal !

– Pour nous en sortir, dit Kenza, il faudra tremper nos corps dans la Source du Temps, celle qui est à l'origine de notre naissance. Sinon, nous passerons le reste de nos vies à détruire les hommes.

– Tu veux parler du puits sombre et profond ? dit Zineb.

Cette source est au pied de la montagne. Elle n'est visible que la nuit. Alors Kenza, Houda, Batoule et Zineb se mirent en route à la tombée de la nuit. Elles traversèrent les Grottes d'Hercule, marchèrent le long du rivage jusqu'à atteindre le pied de la Vieille Montagne. Elles avaient froid. La brume les enveloppait d'une couche épaisse d'humidité. Elles ne parlaient pas mais tendaient l'oreille. Le bruit de l'eau est semblable au bruit du temps. Chacune imaginait ce murmure. Le temps glissait sur leur peau. L'eau de la source y laissait des gouttelettes transparentes. On apercevait les lumières d'un bateau passant par le détroit. De l'autre côté, quelques ampoules électriques scintillaient au loin. Elles marchaient lentement. Il n'y avait apparemment pas de source. Peut-être faudrait-il aller à l'autre versant de la montagne. Une chouette cria. Une hirondelle blanche frôla leur tête. D'un pin tombèrent quelques pièces de monnaie périmées. Au bout du chemin, la route goudronnée brillait sous la pleine lune. On aurait dit une mer calme. Mais la mer, cette nuit-là, n'était pas calme. Le vent d'Est soufflait en imitant le cri du loup. Dans cette région, jamais un loup ne pointa sa gueule. Peut-être un chacal ou un sanglier.

Elles marchèrent toute la nuit. Quand elles s'arrêtèrent, elles n'osèrent pas se regarder. Elles avaient plus peur que honte. La petite Houda dit soudain : « Je ne me souviens plus de rien ! » Elle passa la main entre ses cuisses. Il y avait du sang sur ses doigts. Elle hurla : « Je saigne, je saigne ! D'où vient ce sang ? »

Batoule avoua qu'elle aussi perdait du sang. Il fallait vite trouver la Source du Temps. Seule son eau pourrait les purifier et faire cesser l'écoulement du sang. Zineb prit Houda sur le dos. Kenza aidait Batoule à marcher.

Comme dans un cauchemar qui se dissipe, comme l'air qui change, annonçant la fin du tunnel, une belle lumière inonda lentement l'horizon. La source ne devait pas être bien loin.

Houda, la tête posée sur la nuque de Zineb, parlait :

– Son odeur, étrange, sa peau, trop douce pour être celle d'un homme, son sexe, trop rigide pour être celui d'un être humain... tout fut étrange dans mes sensations. Cet homme n'était pas un homme. C'était une apparition. J'ai fait l'amour avec une apparition. Qui me croira ? Alors je ne dirai rien. J'ai mal. J'ai envie de dormir et de ne plus me réveiller. Je suis jeune, le sexe me tue, le sexe me tuera. »

Batoule pleurait :

– Notre association va mourir. Nous ne pourrons plus prendre les hommes comme avant. Notre vie est gâchée. A moins que la Source du Temps ne nous redonne vie, joie et courage !

Elles marchèrent longtemps en direction de ce point lumineux, en silence, regardant tantôt les étoiles, tantôt les arbres. A l'entrée de la source, une femme enveloppée dans un grand morceau de tissu blanc attendait. Une petite table était dressée. Dessus, un miroir, un peigne et un verre d'eau.

La femme en blanc leur fit signe de s'approcher. Elle leur donna à boire une gorgée d'eau chacune et leur dit : « Au nom de Dieu le Miséricordieux, au nom de Dieu puissant et clément, je vous souhaite la bienvenue. A présent, répétez après moi : Au nom de Dieu le Miséricordieux... Je me plie à ta volonté... J'abdique... Je me donne... et je renonce à tout, pour ton amour... »

Les quatre femmes bredouillèrent quelques mots du bout des lèvres, puis tombèrent de fatigue sur l'herbe. Un chien noir aboya. Il insista. Alors elles se relevèrent et suivirent la femme en blanc.

Kenza dit :

– Je ne crois ni en Dieu ni au Diable !

Houda :

– Je ne crois à rien. Je suis trop jeune pour croire.

Batoule :

– Quand j'étais petite, je croyais que Dieu était partout. Mais le jour où je fus violée par mon oncle, j'ai appelé Dieu et il n'est pas venu.

Zineb :

– Ne mêlez pas Dieu à vos histoires. Pour le moment, il faut nous laver, nous purifier, et après on verra.

La femme en blanc :

– Vous parlez trop. Taisez-vous et suivez-moi.

A quelques pas de là, une source d'eau vive bouillonnait comme s'il y avait un feu sous les pierres. L'eau se déversait dans un bassin. Houda fut la première à s'y jeter. L'eau était chaude. Les autres firent de même sous l'œil narquois de la femme en blanc. Le matin commençait à se lever. La brume se dissipait lentement. De l'autre côté de la source, il y avait une cabane. Les femmes dormirent sur des nattes. Et chacune fit un rêve.

Houda se vit en poissonnière au marché. Elle était l'unique femme à vendre du poisson. Dès qu'elle le touchait, il devenait de l'eau. Elle riait, tandis que les gens essayaient d'attraper des merlans qui sautillaient. Elle sentit une main pleine d'eau monter le long de ses cuisses.

Elle serra les jambes. La main fut coupée et tomba par terre. Elle se retourna pour voir l'homme qui se tenait derrière elle. Il n'y avait personne. La main pleine de sang gisait par terre. Elle la piétina en poussant un cri qui la réveilla.

Batoule prit sa place. Elle vendait des crabes et des araignées de mer. Ils bougeaient. Elle aperçut un doigt entre les pinces du crabe. Avec son couteau, elle tenta de le soustraire à la bête. Le doigt bougeait. Personne ne s'arrêtait pour lui acheter du poisson. Elle vit son père surgir de la foule. Il se précipita sur elle et lui arracha le couteau de la main. Il la gifla et lui ordonna de rentrer à la maison. Elle hurla, se débattit, puis cria « Non! », ce qui la réveilla aussi.

Zineb se retrouva toute seule dans le marché aux poissons. C'était l'après-midi. Ça puait de partout. Le marché était fermé. Elle en fit plusieurs fois le tour. Elle monta sur le comptoir carré, s'agenouilla et urina longuement. Un chat était sous elle. Il reçut toute l'urine. Il lui mordit le mollet. Elle eut très mal, poussa un cri et se réveilla.

Le rêve de Kenza ne se passait pas dans la poissonnerie, mais dans un cirque équestre. Elle fut enlevée par le dresseur des chevaux rebelles et on l'obligea à distraire la troupe en faisant du trapèze sans filet. Habillée d'un maillot de bain rouge, on l'installa sur une balançoire et on lui lança un trapèze qu'elle attrapa au vol. Dans un premier temps, elle se laissa aller, fit quelques mouvements, puis fut prise de panique. Son maillot se déchira. On voyait ses fesses. En bas la troupe riait. Elle se balançait malgré elle. Le mouvement fut accéléré de manière inattendue. Elle faillit tomber. Les gens en bas ne riaient plus. Un merle vint se poser sur son épaule. Il lui mordilla l'oreille. Elle était sûre qu'elle allait tout lâcher et tomber comme un sac lourd. Au moment où elle allait mourir, elle s'envola lentement et poussa un soupir de soulagement. En ouvrant les yeux, elle aperçut le merle en train de picorer du riz dans un bol de terre.

La femme en blanc fit ses ablutions au pied de la source et s'apprêta à dire sa prière. Elle s'arrêta un instant et demanda aux filles de venir prier avec elle. Elles se regardèrent, surprises, puis baissèrent la tête et la suivirent. Elles s'alignèrent derrière elle et firent les mêmes mouvements. Elles avaient manifestement oublié les versets à dire. Elles balbutièrent des mots en étouffant un éclat de rire.

« La religion n'aime pas le rire. La religion n'a pas le sens de l'humour. Le rire est un danger pour la foi, c'est la voie idéale pour le doute, et le doute est l'ennemi de la croyance. Vous irez en enfer. Vous êtes sur le chemin. »

La voix était celle d'un homme. Elle venait du bois. Avec le vent, les mots se répercutaient au loin. Houda, toujours futée, dit en direction de la femme en blanc, comme si elle était de connivence avec la voix de l'homme :

– Nous sommes jeunes, nous avons le droit de rire et de jouir. Nous ne sommes que des personnages dans un conte. Peut-être sommes-nous inaccessibles. D'ailleurs j'ai bien envie de revenir à ma grotte. Là-bas, au moins, personne ne venait nous déranger.

La femme en blanc l'interrompit :

– Je sais, je connais votre asile, c'est la grotte aux histoires. Moi aussi j'y ai séjourné. J'y vivais paisiblement, jusqu'au jour où vint mon tour de sortir. Mon conteur était mon amant. Un jour, pour se venger, il m'a mise dans une histoire compliquée où j'ai tout perdu. Il m'a abandonnée. Il n'est plus revenu me chercher. J'ai vécu quelque temps dans des contes sans grand intérêt.

Je passais d'un conte à un autre. Je m'amusais. Un jour je fus retenue dans la maison du cheikh qui préside la prière. Il fit de moi sa quatrième épouse et m'initia à la religion. Depuis sa mort, j'ai été jetée dans la rue par ses fils et je vis là, à la Source du Temps.

Houda eut l'intuition que quelque chose se passait dans le bois. Elle se glissa derrière les arbres, sur la pointe des pieds. Il y avait une ouverture dans le tronc d'un chêne. Elle n'était pas naturelle. On remarquait encore les traces d'un couteau ou d'un marteau. En s'approchant, elle trouva un petit magnétophone à piles. Elle fit revenir la bande à son début et la mit en marche : « La religion n'aime pas le rire... » Elle baissa le volume et chercha d'autres messages sur le reste de la bande. On y avait enregistré des bruits de la forêt et du vent, des cris d'animaux, le bruit de l'eau de source, un chant mystique – Houda reconnut la voix de la femme en blanc –, un gémissement, deux proverbes, et enfin la voix d'un conteur public qui disait :

« L'époque est triste, les hommes malfaisants, les femmes obsédées par le plaisir, les mosquées se remplissent de jeunes gens violents ; l'époque est brutale, la chair est flasque, les corps se vendent aux enchères, le ciel se moque de nous, et nous, patiemment, nous faisons confiance au vent et aux mots. Je suis un marchand de mots, rien qu'un raconteur d'histoires, mais celle que j'aime m'a quitté, je ne suis rien, je sombre dans le silence, je me tais ! »

Houda remit le magnétophone à sa place et raconta aux trois autres filles ce qu'elle avait découvert. Selon elles, la femme en blanc avait accédé au rang d'histoire. Elle n'était plus un conte qu'on verse dans un autre conte comme s'il s'agissait de rêves communicants. D'où son autonomie, son pouvoir et sa sérénité. Elles n'arrivaient pas à savoir si elle priait sincèrement ou si elle faisait semblant. Les filles se donnèrent la main et se concentrèrent en étant assises.

Ce fut Zineb qui trouva l'idée :

– Pour nous en sortir, il faut qu'on sache comment cette femme a fait. Si c'est une histoire, elle n'a qu'à se laisser découvrir. Elle se racontera.

Kenza intervint :

– Je vous rappelle que notre maître doit rentrer du sud à la fin de la semaine. S'il ne nous trouve pas, il est capable d'appeler les gendarmes, la police, ou ses hommes de main.

Houda :

– Je ne retournerai pas à la grotte.

La femme en blanc vint vers les filles et les entoura de ses bras. Elles formaient une seule et même figure. Elles avaient toutes la tête baissée, penchées vers une source de lumière qui les protégeait du Mal.

Bilal

Est-ce par lassitude ou par faiblesse que j'ai confié mes histoires à Dahmane? Pour moi il est toujours Tarzan. Je ne pensais pas qu'il allait former avec sa femme une association de conteurs itinérants. Je me pose des questions, parce que je n'ai pas confiance en Jamila. Elle est mauvaise parce qu'elle est aigrie. Je n'aime pas ce genre de méchanceté. J'aurais voulu qu'elle fût mauvaise dans l'absolu, au point d'incarner le Mal. J'ai toujours pensé que ceux qui font le mal vivent longtemps. Jamila est malheureuse parce qu'elle a l'impression d'avoir raté sa vie. Mais je ne sais pas pourquoi Dahmane ne s'en débarrasse pas. Elle l'aide, mais elle a une influence néfaste sur lui. Déjà elle voudrait changer des choses dans l'histoire, éliminer tout ce qui n'était pas logique, tout ce qu'elle ne comprenait pas. Or une histoire a plusieurs facettes. Tout dépend de celui qui la raconte.

Pour la suite, j'espère que Dahmane se contentera de lire le cahier bleu, celui où je raconte la fin de Bilal, le type qui collectionnait les films en noir et blanc ainsi que les cartes postales.

C'était un homme tranquille, ni bon ni mauvais. Il vivait une petite vie sans ambition. Pourquoi l'avoir choisi? Il faisait partie de la bande. Il a dû oublier ce qu'il avait fait. Peut-être n'était-il même pas conscient au moment de l'Erreur.

Dahmane lit le cahier bleu. Il est installé dans une petite chambre d'hôtel où les cafards mangent les punaises. Jamila dort en ronflant. La lumière est faible. Dahmane lit, en éclairant les pages avec une lampe de poche :

Bilal s'est installé seul au café, a sorti un petit carnet et un crayon bien taillé et s'est mis à noter tout ce qu'il a perdu. Il a demandé au garçon qu'on ne le dérange pas. Il aurait pu faire cet inventaire chez lui ou au bureau, mais il a préféré le café pour cela.

« J'ai perdu mes cheveux et une dent, un cheval et une bague. J'ai perdu un ami et l'envie de jouer aux cartes. Je sais aussi que j'ai perdu du temps, car j'ai l'impression d'avoir passé ma vie à attendre. J'ai compté les heures où j'ai attendu des femmes : cela fait des jours et des nuits perdus à jamais. J'ai aussi le sentiment d'avoir égaré quelque chose, peut-être une montre ou un stylo. Je n'ai plus la notion de l'argent à force d'en dépenser. Je sais que mon père a libéré son âme pour reposer son corps ; il a soupiré profondément, puis a arrêté de vivre ; aujourd'hui, il me manque, son ironie cinglante me manque. J'ai perdu la foi et gagné une part de lucidité. J'ai perdu la force de réagir et me contente de me souvenir. Je crains d'être un jour emporté par une euphorie soudaine, tel un homme qui a tout brûlé, et de me retrouver nu face à Dieu au jour du Jugement dernier. J'ai perdu tant d'occasions de rendre grâce à la beauté, tant d'occasions de me soustraire à la médiocrité ; car c'est ma tête qui s'en va, elle roule sur le sable, je sais qu'ils diront de moi : "Le pauvre, il n'a plus sa tête !" et moi, je penserai d'eux : "Ils ont raison, mais ce qu'ils ne savent pas, c'est que le fou est celui qui a tout perdu sauf la tête." J'ai perdu un peigne ; vous me direz, ce n'est rien, oui, un peigne, c'est moins que rien, mais c'est bien utile, surtout quand on a si peu de cheveux. J'ai perdu un cartable plein de photos de toutes les femmes que j'ai aimées (je devrais dire, celles que j'ai désirées, parce que j'ai perdu très tôt la capacité d'aimer). J'ai perdu un mouchoir brodé aux initiales de la seule femme qui m'ait fait pleurer d'amour. J'ai perdu au change. J'ai perdu la joie de vivre, mais l'ai-je jamais eue ? Je me souviens de moments brefs de bonheur simple, j'ai connu cette joie intérieure qui fait battre le cœur et je savais qu'elle n'allait pas se renouveler de si tôt. J'ai perdu confiance en Boby, mon chien ; il s'en moque bien, il est parti et m'a laissé. J'ai perdu mes illusions une à une sans chercher à les remplacer ; je suis alors bien avancé, je n'ai plus qu'à donner ma tête ou ce qu'il en reste à la vermine de l'oubli.

« Je suis là, assis au Café Cristal Palace, et je pense à l'époque où je rêvais d'un lieu de rencontre qui s'appellerait La Mélancolie ; un café La Mélancolie correspondrait mieux à mon état actuel, où Tanger croule sous le poids d'immeubles vite construits, non pour loger les gens mais pour blanchir l'argent des trafics, tout le monde le sait, personne ne cherche à le prouver ou à le dénoncer. Tanger est ainsi livrée à elle-même, elle va à la dérive sans honte ni vergogne, et nous assistons impuissants à son cambriolage et à ses détournements. Alors je note dans mon carnet que j'ai aussi et surtout perdu Tanger. Comme un amour brutalement interrompu, comme un ami qui a trahi, comme une fleur qui s'est fanée, comme une histoire qu'on n'ose plus raconter, Tanger nous a perdus. A quoi bon pleurer sur son sort ? A quoi bon se plaindre de la tournure qu'a prise son destin ? Mais Tanger survivra à nos petites souffrances, à nos malheurs sans importance, à toutes nos pertes.

« J'ai laissé pour la fin la perte qui m'a fait le plus souffrir. C'est un miracle que je puisse encore en parler aujourd'hui. Car j'ai été détruit méthodiquement, je dirai même

173

que je l'ai été avec grâce, sans m'en rendre compte. J'ai été brûlé à petit feu et par les deux bouts. Si j'éprouve le besoin d'en parler, c'est parce que c'est tout ce qu'il me reste : un souvenir vif et une passion où je me suis perdu.

« La chair oublie très vite. Mais quelque chose en nous se promène, durant toute une vie, avec des lambeaux de sensations éprouvées avant, avec des souvenirs plus ou moins arrangés ou même détraqués, quelque chose présent à notre regard enfoui dans le temps, un corps nu, un visage enveloppé dans un drap blanc, une main qui passe dans les cheveux, un parfum de jasmin ou simplement une voix grave qui dit le désir. Longtemps, le désir seul fut ma seule passion. Je ne recherchais que ses frémissements, les tremblements de mes membres et l'immense joie de la découverte. Désir nu, pur, sans mots, sans musique, sans histoire. La chair a la mémoire courte et je ne m'en plaignais pas. Jusqu'au jour où le désir s'est présenté à moi, fort et brûlant, mais accompagné d'une histoire. Les émotions se succédaient en se bousculant, les sensations pillaient mon corps : c'était le début de ma perte.

« Je fus amoureux immédiatement. Je n'étais plus moi-même. Cet amour est arrivé et a pris toute la place. Je me mettais dans un coin et j'essayais de me voir marcher, parler, faire ma gymnastique. J'apercevais vaguement une ombre qui allait et venait dans la maison. De ma terrasse, j'avais vue sur la vieille ville et sur le port. Je voyais les bateaux entrer et sortir, je voyais les femmes bavarder, les lumières scintiller, et je ne savais plus où j'étais. Elle venait en djellaba et voilée. Ses grands yeux noirs m'intimidaient. Je n'osais la regarder. Une fois, elle est arrivée toute nue sous sa djellaba. Ses bras se sont penchés et, lentement, ont retiré la djellaba de bas en haut. Son pubis était sans poils, ses seins fermes et ses aisselles poilues. Ce fut elle qui mena les opérations. J'étais sa chose, son objet, son homme. Son corps savait prendre des attitudes pour faire durer le désir et le plaisir. Dès que nos peaux se touchèrent, tout mon corps fut parcouru de frissons. Elle se mit au-dessus de moi en sorte que mon gland frôlât les lèvres de son vagin, tandis que les tétons de ses seins allaient et venaient sur ma bouche. Sa chevelure caressait ma poitrine et ses mains me maintinrent ainsi jusqu'à l'orgasme. D'un geste rapide, sa bouche recueillit les jets de sperme, qu'elle reversa sur mes lèvres entrouvertes. Elle ne jouit pas, du moins pas de manière visible. Elle me laissa me reposer un moment, puis revint à la charge avec de nouvelles trouvailles. Elle m'interdit tout initiative. Je me laissai faire. Lorsque je lui demandai pourquoi elle se faisait épiler le pubis et pas les aisselles, elle m'attira vers elle, coinça mon sexe sous son bras et se mit à bouger. Mon pénis trouva asile sous son aisselle, dont la douce moiteur et la rugosité des poils faisaient comme un sexe sans fente. Elle bougeait de manière à faire trembler son corps. En traversant cette cavité poilue, mon sexe buta sur le sein que tenait sa main. Mes doigts entrèrent dans sa bouche, prirent de la salive et la déposèrent sur le gland, ce qui rendait le mouvement plus aisé. Il lui arrivait de me chevaucher et de frotter toutes les parties saillantes de son corps contre le mien. Elle jouissait en silence, en pleurant. Je m'en rendis compte bien plus tard.

« Après l'amour, nous restions des heures à parler. Elle connaissait parfaitement les textes érotiques arabes. Elle me disait que toutes ces positions étaient l'expression d'une belle liberté et que c'était dans l'amour qu'elle se libérait. Ce fut ainsi que j'appris qu'elle m'aimait, moi qui ne suis qu'un petit homme modeste et sans espoir. Elle me dit qu'elle m'avait remarqué à l'époque où nous travaillions dans la même entreprise. Je me souviens d'elle, chef comptable sérieuse et respectée. Personne n'osait plaisanter avec elle, ni lui faire la cour. On ne savait rien de sa vie. Habillée de manière stricte et même triste, rien n'apparaissait de ses prouesses érotiques, ni dans sa façon de marcher, ni dans les regards qu'il lui arrivait de poser sur moi.

« Le jour où elle vint me demander si je voulais bien lui donner un cours de grammaire française, elle était sérieuse. Elle me dit : "J'ai du mal avec la concordance des temps. Ce n'est peut-être pas très utile en comptabilité, mais j'entretiens une correspondance avec une amie d'enfance qui vit en Europe, et je ne voudrais pas faire de fautes."

« Je ne sais pas comment cela s'est passé, mais, pour la première fois, j'ai lu dans son regard quelque chose d'autre, une invitation à l'amour. Alors, j'ai fait un lapsus :

« – Mais vous êtes mariée !

« – De toute façon, ça ne se fera pas chez moi. Si vous êtes d'accord, je vous dirai à quel endroit venir.

« En fait, ce lapsus l'a servie. Elle a compris que j'avais compris. Lorsque, trois jours après, je me présentai au troisième étage d'un immeuble où manifestement il n'y avait que des studios pour célibataires, il n'y avait plus de doute. J'eus à peine quelques minutes pour l'imaginer nue, sans ses lunettes et sans son air sévère. Elle m'ouvrit. Elle portait le même tailleur Prince de Galles que d'habitude. J'avais apporté un cartable plein de dictionnaires des difficultés de la langue française. Elle me parla sur le même ton qu'elle utilisait au travail avec ses subordonnés : "Posez ce cartable là. Prenez place dans ce fauteuil. Non, pas celui-là, l'autre."

« Je fis ce qu'elle m'ordonnait de faire. Elle se mit à genoux devant moi et dégrafa ma cravate, puis ma chemise, puis mon pantalon, jusqu'à me mettre entièrement nu. Elle n'enleva rien. Je lui demandai de retirer ses lunettes, ce qu'elle fit. Puis sa tête lentement plongea entre mes cuisses et sa langue chaude enroba mon pénis de manière si douce et si surprenante que je me mis à gémir. De sa main elle me fit signe de me calmer, car le plus intense allait venir. Elle m'écarta les cuisses avec force, comme aurait fait un homme avec une jeune fille timide et prude. Sa langue continuait à éveiller une à une des dizaines de sensations et, lorsqu'elle sentait que l'éjaculation était imminente, elle l'arrêtait en appuyant sur sa trajectoire au point de me faire mal. C'était elle qui décidait du moment de mon orgasme. Elle le provoquait et me regardait très attentivement jouir.

« La première leçon fut courte. Quelques jours plus tard, elle me redonna rendez-vous au même endroit. Sans s'arrêter pour me parler, elle me dit, dans le couloir : "Sept heures, ce soir." A partir de cet instant, je me mis à compter les heures et les minutes. Impossible de me concentrer sur mon travail. Je fis des erreurs. Mon sexe était en érection, car toute ma pensée était déjà avec cette femme dont je ne connaissais pas grand-chose et que je n'avais même pas vue nue. Je dus aller aux toilettes me soulager en me souvenant de sa langue sur mon pénis. Cela me fit du bien. Durant une bonne heure, je pus travailler.

« Je tremblais en montant les marches. J'eus honte. Il ne fallait pas arriver devant elle essoufflé et tremblant. Elle pourrait me renvoyer. J'avais peur, un sentiment trouble où la crainte était mêlée à une sorte de plaisir. Je me disais que le désir n'était que du plaisir annoncé et qu'il fallait se maîtriser. Comment y arriver, alors que je ne décidais rien ? J'étais son objet. La suite de notre relation allait préciser cet état de chose, et, surtout, le renforcer. Peu à peu, je perdis mon autonomie, devenant un être soumis au désir de cette femme.

« Un incident finit par me convaincre que, non seulement

je n'étais pas maître de la situation, mais que toute tentative pour résister était vouée à l'échec. Nous fîmes l'amour – je devrais dire : elle me fit l'amour – sur une table. La pénétration m'était refusée. Elle était nue et préparait un café dans la cuisine. Je vins sur la pointe des pieds et m'apprêtai à la prendre par-derrière. Lorsque mon sexe toucha ses fesses, elle se retourna et m'envoya une casserole d'eau froide au visage. Je pus l'esquiver de justesse. Elle était furieuse, dit des grossièretés et, en montrant son sexe, elle hurla : "Ça, c'est pas pour toi !" Je venais de perdre mon honneur. Elle s'habilla à toute vitesse et partit en claquant la porte. Je bus le café, ramassai mes affaires et rentrai à la maison, dégoûté de tout, et surtout de moi-même.

« Le lendemain, au travail, elle était égale à elle-même, toujours stricte et impeccable. De la fenêtre, je l'observais. C'était une autre femme. Elle portait un masque et j'étais le seul à le savoir. Je passais mes journées à attendre un signe d'elle. Rien n'arrivait. Je déprimais et faisais de gros efforts pour ne rien laisser paraître. J'étais puni. Je l'imaginais, tous les soirs après le travail, donner rendez-vous à un homme différent. Mais je refusais cette idée. C'était une femme mariée. Je voyais parfois son mari qui venait la chercher. Un brave homme, petit de taille, gentil. Elle devait faire l'amour avec lui de manière classique. Elle devait simuler l'orgasme. Mais sa vraie nature éclatait clandestinement dans cet appartement du troisième étage.

« Le jour tant attendu arriva. C'était un vendredi. Au moment de la pause pour la prière, elle entra dans mon bureau, ce qu'elle n'avait jamais osé faire auparavant, et me dit sur un ton agréable : "J'ai envie de vous revoir. J'ai eu beaucoup de travail ces derniers temps ; en plus, à la maison, j'ai de la famille de passage. Je n'ai plus de temps pour moi. Ce soir, je me suis arrangée. Nous aurons tout notre temps. Alors, à sept heures." Je suis sorti dans le couloir pour la voir marcher. Elle était surprenante. Elle devait savoir que je la regardais, alors elle esquissa quelques pas de danse, comme quelqu'un qui vient d'apprendre une bonne nouvelle.

« J'ai pensé ne pas me rendre à son rendez-vous. Ce serait la première fois que je déciderais quelque chose. Il fallait lui montrer que je n'étais pas un jouet à sa disposition. Hélas, je fus incapable de résister. J'arrivai à l'appartement en avance. J'eus la patience d'attendre en faisant les cent pas dans la rue. A sept heures et cinq minutes, j'étais devant la porte, une bouteille de vin à la main, un bouquet de roses à l'autre main. Elle me fit remarquer que j'étais en retard. Je bredouillai quelques mots d'excuse et posai le vin et les fleurs sur la table de la cuisine. Nous restâmes un moment à nous dévisager. Je vis de la tristesse dans ses yeux. Elle posa sa tête sur mon épaule et me demanda de la serrer dans mes bras. Son besoin de tendresse était manifeste. Je lui caressai les cheveux et les mains. Après avoir bu un verre de vin, elle se leva et me dit : "Il faut partir." J'avais envie de rester avec elle. Je ne formulai même pas ce souhait. Je compris que ce n'était pas le jour.

« Je m'en allai le premier. Je fis quelques pas, puis une idée me traversa l'esprit : et si elle attendait quelqu'un d'autre ! Je me cachai dans un coin d'où je pouvais observer la porte de l'immeuble et la fenêtre de l'appartement. Un quart d'heure plus tard, elle sortit en regardant à droite et à gauche. Je la suivis. Elle s'arrêta chez un épicier, téléphona, puis acheta une bouteille de lait. Je renonçai à la suivre et rentrai chez moi, triste et intrigué.

« Un dimanche matin, alors que je faisais ma gymnastique, elle sonna à ma porte. Je fus surpris. Elle me dit qu'elle avait eu mon adresse à l'entreprise. Sans même me laisser le temps de ranger la chambre, elle se mit sur le lit et me demanda de la déshabiller. Comme les autres fois, elle joua avec mon désir. Je ne sais plus combien de fois elle me fit jouir. Et soudain, je compris : cette femme ne me donne rien, elle me prend mes sensations, elle me prend mon plaisir, elle ne partage rien avec moi. Cela paraît paradoxal, mais sur le moment, j'étais convaincu que j'étais en face d'une voleuse. Elle avait l'art et la technique pour provoquer chez moi des orgasmes très intenses. Pendant que je criais ma jouissance, elle m'observait avec un œil d'experte, pas un œil complice. On aurait dit qu'elle faisait des expériences, me mettant à l'épreuve, me faisant passer par des cimes et des abîmes. Elle, toujours extérieure, regardait le résultat de son travail. Elle cueillait mon plaisir, l'avalait du regard et ne me rendait rien. Elle refusait d'accepter ce que mon corps lui proposait. Nous ne faisions pas l'amour, juste des exercices pour une jouissance à sens unique. Elle me réduisait à un laboratoire de sa volonté.

« Que cherchait-elle ? Pourquoi m'avait-elle choisi ? Au bout du compte, j'avais tout perdu : ma dignité, ma virilité, mon esprit critique. J'étais vidé. Plus rien n'avait de sens. Ma vie s'était engouffrée dans ce labyrinthe d'où je sortis en piteux état. Je pensais tout le temps à elle, à son regard d'acier, à ses seins sur mon visage, à ses fesses caressées par la plante de mes pieds, à sa chevelure noire, à ses silences pendant mes orgasmes, à l'humiliation finale, dont je ne me suis pas relevé.

« Quelques semaines plus tard, alors que je commençais à me détacher de son souvenir, elle m'envoya un mot : "Je suis comme une torche éteinte. Si vous êtes un homme, venez ce soir. Je donne une fête pour nos retrouvailles. J'ai besoin de tendresse. Je vous attends." Ce mot la définit bien : elle donnait un ordre et l'accompagnait de douceur.

« Je passai toute la journée à peser le pour et le contre. Mais j'étais incapable de refuser son invitation. Elle m'avait intoxiqué. J'étais démuni, sans force, sans recours. Cette femme, qui n'était même pas belle, me possédait. Quand j'arrivai à l'appartement, elle me reçut avec un grand sourire : "J'avais peur que vous ne veniez pas!" me dit-elle. Et moi, je me dis alors : "Merde! Je n'aurais pas dû venir..."

« Elle avait allumé un bâton d'encens dont le parfum me mit mal à l'aise, et avait préparé une boisson à base de jus de fruits et d'autre chose. J'étais persuadé que, dans mon verre, elle avait mis une potion pour m'ensorceler. Je fis semblant de boire. J'avais peur. Je ne me sentais pas bien. Quelque chose dans l'appartement avait changé, une mise en scène qui m'intriguait. Elle me prit dans ses bras, puis se mit à me caresser les parties. Mon sexe était froid et mou. Je lui retirai la main et me levai. Mon corps ne voulait plus rien lui donner. Elle était vexée. Elle se colla à moi et frotta sa poitrine contre la mienne, puis se mit à genoux et sortit mon sexe, l'entoura de sa langue. J'eus une brève érection, puis plus rien. Je la laissai faire. Puis, voyant qu'il n'y avait plus rien à faire, elle se mit en colère : "Tu te moques de moi? Tu te refuses à moi à présent? Mais tu n'es pas un homme! L'as-tu jamais été? Je sais ce qu'il te faut : un homme, un vrai, qui réveille en toi la femme! D'ailleurs, c'est ce que je te propose : une petite partie où, enfin, tu te révéleras à toi-même. Qu'en dis-tu?" Je ramassai mes affaires et claquai la porte.

« Telle est mon histoire. Si j'ai tout perdu, il me reste au moins une chose : la capacité d'être assez lucide pour mener jusqu'à son terme l'inventaire de mes pertes. Mais je sais que ma vie est devenue plate et qu'en dehors de ce café minable où je me bats avec moi-même pour défaire le temps, il n'y a rien d'autre à faire. A moins de passer dans le camp des trafiquants de drogue qui pullulent à Tanger. Comme eux, je construirai un immeuble de sept étages que je fermerai jusqu'au jour où on aura oublié d'où j'ai eu l'argent et quelle puanteur il dégage. Mais mon âme brutalisée répugne à cela et je continue de rêver au jour où un homme intègre réunira tous ces trafiquants analphabètes et leur posera, dans l'enceinte de la justice, la seule question qui vaille : "Quelle est l'origine de votre fortune ? Combien de gens sont morts pour que vous vous enrichissiez autant ?"

« J'ai aussi perdu mon travail. Je ne le regrette pas. Je me suis mis à mon compte. Pour le moment, je ne gagne pas d'argent. J'essaie de m'éloigner le plus possible de la femme qui m'a démoli. Je n'ai pas perdu l'instinct de conservation. Il me reste heureusement l'empire des images en noir et blanc. Que ce soit un film ou une série de cartes postales, je me sens comme un enfant consolé. »

Kenza

L'histoire d'amour de Bilal n'était qu'un prélude. Cet homme allait tomber entre les belles mains de Kenza, une de mes messagères, la plus futée, la plus belle peut-être. J'ai mis toute mon âme dans son être. Je l'ai faite comme on fait un pain. C'est son image qui apparaît quand je me regarde dans le miroir.

Kenza, la pulpeuse fille de Fès, à la peau blanche et douce, aux grands yeux noirs, qui parle avec un léger accent la rendant encore plus désirable, s'est découvert une passion : interpréter des rêves. A-t-elle lu des livres ou suivi les cours d'un maître, on ne sait pas. Sa réputation a été vite faite. Elle connaît tous les signes et symboles, elle en donne le sens, explique leurs connexions, conseille et rassure. Elle dit que la Source du Temps est une source de rêves ; en s'y baignant, elle eut la sensation d'être envahie par des histoires de la nuit qui cessaient d'être des énigmes. Tout devint clair dans sa tête, mais elle ne savait que faire de ces histoires. Elle comprit qu'elles n'étaient pas les siennes ; par une opération qui se déroula à son insu, elle sut que c'étaient les rêves des autres qu'elle captait. Ils venaient vers elle et s'incrustaient dans son cerveau avec l'insistance du messager pressé de livrer sa missive. Les rêves s'entassaient et attendaient d'être expliqués pour ne plus exister.

Kenza devait aller chaque matin chez les personnes dont elle captait les rêves, et s'en débarrasser en les interprétant. C'était une lourde charge, qui menaçait sa santé. D'un côté, elle était curieuse et fière de connaître l'intimité des gens ; de l'autre, elle se sentait encombrée et gênée par l'invasion nocturne d'histoires étranges et parfois sans grand intérêt. Au début, c'était elle qui allait frapper à la porte des gens, qui la recevaient plus ou moins bien. Elle arrivait comme le facteur et étonnait tout le monde quand elle se mettait à raconter le rêve dans le détail. La méfiance au moment de son arrivée se transformait en admiration. On la payait. On lui faisait des cadeaux. Un jour, elle fut expulsée d'une maison à coups de bâton. Elle expliquait le rêve d'une jeune épouse insatisfaite qui se prenait pour une fleur au pollen abondant, attirant les papillons les plus beaux. Kenza osa dire que cette femme avait besoin de caresses et d'amour, et que son mari la négligeait et la maltraitait. A partir de cet incident, Kenza décida de ne plus donner ses interprétations en public. Elle passait avertir les personnes concernées et leur fixait rendez-vous dans la journée. Elle s'installa dans un petit appartement et s'organisa en prenant son rôle très au sérieux. Certaines nuits, les gens rêvaient beaucoup. Sans le savoir, ils fatiguaient la belle Kenza. Sa vie était bouleversée. Elle avait l'impression de naître de nouveau et commençait même à oublier ses souvenirs de fille rebelle et libre.

Quand elle rencontra Bilal, elle sut tout de suite que quelque chose allait se passer au-delà de l'interprétation du rêve. Bilal avait de petits yeux très vifs qui trahissaient ses émotions. Il rêvait souvent d'une femme à la peau blanche qui venait vers lui en enlevant sa robe. Quand il s'approchait d'elle, il découvrait que c'était un mannequin en cire ou en papier mâché, qui tombait en poussière. Ce rêve l'obsédait et se produisait très souvent. Bilal savait qu'il était sous la malédiction d'une femme, mais refusait de croire que toutes les femmes voulaient sa perte. Il était naïf. Il l'appelait Pandora et lui donnait le visage d'Ava Gardner. Lui qui n'était ni grand ni beau s'introduisait dans ces films et séduisait ces créatures. Mais cela ne durait que quelques instants et le pauvre Bilal se réveillait en sueur, désemparé. Il notait dans un cahier ces histoires d'amour à sens unique et ne désespérait pas de rencontrer un jour une de ces créatures de rêve qui hantaient ses nuits.

Kenza finit par tout connaître de cet homme, car non seulement elle recevait son rêve, mais elle arrivait à deviner ses réactions et son visage. Elle décida de ne pas se débarrasser trop vite de ce rêve ; elle le gardait de côté comme si elle l'aimait bien et qu'il ne la gênait pas. Bilal, fixé sur le même schéma, s'endormait en attendant la femme à la robe rouge. Une nuit, il ne fit ni ce rêve ni un autre. Il se réveilla le matin plus tôt que d'habitude, inquiet et fiévreux. Il crut qu'il avait perdu la seule chose qui lui restait : la capacité de rêver.

Ce fut ce jour-là que Kenza envoya son messager – un garçon qui vendait des cigarettes américaines en contre-bande – trouver Bilal au Café Cristal et lui proposer de venir la voir. Il avait entendu parler de cette femme mais ne croyait pas beaucoup en son pouvoir. Le garçon se montra ferme : « Il faut venir pour une affaire te concernant ; ma maîtresse ne plaisante pas, et puis on ne dit pas non à une si belle femme ! »

Les amis de Bilal se moquèrent de lui, pensant qu'il n'aurait pas le courage de se présenter chez cette femme dont ils se méfiaient sans savoir pourquoi. Ce matin-là, Bilal trouva leurs plaisanteries lourdes ; il prit conscience de la médiocrité de ce groupe et se dit qu'était venu le temps de prendre ses distances avec des gens à l'esprit étroit et moqueur.

– La femme que vous voyez, ou croyez voir, toutes les nuits enlever sa robe est une herbe, tantôt bleue, tantôt rouge, qui pousse dans le jardin d'une femme que vous avez aimée. Il vous faut renoncer à cette image, piétinée aujourd'hui par le temps. Vous ne reconnaîtriez pas celle qui la porte. C'est à présent une dame sage, retirée de cette vie, hors de toute portée. A votre tour de vous réveiller. Qu'avez-vous fait de votre vie ? Vous avez passé le temps à vous entourer d'images et à croire que la vie était un film ou une série de cartes postales.

Les petits yeux de Bilal étaient fixés sur la poitrine de Kenza.

– Vous aimez mes seins ?

– Oui !

– Dorénavant, c'est de ma poitrine que vous rêverez toutes les nuits ! Il me semble que vous gagnerez au change. Vous me paierez la prochaine fois.

– Ce sera quand ?

– Je vous préviendrai.

Bilal se leva, prit sa tête entre les mains et sentit un début de migraine. La nuit, il dormit mal. Excité et impatient, il attendait la visite de Kenza. Elle ne vint pas. Le lendemain, il était fatigué et de mauvaise humeur. Au bureau, il eut du mal à rédiger le rapport qu'il devait rendre à une administration que les services fiscaux contrôlaient. La nuit suivante, au lieu de rêver des seins de Kenza, il vit son père, tout de blanc vêtu, avançant en tâtonnant comme s'il était aveugle. En fait il était enveloppé dans son linceul et s'il avait du mal à marcher, c'est parce qu'il savait que des vagabonds venaient faire leurs besoins entre les tombes. Les bras tendus, recherchant un appui, le père sermonna Bilal. Il lui dit de cesser de penser aux femmes et qu'il ferait mieux de veiller au partage équitable de l'héritage entre lui et ses frères et sœurs.

Cette leçon de morale l'ébranla plus encore. Depuis sa rencontre avec Kenza, il sentait qu'il n'était plus le même. Il ne fréquentait plus le café. Il redoutait la nuit. Le soir, il prenait plusieurs tasses de café pour ne pas dormir. Tout d'un coup, il se mit à penser à Zina. Son image s'imposa à lui, mobile et floue. « Que vient-elle faire, pourquoi est-elle revenue, cela fait longtemps que tout est fini entre nous, pourquoi me poursuit-elle ? » se demandait Bilal, dont la nervosité augmentait.

« Le temps de rendre des comptes est arrivé ! »

Entendait-il des voix ou bien était-ce lui-même qui se disait cela ? Il répéta la phrase lentement en détachant les mots. Était-ce une hallucination ou était-ce un rêve ? Il ne dormait pas. Il passa la nuit à marcher dans sa maison. Puis des images dont il n'arrivait pas à cerner l'origine défilèrent devant lui. Une cabane dans une forêt, des vapeurs de kif et d'alcool, des crachats par terre, un corps recroquevillé à moitié nu, des effluves de mauvais parfum, des pipes de kif brisées, des bouteilles de bière et l'impression d'un cauchemar qui recommençait à l'infini.

Ainsi le moment était venu. Il se savait coupable et il lui arrivait d'y penser, mais jamais il ne se vit en train de subir la vengeance de la femme qu'il avait aimée ou, plus précisément, qu'il avait cru aimer. Le lendemain il retourna voir Kenza, qui le reçut avec le sourire. Elle lui demanda s'il désirait boire quelque chose.

– Juste un verre d'eau, répondit-il.

– Vous avez raison, il n'y a pas mieux que l'eau.

Elle revint avec un grand verre d'eau. Il but et remercia Dieu pour sa miséricorde et Kenza pour sa bonté. Quelques instants plus tard, elle éclata soudainement de rire :

– Vous venez de boire l'eau de l'oubli. Ce verre d'eau va laver votre mémoire et, surtout, effacer les rêves que vous ferez, si toutefois vous arrivez à dormir. Mon pauvre ami, c'est vous qui l'avez voulu ! Rappelez-vous, vous êtes un raté, vous avez quelques heures pour recenser toutes vos pertes. Il vous restait le rêve, donc le sommeil, alors on les supprime aussi. Ainsi vous serez l'homme de toutes les pertes. Vous n'aurez plus rien, vous ne serez plus rien ! A présent vous pouvez partir voir tous les médecins de la ville, vous pourrez invoquer tous les saints et compagnons du Prophète, vous êtes arrivé au bout. Et il a suffi d'un verre d'eau !

Bilal eut peur, essaya de vomir mais ne réussit pas. Il avait la nausée. Il sortit en courant de chez Kenza et se précipita au Café Cristal, où la bande devait être encore là.

Abid, Bachar et Carlos avaient envie de rire. Mais en voyant le visage défait de Bilal, ils renoncèrent à plaisanter. Abid et Salim étaient bien placés pour savoir de quoi était capable Zina. Pour eux, Kenza n'était qu'une apparence, un double de celle qui continuait de bouleverser leur vie.

Bachar

Et la vie de Bachar sera bouleversée. Il ne sait pas que Batoule est sa demi-sœur. Il a même oublié le soir où il a tenté d'abuser d'elle. Tout cela appartient à un passé qui n'a jamais existé. Aucun souvenir ne subsiste. Aucune trace n'est visible. La capacité de l'oubli est grande.

La mère de Batoule était noire. C'était une esclave achetée au début des années quarante au Sénégal par un riche commerçant de Fès. Elle s'appelait Yezza, ne parlait pas l'arabe et eut deux enfants avec le notable fassi. Le premier enfant mourut dans des conditions étranges. Quand Batoule naquit, elle tenta de la tuer en l'étouffant avec un oreiller. Surprise par la femme blanche du commerçant, elle prit la fuite et on ne la retrouva jamais. Peut-être mit-on de la mauvaise volonté à la rechercher. Le fait est que Yezza disparut, et Batoule fut élevée par l'épouse blanche qui la maltraitait souvent. De son enfance elle gardait un sentiment fait d'amertume et de répulsion. Elle se souvenait comment, à table, elle devait attendre que les autres enfants aient terminé pour manger les restes. Elle gardait des images de visites nocturnes que faisaient dans sa chambre ses demi-frères, qui la considéraient comme leur bonniche. Ils la frappaient, frottaient leur pénis contre ses fesses et repartaient après l'avoir salie. Elle avait oublié leurs noms et leurs visages. Mais elle apprit à accumuler et à classer ses souvenirs. Elle tenait à préserver cette mémoire douloureuse, même si les traits des visages disparaissaient.

Quand elle eut vingt ans, elle quitta Fès et trouva un travail d'employée dans une usine de textile à Tanger. Elle vivait dans une chambre que lui louait une famille rifaine à Beni Makada. Ce fut dans le hammam de ce quartier, dont une partie était un bidonville, qu'elle fit la connaissance de Kenza. Par elle, elle fut introduite dans la bande de filles et adoptée dès les premiers jours. Elle raconta son histoire à Zina. Les filles, émues aux larmes, décidèrent de l'aider à réaliser sa vengeance. Elles se réunirent autour de la source et cherchèrent par quel moyen elles pourraient transférer les mauvais souvenirs de Batoule à un homme.

Le choix fut posé sur Bachar, le comptable originaire de Fès, connu pour ses aventures sexuelles médiocres, celui qui abusait des bonnes qui travaillaient chez ses parents. Il avait fréquenté la bande de garçons désabusés qui refaisaient le monde au Café Cristal, puis s'était fait rare. Quand on demandait de ses nouvelles, on disait qu'il avait changé et qu'il vivait retiré de tout, laissant son cabinet à son associé, et se consacrait à la chasse aux papillons. Ce fut Houda, maligne et effrontée, qui suggéra un mode de vengeance :

— Tu devrais, Zina, lui faire boire une histoire amère, mauvaise, dangereuse, une histoire qui envahirait sa mémoire, chasserait ses bons souvenirs et lui garderait, en en accentuant la laideur, ses souvenirs douloureux ! Qu'en penses-tu ?

— C'est une idée, mais il va falloir trouver une histoire encore plus amère que celle de Batoule.

— Nous nous y mettrons à cinq, et nous finirons bien par lui concocter l'histoire de sa vie.

Batoule eut peur de la détermination des filles :

– Il ne s'agit pas de le tuer ; je crains que nous ne devenions injustes !

– Mais lui n'est qu'un symbole. A présent, il faut l'amener jusqu'à nous. Qui se sent capable de l'attirer ?

– Moi ! répondit Houda. Je connais ce genre d'homme ; il doit draguer à la sortie des lycées.

– Tu as un atout formidable, fit remarquer Zineb ; tu es jeune, tu es belle et tu es sans scrupules. Tu es toute désignée pour le faire brouter dans la paume de ta main. Mais ne nous l'amène pas à quatre pattes, ce serait un peu trop !

Houda est une brune aux yeux verts. Sa chevelure lâchée en fait une tigresse qui fait baver les hommes. Quand elle plaque ses cheveux à la garçonne, elle trouble les hommes et les femmes. Grande de taille, elle marche de manière juste. Son corps avance harmonieusement, méthode acquise lors de ses cours de danse, à l'époque où la révolte n'avait pas encore germé dans sa tête. Sa voix, voilée à cause de la fumée de cigarette, lui donne quelques années de plus en même temps qu'une fragilité. Ses seins ne sont ni petits ni grands. Ils sont fermes et remplissent les mains d'un homme. Son intelligence est vive et perspicace. Rien ni personne ne lui résiste. Son charme n'a d'égal que sa détermination. Elle sait être émouvante quand il le faut, comme elle sait faire rire et chanter les autres autour d'elle.

Depuis que Bachar s'est isolé, il a changé : il a pris de l'embonpoint, ne boit plus d'alcool, mais reste obsédé par la beauté des jeunes filles. Incorrigible malgré quelques incidents qui ont failli l'envoyer en prison, il s'entête à courir les filles et à collectionner les papillons.

Houda n'allait avoir aucune difficulté à l'attirer, à le faire tourner en bourrique, avant de le livrer comme un chiffon froissé à la maîtresse Zina.

Elle se présenta à son bureau au moment où il épinglait les papillons chassés la veille. Personne ne devait le déranger. Mais Houda ne vint pas les mains vides. Elle lui proposa un échange de papillons. Elle s'était procuré une boîte où un vieil Européen avait classé des spécimens rares. En quelques jours elle avait appris beaucoup de choses sur les papillons. Elle donnait l'impression d'une spécialiste, passionnée et surtout désintéressée. Le pauvre Bachar ne savait où se mettre quand elle récitait avec une assurance remarquable les caractéristiques scientifiques de chaque insecte. Lorsque ses yeux se levèrent et rencontrèrent ceux de Houda, il devint rouge, lui demanda en bégayant ce qu'elle voulait. Elle lui tourna le dos, lâcha ses cheveux, puis s'approcha en se penchant sur lui de manière à ce qu'une partie de sa poitrine fût visible, puis fit semblant de chuchoter à son oreille dont elle mordilla le lobe. Il poussa un petit cri, plus de surprise que de douleur, puis essaya de la prendre par la taille. Elle lui échappa et se mit face à lui de l'autre côté du bureau, la boîte de papillons à la main :

– Alors, on fait un échange ?

Tout en lui parlant, elle décrochait les cadres sous verre du mur et les entassait dans un sac en plastique.

– Mais qu'est-ce que vous faites ? J'espère que vous plaisantez.

– Non, monsieur Bachar, je suis sérieuse : votre collection contre un baiser.

– Vous êtes folle !

– Absolument. Et je vous préviens, je n'ai pas encore vingt et un ans ! Alors faites attention à ce que vous entreprenez.

– Ne criez pas. Et puis boutonnez votre chemisier.

– Venez le fermer vous-même.

– Tout ça pour un baiser ! Seulement un baiser ?

192

– On verra.

– Mais c'est vingt ans de ma vie que vous emportez dans
ce misérable sac !

Elle pensait à ce moment précis à toutes les jeunes filles
de moins de vingt ans qu'il avait salies, bernées, violées en
toute impunité. Elle faillit lui jeter ses boîtes à la figure et
hurler sa rage et son dégoût. Mais elle se maîtrisa et reprit
son travail de séduction :

– Vous pensez que ces insectes épinglés valent mieux
que mes vingt ans pleins de fougue et d'amour à donner, à
partager ?

– Non, chaque chose à sa place. Là, vous avez des
papillons rares : deux piérides du chou, un mâle et une
femelle ; au lieu que leurs ailes blanches soient tachées de
noir, elles le sont de bleu qui vire au vert. C'est exceptionnel. Là, c'est un grand paon de nuit, il vient de France et
il mesure cent quarante-trois millimètres, alors que le plus
grand au monde en mesure cent cinquante ! C'est un
cadeau d'une amie qui me l'a amené de Toulouse. Là, c'est
toute une série de sphinx, mes papillons crépusculaires. Ça,
c'est un sphinx de troène. Regardez, ses ailes sont brunes,
tachées de gris et de rouge. C'est magnifique. Regardez
ce nacré de Vénus, ce silène, cette coquette, cette lithinée
bleu et mauve, cette phalène du sureau, cet omicrion
ardoisé ; j'ai même un petit cul-brun, un satyre quelconque,
mais il vient de si loin. Mes lépidoptères sont pour moi
plus que des insectes, ce sont des signes précis liés à des
souvenirs souvent intimes. Quand je les regarde, ils me
ramènent en arrière, à l'époque de ma belle jeunesse. C'est
pour ça que j'y tiens. Ce que vous avez entassé si grossière-
ment dans votre sac de ménagère, c'est toute une mémoire
d'amour, de joie et de beauté. Mais je vous pardonne, vous
êtes ignorante et vous êtes si jolie, surtout avec des yeux
aussi verts que les ailes d'un géomètre papillonnaire, sauf

193

que la couleur chez vous est changeante et troublante.

En disant cela, il s'approcha d'elle et essaya de l'enlacer. Elle le repoussa avec force. En tombant, il perdit la perruque qui dissimulait une calvitie ressemblant à de la teigne. La honte le submergea. Pour Houda, ce n'était là qu'un début. Elle se pencha sur lui et lui tendit la main pour l'aider à se relever. Elle tomba exprès sur lui, étalant sa chevelure rebelle sur son crâne, effleurant ses lèvres, puis se releva. Il eut du mal à se remettre debout, arrangea ses habits, ramassa la moumoute et la jeta dans la corbeille à papiers en pestant. Houda la ramassa et se proposa de la lui fixer sur la tête. Il était pitoyable, se laissa faire comme un infirme ou un vieillard. Elle se colla à lui, l'excita, puis recula en le regardant. Elle devait se demander comment ce gros lard parvenait à séduire des jeunes filles, à les dépuceler et à les posséder à sa guise en leur faisant du chantage. Elle remarqua qu'il y avait un coffre-fort derrière son bureau et se promit de le lui faire ouvrir. On pouvait accéder à son bureau sans passer par l'entrée principale et sans que les fonctionnaires et secrétaires soient au courant. Son bureau était aménagé de telle sorte qu'il pouvait y satisfaire ses désirs : le canapé se transformait en lit, la porte se verrouillait de l'intérieur, il y avait un Frigidaire, un lavabo, une télévision et même un magnétoscope. Houda était sûre qu'il passait des films pornos pour exciter ses partenaires ou pour se masturber. Mais il n'y avait aucune cassette en vue. Elles devaient se trouver dans le coffre-fort.

Après quelques instants d'hésitation, il se ressaisit, mit de l'ordre dans son apparence, rangea le bureau et parla sur un autre ton à Houda :

— Qu'est-ce que tu veux ? Qu'est-ce que tu cherches ?

— Toi !

— Et pour quoi faire ?

– Pour faire ensemble des cochonneries dont tu raffoles, mais pas ici, pas dans ce lieu sinistre qui sent mauvais. Ça pue la pisse et le sperme. Tu es du genre à pisser dans le lavabo.

– Et mes papillons ?

– Je te les rendrai.

– Qui t'a envoyée ? Qui t'a donné mon adresse ?

– Une amie, une jolie fille que tu as baisée là, sur ce bureau. Elle m'a dit que tu l'avais fait jouir comme aucun homme n'a jamais réussi à le faire. Si tu veux tout savoir, je suis de sa race, j'aime faire l'amour avec des hommes vicieux qui connaissent des trucs. Voilà, tu es au courant de tout.

Il eut l'air satisfait, acquiesça de la tête, puis se ravisa comme s'il avait senti le piège :

– Si tu veux, c'est tout de suite, on le fait ici, tu ne quitteras pas cette pièce sans avoir eu ton compte.

Face à cette menace, Houda sortit du sac une des boîtes et dit :

– Si tu t'approches, je piétine tes papillons.

Il recula puis changea de méthode :

– Et si on buvait une bière ?

– J'ai horreur de la bière. Elle donne mauvaise haleine et provoque la migraine.

– Alors un Coca !

– Non, rien. Je m'en vais et je t'appellerai pour te donner un rendez-vous. J'emmène bien sûr ton trésor. J'ai peur que tu me laisses tomber. J'ai besoin de sentir ta peau sur la mienne, ton souffle dans mon souffle. Alors, attends mon appel et prépare-toi à donner une inoubliable nuit d'amour à une jeune fille qui meurt d'envie d'être initiée par un homme d'expérience.

Au moment de partir, il lui ouvrit l'autre porte et lui conseilla d'être discrète.

Ce jour-là, il ne put rien faire. Il annula ses rendez-vous et se mit à réfléchir à cette visite étrange. Il appela son ami Bilal. Il tomba sur un homme déprimé, drogué par des calmants et qui parlait à peine. Du coffre, il sortit un grand cahier où il avait classé les photos des papillons sous verre. En marge il marquait le nom scientifique et la date d'acquisition de chaque insecte. Parfois il accompagnait ces notes de commentaires sur sa vie, ses désirs, ses regrets et même ses prières :

« Savoir profiter de la vie est un art que ni l'école ni la famille ne m'ont appris. »

« Mon désir le plus ardent et aussi permanent est de posséder toutes les jeunes filles qui passent devant moi. J'en suis obsédé. Mais sans elles, je n'ai pas de vie. Je suis leur esclave. Heureusement, elles ne le savent pas. »

« Je regrette de ne pas avoir suivi le traitement du docteur pour sauver mes cheveux. »

« Notre Prophète Mohammed a eu raison d'épouser plusieurs femmes. »

Il remit le cahier dans le coffre, se regarda dans le miroir et, peut-être pour la première fois, il eut honte. Honte de ses pensées, honte de ses actes, honte de son visage tuméfié. Il se donna une gifle et pleura. En se levant, il remarqua que ses yeux étaient rouges. Il ne savait pas si c'était à cause de la honte ou des larmes. Ce jour-là, il ne s'aimait pas du tout. Il parla tout seul de décadence et de chute. Puis, en repensant au corps de Houda, dont il devinait les atouts, un sourire passa sur ses lèvres et il sentit l'espoir renaître lentement.

Il passait ses journées à attendre l'appel de Houda. Il n'allait plus à la sortie des lycées pour draguer. Il était inquiet et commençait à déprimer. Un soir, alors qu'il venait de quitter son bureau, au moment de traverser, une voiture faillit le renverser. Elle freina, mais le choc le fit basculer. Deux créatures de rêve se penchèrent sur lui et l'aidèrent à se relever. Il eut du mal à reconnaître Houda, qui avait changé de coiffure et de style. Elle lui présenta Batoule et lui proposa de le raccompagner. Il était un peu sonné, mais la présence de ces deux beautés lui fit oublier l'accident. Il remarqua que Batoule avait une grosse poitrine. Il se vit déjà la tête entre les superbes seins de la métisse. Il demanda des nouvelles de ses papillons. Houda le rassura. Ils étaient bien rangés. La voiture prit la route du cap Spartel. Bachar pensait que c'était une promenade. Après le cap, elle se dirigea vers les Grottes d'Hercule. C'était là que Zina et les autres femmes attendaient leur victime.

En arrivant, il faisait nuit. Bachar posa plusieurs questions. Pas de réponse. Il était nerveux. Batoule lui prit la main. Elle était moite. Elle lui donna un mouchoir. Elle lui reprit la main et la posa sur sa poitrine, en même temps elle vérifia si son sexe était en érection. De sa main droite, elle ouvrit sa braguette, farfouilla et ne trouva qu'une petite chose bien triste et froide. Elle éclata de rire : « C'est avec ça que tu sèmes la terreur ! » Il la repoussa. Houda rit aussi.

Ce n'était pas une rêverie, un éclair dans le ciel serein du petit comptable, ni un cauchemar dont on précipiterait la fin en se réveillant. Bachar était dans un piège, entouré de femmes exhibant leurs attraits tout en préparant une scène dont il ignorait tout.

La grotte n'était éclairée que par des bougies. Il remarqua qu'à l'entrée le gardien n'était pas un vieil homme mais un jeune éphèbe armé d'un arc et de flèches. Il se dit : « On n'est plus à Tanger. » Une voix intérieure lui répondit : « Effectivement, tu viens d'entrer dans une histoire. » On le fit asseoir sur une meule en lui disant : « Tu es assis sur la trace de l'orteil du pied droit d'Hercule ! »

Il se demanda si c'était un honneur ou une punition. Les cinq femmes étaient en train de préparer quelque chose. Il pensa au dîner. Il imagina une belle daurade grillée, un vin blanc de Bordeaux et en face de lui, seule Houda, enfin conquise et soumise. Il chassa ce joli rêve de son esprit et releva le col de sa veste à cause d'un petit vent humide qui circulait dans la grotte.

Ce fut Zina, toujours de blanc vêtue, qui vint vers lui :

« Il me semble que je t'avais expulsé de cette histoire. Tu ne t'en souviens pas. Mais j'avais considéré que tu n'étais pas intéressant. Tu es quelconque et tu n'apportes rien au développement de cette affaire. Égoïste et pervers, tu ne t'occupais que de tes papillons et des jeunes filles naïves. Tu n'es pas un personnage. Et si je t'ai convoqué, c'est pour te retirer définitivement du circuit. Car si la rouille, l'humidité ou la crapulerie atteignent mes histoires, elles se détraquent, n'osent plus se raconter et meurent. Ça m'atteint et me fait mal. Toi, par ton comportement, tu les as salies. Tu m'éclabousses. En recueillant cette saleté, je perds mes moyens. Je sais que tout cela te dépasse et que tu ne comprends rien à ce qui t'arrive. Des individus comme toi, on devrait les éliminer pour les empêcher de pourrir tout ce qu'ils touchent. Je ne veux plus que tu apparaisses ou que tu tournes autour des autres personnages. Quant à ta collection de papillons, nous te la rendrons, tu en auras besoin, car tu auras tout le temps pour t'en occuper. Tu verras, plus aucune jeune fille ne montera les marches de l'escalier de service menant à ton bureau. Plus aucune fille ne se mettra à quatre pattes sur ton bureau pendant que tu te masturbes. Tout cela est fini. La main magique de Batoule s'est bien posée sur ton pénis qui était déjà mort. A présent, tu peux t'en aller ou rester avec nous cette nuit. Nous ne sommes pas méchantes. Mais nous n'aimons pas les hommes indignes. »

Pendant qu'elle parlait, les filles étaient assises derrière elle et l'écoutaient attentivement. Houda était étonnée par son calme. Batoule avait les mains dans des gants blancs. Zineb prenait des notes. Quant à Kenza, elle écoutait, les yeux grands ouverts.

Houda fit brûler de l'encens et tourna dans la grotte avec l'encensoir. Bachar toussa. Il n'aimait pas cette odeur. Il se leva en titubant. Aucune fille ne faisait attention à lui. Il récupéra le sac dans lequel Houda avait mis les boîtes de papillons, prit une bougie et chercha la sortie. Il faisait nuit noire. Le jeune éphèbe n'était plus à l'entrée.

Il y avait là un vieux gardien. Il s'éloigna un peu, puis eut envie de poser une question au vieil homme qui s'était assoupi. Il le réveilla et lui demanda s'il connaissait les cinq femmes qui habitaient là.

– Quelles femmes ? Tu as vu des femmes, là, à l'intérieur des grottes ? Pauvre homme ! Tu as été victime de tes hallucinations.

– Excuse-moi de t'avoir réveillé. En principe, un veilleur de nuit doit avoir les yeux ouverts.

– Tu as raison. Assieds-toi. Je t'offre une pipe de kif, ça t'aidera à voir clair.

Il sortit de sa poche une longue pipe, la bourra, l'alluma, en tira une bouffée et la passa à Bachar. Celui-ci fuma un peu, toussa beaucoup et ne vit pas clair dans sa tête.

– Elles étaient cinq, tu dis ? Je vois… Tu as été embarqué dans l'histoire de la Main magique, où chaque doigt est une branche qui veille sur les contes qu'on se raconte pour passer le temps ! C'est une main géante qui règne sur les histoires. Elle est elle-même une immense histoire que les femmes se racontent parfois pour conjurer le sort et repousser les malédictions. Tiens, tire une bouffée encore, c'est un kif de très bonne qualité, il vient de mon jardin.

Ah ! mon pauvre ami, il va falloir que tu marches beaucoup pour te débarrasser de cette vision. Tu verras, les images vont te coller à la peau et tu ne pourras plus agir ni vivre normalement.

Bachar fuma encore, toussa un peu posa la pipe par terre et se mit à regarder la mer. A l'horizon, des lumières scintillaient. Il dit :

– Là-bas, c'est l'Espagne ! J'aimerais bien me trouver dans une de ces petites maisons et regarder les côtes marocaines où rien ne scintille. Au moins, là-bas, la Main magique n'opère pas. C'est le pays des chrétiens. Ici c'est le pays des païens ! Et toi, tu as connu les cinq branches de cette fameuse Main ?

– Non. J'en ai entendu parler. Et puis, comme tu sais, les gens parlent beaucoup, inventent des légendes qui finissent par devenir des réalités. Nous sommes dans un pays où tout se mêle : la religion, les superstitions, la magie, la météo ! alors tout est possible. Les touristes européens adorent ce mélange. Tu te rends compte, quand ils visitent les grottes, il m'arrive souvent, après avoir fumé, de leur raconter n'importe quoi. Ils sont émerveillés. Ils me laissent de bons pourboires. Je mélange l'histoire d'Ulysse avec celle de l'ogresse Aïcha Kandicha, je fais intervenir Hercule et les Sept Nains... Ils avalent tout. Moi, ça m'amuse. Fais comme eux, tiens-toi à l'histoire de la Main magique et dis-toi que c'était une vision, une hallucination, et oublie.

– C'est facile à dire. J'étais un homme heureux et tranquille jusqu'au jour où une superbe créature envahit mon bureau et me fit perdre la tête et tous mes moyens. En vérité, je suis possédé. Il faut que j'aille voir un charlatan pour extirper de mon âme les racines de cette malédiction.

– Va voir qui tu veux. A ta place, j'irais plutôt voir un docteur. Il te donnera des pilules pour dormir et oublier.

Une chose est sûre, mon ami : il n'y a pas trace de personne humaine dans ces grottes, de jour comme de nuit. Je veille ici depuis trente-trois ans. J'en ai entendu des histoires ! La tienne est banale ; heureusement que tu n'es pas tombé sur les couilles d'Hercule. J'ai vu sortir des gens le visage ensanglanté parce qu'ils auraient chatouillé le pénis d'Hercule. Dès qu'on le touche, les énormes couilles bougent et font glisser les gens, qui se cassent la figure. C'est fréquent. Regarde, j'ai ici une petite pharmacie avec mercurochrome, pansements, alcool désinfectant. Ça aussi me rapporte des sous. Il faut bien vivre !

Bachar prit son sac de plastique et s'éloigna seul dans la nuit sans lune, sans étoiles. Il rentra à pied en ville. Le Cristal venait juste d'ouvrir. Il commanda un café double et du pain grillé. Le garçon ne le reconnut pas. Après avoir bu son café, il lut le journal. Rien de ce qui se passait dans le monde ne retenait son attention. Il vit les gars de la bande attablés à l'endroit habituel. Il se leva pour les rejoindre, hésita, puis s'approcha d'eux. Ni Salim, ni Abid, ni Carlos ne le reconnurent. Il était gêné et n'insista pas. Il eut envie de leur rappeler le temps de leur rendez-vous quotidien. Personne ne fit attention à lui. Il se dit que s'il restait là, on allait le prendre pour un mendiant. Il en avait l'air : pas rasé, les habits froissés, les yeux fatigués et la démarche hésitante. Il sortit du café les larmes aux yeux, se sentant vidé, rendu étranger à lui-même et aux autres et ne pouvant même pas savoir comment cette transformation s'était produite.

Les dés étaient jetés : il ne faisait plus partie de cette histoire, surtout si l'on considère qu'une histoire, c'est comme une famille.

Rahim

L'association Dahmane et Jamila se détériora. Lui continuait à lire les cahiers, elle s'ennuyait et remettait en question leur compromis. Elle laissa un jour son mari en train
de lire et s'installa comme conteuse à la place Jamaa El
Fna. Ce n'était pas la première fois qu'une femme prenait
la place d'un homme. Ce jour-là, elle était la seule à raconter une histoire à un public médusé mais intéressé :

« Ô gens de bonne volonté ! Ô habitants du songe ! Ô
rêveurs de l'arc-en-ciel ! Descendez sur terre, venez vers
moi, venez écouter l'histoire de l'histoire, pas l'histoire
de Sindbad, ni celle de la Beauté-qui-tue, mais l'histoire de
Zina, femme rebelle, éternelle dans sa grotte, immobile
dans le temps, femme au-dessus de toute beauté, image
insaisissable s'introduisant dans la vie d'hommes qu'elle
choisit comme proies, femme destructrice, histoire amère
bue par des hommes fascinés par sa beauté et qui croient
l'avoir soumise dans une étreinte exceptionnelle, femme
maîtresse des mots et sainte des paroles qui réparent les
cœurs.

« Personne ne sait d'où elle vient, ni comment elle surgit.
Autour de sa naissance rôde une légende aussi obscure
qu'incompréhensible. Elle aurait été conçue la Nuit de l'Erreur, dans une cabane abandonnée, la Cabane du Pendu,
car chaque hiver un homme s'y rend pour se pendre. Elle

aurait plusieurs géniteurs. L'obscurité m'empêche de distinguer les visages de ces hommes qui pénétrèrent, en cette Nuit de l'Erreur, dans cette cabane où une femme somnolait sous l'effet du kif. Mais cette histoire est incertaine. Elle nous mènerait trop loin. Je m'en vais vous conter l'histoire du pendu de cet hiver où la Nuit de l'Erreur fut fatale pour celle dont il ne faut prononcer le nom qu'en l'entourant de prières.

« C'était un horloger qui non seulement réparait les montres, mais guérissait les migraines et les humeurs inconstantes. Je sais, les maux de tête ne se soignent pas, mais Rahim avait des mains bienfaitrices. Il lui suffisait de les passer plusieurs fois sur le crâne du malade pour arrêter la douleur et rendre l'humeur à son niveau normal. C'était un brave homme, qui aimait jouer avec le temps. Il disait que le présent n'existait pas, ou alors qu'il serait la pointe extrême de l'épée, aussi fine qu'invisible. Il passerait par là en une opération que l'esprit humain est incapable de saisir.

« Rahim comparait le présent à la mort. Il disait que la mort non plus n'existait pas. Il citait des philosophes, des sages des temps anciens. Il s'amusait à dérégler les horloges de la ville et vivait dans une grande solitude. Il fut un jour invité par un personnage important qui souffrait de migraines suicidaires. Ce devait être le gouverneur ou le pacha. Cela se passait il y a longtemps. Rahim se rendit chez le malade et, dès qu'il le vit, il eut un mauvais pressentiment. Il eut la vision trouble d'un homme, les pieds et les mains attachés, se balançant au bout d'une corde. Par terre, il y avait deux ou trois agents d'autorité en train de manger sans se soucier de la présence de l'homme pendu. Quand Rahim s'approcha du gouverneur, il remarqua ses yeux rouges. Il posa la main sur sa tête et eut très chaud. Jamais Rahim n'avait eu à retirer une telle migraine. Ses mains tremblaient. Pour la première fois, il échouait. Il était désolé, s'excusa et prit congé de cet homme qui se roulait par terre de souffrance.

« Dès qu'il fut dehors, Rahim fut pris d'une fièvre soudaine. Il porta sa main sur son front et sentit à l'instant une douleur insupportable. En même temps, la vision qu'il avait eue en arrivant chez le gouverneur se précisa et se déroula devant ses yeux comme un film. Les agents étaient des tortionnaires. L'homme attaché n'avait plus de visage. Tapi dans cette cave, un homme aux yeux rouges donnait des ordres. La douleur s'accentuait au fur et à mesure que la vision devenait claire. Rahim avait mal dans tout le corps. Il comprit qu'il venait de capter toutes les souffrances du gouverneur, ainsi que celles de l'homme torturé. Il n'avait qu'une issue pour arrêter d'avoir mal : ne plus être, s'éliminer. Il avait attrapé la douleur suicidaire. Ses pas le dirigèrent tout naturellement vers la fameuse cabane dans la Forêt diplomatique, où il se pendit. Le hasard fit que cela se passa la Nuit de l'Erreur. Rahim ne le savait pas. Ainsi mourut l'horloger et, depuis, toute la ville souffre de migraines folles.

« Amis du Bien, il me semble que cette histoire vous fait peur. Ne portez pas vos mains à votre front. Ce n'est qu'une histoire. C'était une autre époque, un autre temps. On dit qu'aujourd'hui on ne torture plus dans des caves humides. On dit. On prétend. Mais je sais. Vous savez. La torture est un moyen rapide de communication. Mais ne partez pas. Ne fuyez pas. Nous ne faisons pas de politique. On dit certaines choses. Ah bon ! il faut les taire. Il faut se taire. Je ne suis qu'une conteuse. Je débute dans le métier. Je vais passer parmi vous et vous me donnerez quelques billets. Alors je m'en vais rejoindre mon homme. Il doit être en train de lire ou de relire les cahiers de la femme fatale. Mais, dites-moi, juste entre nous, peut-on parler de femme fatale chez nous ?

« Nous ne remonterons pas à l'époque anté-islamique où les Arabes enterraient leurs filles vivantes. Non, cela est indigne de notre histoire. Mais il y eut une époque où les femmes avaient du pouvoir et de la considération. Rappelez-vous que notre Prophète bien-aimé a épousé Khadija, une riche caravanière beaucoup plus âgée que lui. Il était à son service et en tomba amoureux. C'était une femme fatale. Sujet difficile, me dites-vous ? Alors, on ne parlera que du bleu du ciel et du désert qui avance. Non ? Même pas ça ? Le silence. La main sur la bouche. Fermer les yeux. Se boucher les oreilles. Et si je refuse ? Et si je hurle, ici, maintenant, sur cette place, devant ces passants curieux et prêts à me venir en aide ; et si je crie ma colère, et si j'ai envie de raconter des histoires invraisemblables, des histoires qui ne plaisent pas à tout le monde, si j'ai envie de naviguer en solitaire sur les dunes de vos peurs ? D'accord ! Ne me touchez pas. Ne me poussez pas. Vous n'avez pas le droit. Ah bon ! le droit, vous ne savez pas ce que c'est... Je me la boucle ou vous me bouclez ? Charmant ! Le pays avance... il court, il s'envole... C'est curieux, de plus en plus de gens cherchent à le quitter. Vous trouvez cela normal ? La fuite. C'est le temps de la fuite. Non. Moi je reste. Je reste ici, sur cette place. Ceci est ma demeure, ma boutique, ma tombe. Je ne partirai pas. Je resterai ici jusqu'à l'arrivée de Zina. C'est elle qui m'envoie, c'est elle qui me protège. Si vous me faites mal, vous aurez affaire à elle. Elle est impitoyable.

« Dahmane vous parlera d'elle. C'est lui qui est en possession de son histoire. Il est chargé de la mettre en forme avant de la raconter en public. Dahmane, c'est mon homme. Celui que je supporte depuis longtemps. Celui qui me crée des soucis. Mais je l'aime bien. Avant, il se faisait

appeler Tarzan et, au lieu de Jane, il m'appelait Chita.
C'était une époque malheureuse. Nous ne nous aimions
plus. Ça arrive, que l'amour s'absente. Mon homme n'a
qu'une main, mais a plein de jolies choses dans le cœur.
Il a une tête pleine aussi de fleurs et de pensées. C'est un
savant. Il ne le dit pas, mais il connaît beaucoup de choses.
Il prétend que sa main a été arrachée par des chiens
méchants. Mais la vérité est que sa main s'est détachée
de lui toute seule, elle est partie vivre sa vie. Un matin il
s'est réveillé avec la main droite en moins. Il avait fait
un cauchemar où un sadique, un bourreau d'Arabie Saou-
dite en vacances au Maroc, lui tranchait le poignet en un
seul coup. Pourquoi a-t-il fait ça ? On ne le saura jamais.
Le bourreau s'était présenté à Dahmane en ces termes :

« "Je suis Abou Seïf, le Bédouin qui tranche les têtes le
vendredi sur la place publique de Djeddah. Je suis le cou-
peur de têtes le plus efficace, le plus redoutable, le plus
impitoyable. J'ai à mon actif cent treize têtes, toutes
recueillies dans une corbeille. Après chaque exécution, je
me retire sous ma tente, je récupère les yeux de mes
victimes et je les collectionne dans des bocaux de cristal.
Je suis l'homme à l'épée d'or, gagnée à la sueur de mes
biceps, une épée qui ne se trompe jamais, n'hésite jamais,
une épée juste, absolument juste. Alors, si tu as des
doutes, tends ton bras et tu verras comment ta main sera
séparée de ton corps. Tu ne sentiras rien. Mais si tu veux,
j'en ferai une main vivante, magique, une main qui ira
fouiller partout et te rapportera tout ce dont tu as besoin,
une main qui capte, prend, mais ne donne rien. Seul toi,
tu auras le plaisir de recevoir ce qu'elle aura ramassé. Si
tu es d'accord, fais ta prière, tourne la tête et tu ne sentiras rien !" »

« C'est ainsi que Dahmane perdit sa main. Il dit qu'il
ne sent pas son absence et qu'elle recueille pour lui les

histoires des gens. En tout cas, Zina ne se confia pas à la main tranchée, mais fit déposer ses cahiers que Dahmane lit jour et nuit. Ainsi l'histoire de Carlos est l'histoire d'un homme ridicule. On ne sait pas pourquoi Zina le détruit. Elle doit avoir ses raisons. Cet homme naïf et pompeux va, lui aussi, tout perdre.

Carlos

L'histoire de Carlos est contenue dans un cahier mauve. Sur la couverture est dessiné un âne portant un chapeau haut-de-forme et fumant la pipe.

Carlos a horreur de la solitude. C'est sans doute à cause de cela qu'il a tout en double : épouses, maisons, voitures, bureaux... C'est l'homme d'une double et même triple vie. Il peut se le permettre, parce qu'il ne connaît ni scrupules, ni honte, ni mauvaise conscience. Il se considère en règle avec les autres à partir du moment où il ne se pose pas de questions. Mentir, exagérer, ne pas tenir sa parole, tout cela ne le gêne en rien. Il pense que rien n'est grave et qu'il vaut mieux dédramatiser les accidents de la vie. La manière dont il a convaincu sa première femme de le laisser en épouser une autre et la méthode qu'il a utilisée pour que la nouvelle femme accepte la première relèvent de la grande acrobatie orientale. Pour lui, qui est un mauvais musulman – il ne croit pas et ne pratique pas –, il vaut mieux prendre une deuxième épouse officiellement plutôt que d'avoir une maîtresse en cachette et faire semblant d'être un mari fidèle. Ce qui ne l'empêche pas de draguer à la sortie des bureaux des petites secrétaires, qu'il emmène dans la garçonnière d'un de ses complices.

Carlos est un cas. Quand il est entré dans cette histoire, il voulait jouer le rôle du personnage léger et drôle, qui rit

209

de tout et se moque aussi de lui-même. Avec le temps, on s'est rendu compte qu'il était souvent lourd et pas drôle, ridicule et anachronique. Il s'est accroché à la bande, a raconté des histoires invraisemblables et a défendu son rêve : devenir ambassadeur.

Sur une partie de sa vie plane un mystère. On savait qu'il fréquentait assidûment un ancien professeur de philosophie formé comme lui en Espagne. Il avait raté sa carrière dans l'enseignement et avait traversé une période durant laquelle il buvait et organisait des soirées d'orgie. C'était le temps où Hadj Omar avait fait un héritage. Il fut pris de remords le jour où il n'eut plus rien et que ses frères et sœurs lui demandèrent des comptes. Avec le peu d'argent qui lui restait, il partit à La Mecque et revint transformé. A compter de ce jour, il devint un collectionneur sans pareil à Tanger : il se procurait tous les livres sur l'islam, les reliait et les classait dans une pièce transformée en bibliothèque. Il achetait tout ce qui parlait de l'islam, même les pages de journaux de propagande intégriste. Hadj Omar était imbattable sur les maisons d'édition spécialisées en islamologie. Tous les vendredis, il réunissait chez lui des théologiens et les invitait à commenter certaines théories. Petit à petit, cette bibliothèque devint un tribunal où des sentences de mort étaient prononcées contre tel écrivain ou tel homme politique. C'est de cette pièce que sortit la liste des intellectuels arabes mis à l'index par l'orthodoxie musulmane et désignés ainsi à la mort.

Mais que faisait Carlos avec Hadj Omar ? En dehors d'un passé commun et de quelques soirées où le vice l'emportait sur la vertu, ils n'avaient rien à faire ensemble. Pourtant, Carlos, qui ne parlait jamais de Hadj Omar, continuait à fréquenter cet homme. On dit que Carlos lui fournissait des manuscrits rares, espérant une intervention de sa part auprès de son fils aîné, qui occupait un grand poste au ministère des Affaires étrangères. Carlos était persuadé que Hadj Omar avait le bras long et qu'il l'aiderait à réaliser son rêve.

Hadj Omar, que certains appellent l'Hypocrite, entretenait cette ambiguïté. Un bon musulman se doit de recommander le Bien et d'intervenir pour empêcher le Mal. Partant de là, il s'était érigé en justicier et intimidait les petits théologiens par sa bibliothèque où tous les livres et toutes les revues étaient reliés en cuir vert, classés, répertoriés dans un grand cahier. Il ne se détournait pourtant pas des soirées à Bella Vista que lui organisait Carlos. Des soirées où il venait déguisé en Bédouin d'Arabie, ce qui excitait les filles qui avaient l'espoir d'épouser un jour un prince du désert et du pétrole.

Ce fut Zineb qui décida de s'occuper du sort de Carlos. Elle annonça sa visite plusieurs jours auparavant au téléphone : « Ici le ministère des Affaires étrangères. Monsieur le ministre m'a chargée de contacter monsieur Chabab pour une affaire le concernant. Pourriez-vous me donner rendez-vous ? »

Quand Carlos l'apprit, il sauta de joie. Le lendemain matin, il était le premier au café. Il s'habilla comme s'il partait à une réception, mit ses lunettes en or à la place des autres à la monture quelconque, alluma un cigare et se mit à lire le *Herald Tribune*. Quant au *Monde diplomatique*, il était posé sur la table, le titre bien en évidence. Un futur diplomate n'allait pas continuer à lire les inepties de la presse nationale !

Lorsque ses compagnons arrivèrent, ils éclatèrent de rire et crurent à une blague. Carlos, sérieux, fit arrêter les rires :

« Mes amis, vous avez en face de vous le futur ambassadeur de Sa Majesté à Madrid. A partir de *hoy o de mañana, mi deber de marroquí será el de defender el honor de mi país. Se acabó la época de la humiliación*. C'est fini, l'arrogance des Espagnols. Enfin le grand jour est arrivé. Je vous avais prévenus : quand je veux quelque chose, je l'obtiens, même si je dois attendre vingt ans. Je vous le dis tout net : pas d'intervention auprès de mes services pour vous obtenir des visas. Il faut être sérieux, il y a des choses beaucoup plus importantes à faire. Bon, il faut que j'y aille, la voiture doit m'attendre. Je vais à Rabat pour un entretien en tête à tête avec mon ministre, et ensuite je devrai attendre quelques jours pour être reçu officiellement par Sa Majesté. Je crois que ça va aller très vite. La politique, ça n'attend pas. »

Il se leva et laissa ses amis éberlués.

Arrivé à son bureau, il convoqua ses employés et leur fit un discours d'adieu. Ensuite il s'enferma et attendit la visite de l'émissaire du ministre. Elle arriva avec un petit quart d'heure de retard. Habillée d'un ensemble strict mais élégant, très peu maquillée, elle intimida Carlos par son allure. Tout en la saluant de manière galante et diplomatique, il se dit : « Une fois installé, je la convoquerai pour un week-end à Madrid ; elle doit être très bonne à baiser. Peut-être c'est la maîtresse du ministre. Je me renseignerai. Pas de gaffe, Carlos ! »

Zineb lui dit qu'elle était venue pour une prise de contact, pour parler avec lui, pour alimenter le rapport qu'elle devait faire au ministre. « Je vais vous poser des questions qui seront parfois embarrassantes. Il faudra y répondre en toute franchise… »

Elle sortit un petit magnétophone, le posa entre elle et lui, ajusta ses lunettes et demanda la permission d'enregistrer.

– Ce n'est pas pour moi ; je prends des notes ; mais nous avons un service au ministère qui analyse la voix, et un autre qui analyse l'écriture. Je vous demanderai tout à l'heure de m'écrire un petit mot à cet effet. Bon, commençons. Votre dossier nous a été transmis par une personnalité très connue. J'ai étudié votre CV, vous manquez de diplômes.

– C'est vrai. A la place, j'ai l'expérience de la vie. Vous savez, diriger une entreprise de pêche, avec tous les problèmes que nous créent ces putains de Bou Requ'aa, c'est pas facile. Il ne faut pas de diplômes pour ça.

– Pardon! De qui parlez-vous en ces termes?

– Oh, excusez-moi. Mais je parle de nos ennemis héréditaires, ceux qui occupent Sebta et Melilla et qui pillent nos côtes poissonneuses, sans parler de leur soutien à la fantomatique République sahraouie... Je le connais bien. *Le conozco bien...*

– Combien de langues parlez-vous?

– Le rifain, l'arabe, le français, l'anglais du matin et l'anglais du soir, plus l'espagnol évidemment.

– C'est quoi, cette histoire d'anglais?

– Le matin, je parle l'anglais résiduel, celui que je pratique quand je dors et que je rêve. Celui du soir est un anglais tel qu'on le parle à Oxford, impeccable.

– Vous rêvez en anglais?

– Eh oui, mademoiselle! La nuit, je suis branché sur le monde anglo-saxon.

– Et l'espagnol?

– La langue de Cervantès, je la garde pour la diplomatie.

– Et pourquoi désirez-vous ce poste?

– Parce que, quand j'avais quatorze ans, j'ai joué au football avec Felipe González dans les rues de Cadix. Lui est devenu Premier ministre. La moindre des choses est que je devienne ambassadeur. Nous étions inséparables. Il faut que nous nous retrouvions pour jouer encore au foot.

– Il paraît que vous êtes polygame...

– Vous voulez dire que je suis un bon musulman!

– Si vous avez plusieurs épouses, vous ne pouvez pas représenter notre pays à l'étranger. Vous vous imaginez ce que dira la presse quand elle le saura ? L'ambassade sera comparée à un harem. Donc il va falloir choisir entre vos deux femmes. Et il est conseillé de choisir la première, la mère de vos enfants, si vous tenez à ce poste...

– Bien sûr que j'y tiens. Considérez que c'est déjà fait. La deuxième épouse sera répudiée. Pas de problème.

– Autre chose. Certains de vos amis feraient du trafic de drogue. Êtes-vous prêt à collaborer avec les autorités pour les dénoncer ?

– Je ne connais pas directement de trafiquant. Mais je pourrai me renseigner. Vous voulez des noms ?

– Des noms et des précisions sur leurs affaires ; que font-ils de l'argent, où le blanchissent-ils... ?

– Mais, madame, un ambassadeur n'est pas un flic !

– Vous n'êtes pas encore ambassadeur, monsieur Chabab !

Elle se leva, sortit une feuille blanche et lui demanda d'écrire la phrase qu'elle allait lui dicter :

« Je, soussigné Mohamed Chabab, dit Carlos, accepte de répondre à toutes les questions et de donner tous les noms, adresses et autres renseignements sur toute personne soupçonnée d'appartenir à la mafia des trafiquants de stupéfiants. Je fais cela et ferai tout ce qu'on me demandera pour mériter le poste d'ambassadeur dont je rêve depuis longtemps ! »

Il s'appliqua en écrivant pour ne pas être trahi par l'analyse graphologique, signa et dit à la belle Zineb :

– Nous sommes appelés à travailler ensemble. J'espère que notre collaboration sera fructueuse, et ce dans tous les domaines.

Il appuya sur « tous les domaines » en regardant attentivement ses jambes.

En partant, elle le salua en lui faisant un clin d'œil. Le

pauvre Carlos était aux anges. Tout d'un coup, tout lui sourit. Le café infect avait un autre goût. Il devint généreux, acheta des fleurs, téléphona à son garagiste pour annuler la commande d'une nouvelle voiture. Il pensait à la limousine noire et au chauffeur, noir aussi. Il exigerait cela. Normal pour un ambassadeur dans une grande puissance. Il s'en voulut d'avoir médit d'un ami bien placé qu'il avait chargé de pousser sa candidature à ce poste. C'était une question de patience. Son ami avait certainement parlé de lui en haut lieu. Sinon, pourquoi l'aurait-on choisi ? Certes, ses qualités humaines et diplomatiques le désignaient tout naturellement. Mais, dans ce domaine, les qualités ne suffisent pas. Il faut toujours un plus. Son plus à lui devait être son ami, homme respecté et célèbre, à la notoriété reconnue mondialement ; une parole de lui est meilleure qu'un diplôme ou qu'une liasse de billets de banque en devises ! Et puis, il y avait son amitié de joueur de foot avec Felipe...

La suite de cette histoire est douloureuse. Alors que tous ses proches riaient en douce de l'énormité du canular, lui poursuivait ses préparatifs pour réaliser enfin le rêve de sa vie. Il changea toute sa garde-robe, fit un voyage à Madrid pour repérer l'ambassade, puis la résidence. Celle-ci se trouvant loin du centre-ville, à la Puerta de Hierro, il prit un taxi et fit plusieurs fois le tour de la maison. S'y voyant déjà, il trouvait la couleur des persiennes vulgaire et se promettait de donner un coup de peinture. A force de le voir tourner autour, l'agent de sécurité sortit vérifier les raisons de cette présence. Carlos s'engouffra dans le taxi et se dit : « Au moins, la sécurité fonctionne ; c'est un bon point que je ne manquerai pas de dire à mon prédécesseur le jour de la passation de pouvoirs. »

La radio annonça la visite prochaine du roi Juan Carlos.

Il fut vexé, parce qu'aucun service du ministère ne l'avait contacté pour la préparation de cette visite. Il oubliait qu'il n'était pas encore nommé et n'avait aucun doute sur l'imminence de cette nomination.

Pendant ce temps-là, il négligeait son entreprise, ne signait plus le courrier, déléguait tout à son sous-directeur. Il passait son temps à lire la presse espagnole et à élaborer des projets de collaboration économique entre les deux pays. Il mit au point un scénario assez fantastique pour réaliser la liaison fixe entre Tanger et Algésiras. Ce serait un pont à plusieurs étapes, qui suivrait les côtes méditerranéennes jusqu'au rocher de Gibraltar.

Ses nuits comme ses jours étaient hantés par l'Espagne. Ses rêves n'étaient plus symboliques : il vivait sa vie d'ambassadeur avec quelque extravagance. Le rêve était régulier, l'anglais n'y avait plus cours. Au réveil il était un peu triste, mais ses préparatifs lui faisaient oublier un début de désenchantement. Tous les matins, ne voyant rien venir au courrier, il téléphonait au service de la distribution pour vérifier s'il n'avait pas une lettre recommandée venant de Rabat. Il installa un répondeur automatique chez lui, au cas où le ministère chercherait à le joindre d'urgence.

Ses amis essayèrent de le sortir de ce délire, mais ils n'y arrivèrent pas. Il était devenu inaccessible, n'écoutait personne, fixé de manière obsessionnelle sur cette affaire qui commençait à prendre une tournure dramatique et pitoyable. Ce fut à ce moment-là que ses compagnons du Café Cristal reçurent, chacun à son domicile, une copie de la cassette de l'entretien accompagnée d'une photocopie de la lettre où il s'engageait à la délation. Plus personne ne trouvait le canular drôle. Lui-même reçut une copie, ce qui le plongea dans une déprime profonde. Il s'enferma chez lui, laissa pousser sa barbe, ne parlait plus à ses femmes ni à ses enfants. Il avait installé un grand miroir dans son bureau et s'entretenait à longueur de journée avec son image. Les deux épouses veillaient derrière la porte, à tour de rôle. La secrétaire lui apportait le courrier à signer. Il refusait de la voir. Elle glissait les lettres sous la porte. Il faisait précéder sa signature de la mention « futur ambassadeur de Sa Majesté ». La secrétaire l'effaçait ensuite avec une encre spéciale.

Un jour, il sortit en redingote et chapeau haut-de-forme, une baguette de maréchal sous le bras, traversa le boulevard Pasteur au pas cadencé. Les gens s'arrêtaient pour le voir. Il était méconnaissable. Arrivé au Grand Socco, il s'installa à la terrasse du café et commanda un bol de purée de fèves. En mangeant il se salit et ne s'essuya pas. Les enfants accoururent et lui firent sa fête : insultes, gros mots, coups de pied, lancement de tomates. Lorsque la police intervint, Carlos gisait par terre, le visage dans la boue, sans connaissance, les yeux mi-clos et un léger sourire sur les lèvres, comme s'il rêvait. L'ambulance l'emmena directement à l'hôpital psychiatrique de Beni Makada.

Depuis, Carlos élève des vers à soie dans une chambre où il dispose d'un combiné de téléphone non branché. Il passe son temps à appeler les chefs d'État du monde entier et traite avec eux de la politique internationale. D'après son médecin, c'est un homme heureux qui a enfin trouvé un lieu où personne ne le ramène à la dure réalité. Il a tout oublié de sa vie. Cohérent dans son délire, il ne fait de mal à personne.

Quant à Zineb, elle a eu l'audace de venir lui rendre visite. Non seulement il ne l'a pas reconnue, mais ne s'est même pas rendu compte de sa présence. Elle lui avait apporté une boîte de chocolats. En partant, elle l'a posée sur sa table et a essuyé une larme.

Un jour, il eut la visite de Hadj Omar accompagné de

quelques lecteurs du Coran. Dès qu'ils pénétrèrent dans la pièce, ils se mirent à psalmodier des versets de la sourate « les Hypocrites ». Carlos se joignit à eux et se mit à répéter après eux ce qu'ils disaient. Au bout d'une heure, Carlos était épuisé. Hadj Omar prit congé de lui en lui disant :

« Au revoir, Votre Excellence ! Le Maroc est fier de vous et de ce que vous faites en Espagne contre les mécréants, les ennemis de la vertu et de notre religion bien-aimée ! La liste des têtes à abattre s'est allongée, cette semaine. J'y ai inclus mon cousin, cet abruti au service de l'Occident, ce vendu à l'Europe mécréante qui, en s'exprimant en leur langue, dévoile nos secrets à l'ennemi, viole l'intimité de nos âmes, trahit nos valeurs et se place du côté des infidèles, ceux qui nous ont colonisés. Il fait dans l'exotisme pour leur plaire. Il sait comment attirer leur attention : en montrant nos faiblesses, nos problèmes. Il se dit poète mais, comme le proclame notre Livre Saint, "les poètes sont suivis par l'ignominie" ! Ce traître à la langue et à la religion rejoindra ceux qui salissent notre histoire. Sache, mon ami, mon frère, que, si tu es aujourd'hui dans cet état, si tu es enfermé parmi les fous, c'est à cause de ce cousin qui s'est joué de toi, de ta naïveté et de tes faiblesses. C'est lui qui a écrit des choses horribles sur toi et a mis ton dossier entre les mains d'une sorcière qui sévit dans notre ville. C'est une femme qui a pactisé avec le Diable, avec le vice, et qui vit de sorcelleries comme une araignée noire. Les enfants l'appellent Aïcha Kandisha, mais pour être à la mode elle se fait appeler Zina. D'ailleurs, le prêche de l'autre vendredi a porté sur elle. Nous sommes inquiets, parce que la police laisse faire. Mais ne t'en fais pas, nous te sortirons de là et nous sommes en train de former notre propre police. Nous nettoierons cette ville, puisque les autorités ne le font pas ! »

Salim

Amis de la consolation et de la miséricorde, je viens à vous aujourd'hui pour conter l'histoire de Salim, homme de culture et de conviction, solitaire et ténébreux. On dit qu'il lui arrive des histoires extraordinaires. On ne sait pas, et lui non plus, s'il les a rêvées ou si elles ont vraiment eu lieu. Un de ses amis, probablement l'artiste Abid, prétend qu'il a été ensorcelé par une femme. Il aurait avalé, durant plusieurs jours, mélangée au café du matin, de la cervelle de hyène préparée par le grand sorcier du sud cheikh Brahim Tantani, fournisseur des mixtures les plus recherchées par les femmes du pays décidées à se venger de leur homme, ou simplement à l'attacher à elles de manière définitive. On raconte que la poudre la plus précieuse s'appelle *tkaf*. Couleur sel et poivre, elle se dissout sans laisser de trace et agit avec une efficacité redoutable. Son action est subtile : elle rend l'homme impuissant face à toutes les femmes, à l'exception de la sienne, avec laquelle le désir devient fort et fréquent.

Salim, en homme moderne et sceptique, ne croit pas à ces balivernes. Il dit que ça n'arrive qu'à ceux qui y croient. Lui se sent à l'abri. Il est persuadé qu'il n'a rien avalé et qu'aucune femme n'a essayé de lui jeter un sort. Il prétend que c'est toute la vie qui lui en a jeté un et qu'il est ensorcelé par l'inquiétude et l'angoisse. S'il a des hallucinations, il les attribue à son insomnie chronique ou à son imagination trop active.

Qu'importe le moyen qu'aurait utilisé une femme, sans doute Zina, pour qu'il soit à elle seule, pour toujours. Le fait est qu'il se conduit comme s'il avait été ensorcelé par les produits du cheikh Brahim Tantani. Tout ce qu'il entreprend avec une femme est voué à l'échec. Plus il s'entête à échapper au souvenir supposé de Zina, plus la pression se fait grande sur son esprit et son comportement. Il est atteint de ce qu'un de ses amis a appelé « trouble aigu de la réalité ». En fait, il confond les songes et le réel. Il est possédé par des visions et passe son temps à les réfuter alors qu'il en est le jouet. Ce n'est peut-être pas une femme qui est à l'origine de ces malaises, mais il est convaincu que, tant qu'il n'a pas rencontré et démasqué Zina, il ne connaîtra pas de paix.

Salim est au café. Il est seul, aucun des amis n'est venu. Le café s'est affublé d'un décor encore plus laid qu'avant. Du toc en Formica et des fleurs en plastique. Même les garçons ont changé. Ils portent à présent une veste rouge vif. Avec ou sans ce rouge vif, Salim a la nausée. Il jette un coup d'œil sur les journaux. Il n'y a rien à lire.

Salim a fait un petit calcul : il est au café depuis une heure ; six cireurs se sont présentés pour faire briller ses chaussures ; dix mendiants, dont trois aveugles ou estropiés, lui ont réclamé l'aumône ; quatre femmes seules sont montées prendre un petit déjeuner à la mezzanine ; quinze hommes boivent leur café au lait, onze fument des Marlboro achetées en contrebande, huit portent des moustaches, deux sont barbus. Le café contient quarante tables et quatre-vingt-dix-neuf chaises. Salim est atteint de cette maladie qui consiste à tout compter, de manière méticuleuse et obsessionnelle. C'est cela, l'ennui. Salim s'ennuie lamentablement. Il a le regard posé sur un coin de table.

Un homme âgé, petit de taille, yeux très bleus, les joues roses comme celles d'un bébé, s'assoit à côté de lui, ouvre une boîte de cigarillos Panther et la lui tend avec un sourire appuyé. Salim se sert, remercie l'intrus, puis s'apprête à partir. Une main ferme le retient :

– Vous pensez que je suis un intrus et que je vais vous ennuyer avec mes vieilles histoires ?

– Non, mais ce matin, je n'ai pas envie de parler.

– Je ne vous demande pas de parler, mais de m'écouter. Je sais, je vous rappelle quelqu'un, un ami mort dans la nuit du 15 au 16 avril 1986 dans un petit hôtel à Paris. Il est enterré au cimetière des chrétiens à Larache, sur une falaise, face à la mer, entre une prison et un bordel. Mais je ne suis pas cet homme. Ce serait d'ailleurs amusant de faire revenir les morts et de reprendre avec eux une vieille conversation. Je sais aussi qu'il vous arrive souvent de penser à lui et que vous vous dites, chaque fois que vous entreprenez quelque chose de risqué : « Qu'est-ce qu'il penserait de moi, s'il était là ? » C'est cela, l'amitié ; elle résiste au temps et triomphe de la mort. Il n'aimait pas Tanger. Pour lui, la ville n'avait pas d'intérêt, même si son mythe de repaire de brigands et d'espions l'amusait. Et pourtant il y venait souvent. Allez savoir pourquoi. Comme vous le constatez, j'ai un don : je sais lire dans les pensées des autres. Je ne suis pas un charlatan. Il n'aurait pas aimé. Je suis peut-être un provocateur, un semeur de troubles, mais pas un marchand de bonnes espérances. Enfin, vos copains ne viendront pas, du moins pas aujourd'hui. Vous êtes déçu ? Moi aussi. Vous pensez à cet instant précis que je suis un flic. Ça, c'est la meilleure ! Les flics ne savent rien, ils inventent ou pratiquent la torture pour obtenir des aveux, même s'ils sont persuadés que la vérité n'est pas là.

Ils ne savent rien de la douleur farouche, de cette souffrance qui étreint les étoiles et nous rend si étrangers au monde. Sachez que nous n'avons pas le temps d'être tragiques ; quant aux bouleversements que connaît la planète, ce n'est pas à partir de ce café minable et laid, ce n'est pas à partir de cette ville en haillons, oubliée de tous, vendue et rachetée avec de l'argent sale, que vous pourrez les observer. De toute façon, qu'y pouvons-nous ? Les racines de la folie des hommes sont fortes et profondes. Les guerres se suivent, avec le même cortège d'exilés, de veuves et de furie. Je ne suis pas un voyant, mais je lis à travers les événements et je pressens bien des drames. Certains pays ont besoin d'une immense tragédie pour renaître enfin. Et la démence des hommes s'y déploiera dans toute son horreur. Tiens, encore un mendiant ! Il faut lui donner quelque chose. Il n'est pas seul. On dirait que c'est toute la famille qui tend la main. En Jordanie, les gens ne mendient pas. Et pourtant, ils sont plus pauvres que les Marocains. Dites-moi, juste un mot avant de m'en aller : où est passée Zina ?

Cette fois-ci, c'est Salim qui retient l'intrus :

– Ne partez pas. Vous en savez, des choses ! D'où venez-vous ? Qui êtes-vous ?

– Oh, qu'importe le nom et l'origine ? Je ne fais que passer. Je suis le messager de la douleur. Mon ambition est de laisser voir, sous les déguisements des mots, des causes, des vêtements, même ceux du deuil, le squelette et la poudre de squelette qui se préparent.

L'homme se lève, le pas hésitant, s'arrête, puis revient :

– Vous écrivez ? Je sais, vous n'êtes pas content de ce que vous écrivez. Tant mieux. L'important, ce ne sont pas les mots mais la réalité qui les propulse vers d'autres néants. Pensez aux Peaux-Rouges, ces Indiens d'Amérique liquidés au nom d'une civilisation qui pue et nous suffoque encore. Adieu !

En sortant du café, il a tourné à gauche, puis a disparu. Salim est resté assis, la tête entre les mains, comme s'il la retenait pour ne pas exploser. Il appelle le garçon :

– S'il te plaît, vite, un café serré... Dis-moi, tu connais le vieux monsieur qui était là à l'instant ?

– Quel vieux monsieur ? Tu étais seul, il n'y avait personne à ta table.

– Alors j'ai dû rêver...

« Je me sens étranger dans ma ville, étranger dans mes amours défuntes, définitivement étranger à moi-même, du moins tant que l'énigme "Zina" n'a pas été résolue. Pourquoi cette Zina, moitié femme, moitié légende, ombre de l'ombre, image gravée dans des cœurs fragiles, trace d'une durée qui s'enroule autour de nos souvenirs, pourquoi échappe-t-elle au temps, continue-t-elle à régner sur le cœur et la raison des hommes dans une ville qui perd lentement ses racines et nous fait-elle croire qu'elle s'en va avec le courant d'un fleuve qui n'a jamais existé ? Pourquoi cette femme venue de nulle part – on dit qu'elle aurait surgi des ténèbres d'une nuit de malheur – tiendrait-elle entre ses mains les fils des rêves d'hommes frappés cruellement par ses messagères ? Qui l'aurait chargée de mettre de l'ordre dans les sentiments et de rectifier les souvenirs des uns et des autres ? Qui se serait glissé dans ses nuits pour lui assurer ce pouvoir ? Si je me pose ces questions, c'est que je sens que le mal dont je suis atteint ne pourrait venir que d'elle. J'ai décidé de savoir. J'irai là où il faut pour mettre les choses au clair. Comme par hasard, c'est dans le désastre du monde que je me retrouve, dans la souffrance des innocents que je me reconnais. »

Aucun document en notre possession n'établit avec certitude qu'entre Salim et Zina il y a eu une histoire. Pour la première fois, mes amis, je réclame votre patience et votre indulgence. On ne sait pas si c'est Zina qui fabule – les cahiers entre les mains de Dahmane l'attestent – ou si c'est encore un débordement des rêves éveillés de Salim. Ce qui est sûr, c'est que cet homme n'a jamais mis les pieds dans la Cabane du Pendu. Ce qui l'intéresse dans cette histoire, c'est Zina. Car lui aussi, il entendait parler d'elle, dans les cafés, dans la rue, à la maison, dans les mosquées. Quand il a vu comment le destin de ses compagnons était frappé par le malheur, il a décidé de s'intéresser à cette femme, même s'il avait quelques doutes sur son existence. Il a dû se dire que l'occasion idéale se présentait à lui pour enfin écrire, sortir de ses rêveries inutiles, passer de l'imagination aux faits ou, plus exactement, aller à la rencontre des faits pour les inclure dans son imagination. C'était son désir inavoué, son rêve secret : écrire au lieu de devoir vivre. Il se sentait accablé par la vie. Alors il fuyait dans les forêts d'images. Je ne vous raconterai pas sa vie. Elle est banale. Sans grand intérêt. En revanche, il s'invente des histoires et espère qu'il arrivera un jour à les écrire.

Le dernier spectateur vient de partir. Je n'ai plus personne à qui raconter mes histoires. Je rentre. Pourvu que mon homme soit encore là. Lui connaît la suite de cette histoire. Il doit être plongé dans les cahiers bleus. Peut-être ne se contente-t-il pas de lire, mais il écrit aussi, ou du moins il corrige les gribouillages qu'il déchiffre avec une loupe. C'est peut-être mon homme qui invente tout ça. Ah, si j'avais le pouvoir et la force de Zina ! Je ne me retrouverais pas aujourd'hui dans une place publique où les gens ne croient pas ce que je leur raconte. J'abandonne et vous laisse entre les mains – excusez ce lapsus – entre les bras du manchot.

Fatéma

« Cette femme a raison de ne pas vous raconter ma vie.
Elle dit qu'elle est banale. Ne laissez jamais aux autres le
soin de raconter votre vie. C'est quoi, "une vie banale" ? Je
n'en fais pas un point d'honneur, mais qu'une conteuse de
deuxième zone, sans rien connaître de moi, prétende que
j'ai vécu à la surface des choses me contrarie et m'oblige à
intervenir pour dire la vérité. Je sais que la vérité est ronde
et qu'on peut l'appréhender de partout, qu'elle est changeante, relative et parfois blessante. Mais je tiens à vous
relater les faits tels qu'ils se sont produits depuis le jour
où je me suis réveillé avec la très nette impression que
quelque chose allait se produire et m'inciter à agir, moi
qui préférais la rêverie à l'action.

« C'était l'époque heureuse de mes vingt ans, où j'aimais
observer les étoiles, la nuit, sur notre terrasse. Une nuit de
pleine lune, j'eus du mal à m'endormir. Je ne fis pas de
rêve. Ce fut une nuit blanche où j'eus une vision. Je sus, par
une forte intuition, qu'un drame se déroulait ou allait avoir
lieu dans la Cabane du Pendu. Je n'étais pas un voyant.
Mais je ressentis un malaise, une impression d'étouffement, un poids sur le cœur. Pourquoi avais-je pensé à cette
cabane ? Je me souviens vaguement d'un projet élaboré
par la bande pour passer la nuit de pleine lune à la Forêt

225

diplomatique. Je savais qu'ils avaient emporté des vic-
tuailles, de la boisson et du haschisch importé de Hollande
par le cousin d'un des garçons. Il nous avait dit que cette
herbe était extraordinaire, qu'elle propulsait celui qui la
fumait vers des cimes ou des abîmes et qu'elle n'avait rien
à voir avec le kif marocain. Je refusai de les accompagner,
par peur de tomber malade. Je n'aimais pas ces sorties
entre garçons, qui se terminaient souvent par des bagarres.
J'étais resté chez moi et je n'y pensais plus.

« J'étais certain que quelque chose s'était mal passé lors
de cette sortie. Il fallait agir, aller sur place, faire l'état des
lieux. Peut-être que je ne trouverais rien. Je m'habillai et
sortis. Je pris un taxi collectif qui faisait la navette Tanger-
Asilah et descendis au niveau de la forêt. Il faisait humide.
Un brouillard pesait sur la ville. Je marchai durant une
demi-heure. Mes pas me dirigeaient tout naturellement
vers la Cabane du Pendu. Il n'y avait personne sur cette
route. J'eus peur. Ma gorge était sèche. J'hésitai avant de
pousser la porte de la cabane. Il n'y avait personne. Une
odeur de moisissure et d'urine m'envahit. Je reculai. Il
y avait par terre des bouteilles de bière Flag Pils et Stork,
de la cendre, des restes d'un repas que les fourmis étaient
en train de déménager. Apparemment, personne ne s'était
pendu cette nuit-là dans cette cabane. Je décidai de rentrer
à pied en passant par la Vieille Montagne. Le brouillard
se dissipait et j'éprouvai un plaisir particulier à marcher.
Je longeai la mer, puis la route. Quatre heures plus tard,
j'arrivai à la Vieille Montagne. J'étais épuisé mais content.
Mes intuitions m'ont trompé. J'étais soulagé. Je m'étais
arrêté dans une clairière devant une maison inhabitée. La
porte rouillée du jardin s'ouvrait difficilement. Je n'aimais
pas le grincement qu'elle faisait. Je la poussai avec le genou.
Il y avait encore les clés dans la serrure. Le jardin était
submergé d'herbes sauvages ; certains arbres tenaient à

peine; ils avaient vieilli et perdu leur beauté. Je regardai cette maison et crus voir une ombre derrière la fenêtre. Encore une hallucination. J'entrai par la porte arrière donnant sur la cuisine. Une odeur d'orange pourrie me monta au nez. D'un coup d'œil on pouvait faire le constat d'une vie arrêtée : des tasses de café couvertes d'une couche de champignons verts, des assiettes avec du pain rassis, une marmite noire de suie, des couteaux rongés par la rouille, un chapeau de paille troué sur le côté droit, une paire d'espadrilles déformées, une quinzaine de bouteilles en plastique remplies d'eau, un verre cassé, un robinet mal fermé et un silence très lourd, le silence d'une maison abandonnée, un peu comme la mort qui couvre les choses.

« Je fis un geste de la main, comme pour mettre de l'ordre, puis je me ressaisis. Il ne fallait toucher à rien. Je marchais sur la pointe des pieds pour ne pas déranger le grand sommeil installé dans cette maison. Je passai la main sur le mur humide et j'eus la sensation désagréable d'avoir touché un corps à la peau rugueuse. Les salons étaient fermés, les meubles couverts par des draps, les rideaux à moitié tirés. Je montai au premier niveau et m'arrêtai devant une chambre. Je poussai la porte et fus pris d'angoisse, car une lumière soudaine et brève inonda la chambre, laissant derrière elle des effluves de parfum du paradis. Il n'y avait ni poussière ni toile d'araignée. Tout était bien rangé. Un lit à baldaquin trônait au milieu. Je m'assis dessus. Je me sentis bien et m'y allongeai. La longue marche et la fatigue avaient rendu mon corps un peu lourd. Je fixais le plafond peint par un nuagiste. Je n'avais pas peur dans cette pièce froide où je sentais par moment le parfum du paradis. Je me dis qu'on utilisait cet encens dans deux cas : pour fêter une naissance ou un mariage et pour accompagner un mort à sa tombe. Il y avait quelque chose de mortuaire dans la chambre : le silence froissant les draps, l'odeur d'une présence tardive, les traces d'une vie visitée par le malheur.

« J'entendis soudain un bruit, comme si un corps se traînait sur le parquet. Je me levai et me dirigeai vers la sortie. Là je vis un corps de jeune fille à peine vêtu, immobile dans le couloir. De ses yeux elle implorait. Je me précipitai sur elle et essayai de la relever. Elle s'accrocha à moi, me regarda fixement, puis cracha par terre. Le visage tuméfié, la robe déchirée, elle avait du mal à marcher. Je ne dis rien. Je la déposai sur le lit et cherchai de l'eau. Une fois ouvert le robinet de la salle de bain, un liquide couleur rouille remplit le lavabo bouché, puis l'eau s'arrêta. Rien ne fonctionnait dans cette maison. Je descendis dans la cuisine, pris une bouteille en plastique où l'eau était apparemment propre. Il ne fallait pas la secouer, car il y avait un dépôt au fond. Je montai doucement les marches. Lorsque j'arrivai à la chambre, la fille avait disparu. Je la cherchai partout jusqu'au grenier et ne la trouvai pas. J'eus un moment de doute : peut-être cette fille n'avait-elle jamais été là ; je l'avais inventée ; la fatigue et l'étrangeté du lieu avaient dû se jouer de ma perception. Non. Je n'avais pas rêvé. Il y avait par terre une chaîne en or avec une *khamsa*. Je ne sus pas si elle l'avait perdue ou si elle l'avait laissée comme trace de son passage. Je l'enveloppai dans un mouchoir et la cachai au fond de ma poche, pensant qu'avec cette *khamsa* je retrouverais un jour cette fille. J'oubliai de signaler que j'étais ébloui par la beauté de ses yeux, des yeux couleur cendre. De ma vie je n'avais vu des yeux aussi beaux.

« Le regard de cette fille m'a hanté longtemps. Rien qu'à y penser, j'avais des frissons. J'étais persuadé d'avoir fait une rencontre exceptionnelle. Je n'en parlais à personne. C'était comme un secret, un point mystérieux lié à cette maison fantôme. C'était mon histoire extraordinaire. Peut-être l'avais-je inventée pour échapper à une petite vie où il ne se passait pas grand-chose. Peut-être m'étais-je persuadé que mon but dans la vie était de retrouver cette fille dont je ne gardais que deux indices : la *khamsa* (sur son envers, ces mots : "A celui qui passera sa vie à me chercher") et les yeux cendre.

« Ce que je vivais par ailleurs avait peu d'importance. J'écrivais, j'imaginais, je réinventais les événements, je me focalisais sur ces indices et attendais le jour et l'heure de la confrontation. J'aimais la nuit pour écrire. Je me sentais proche du secret. Quant aux femmes, j'entretenais avec elles des relations épisodiques. Elles me reprochaient ma tiédeur et mon manque de courage pour m'engager avec elles. Elles n'avaient pas tort. Ma mère disait de moi *"Achak mellal"*, ("séducteur lassé"). Je n'étais pas un vrai séducteur. J'aimais bien la présence des filles, le jeu et le plaisir avec elles, mais je ne supportais pas les drames, les crises et les larmes.

« J'essayais de vivre légèrement avec Fatéma, une fille de bonne famille qui s'était donnée à moi dans un élan. Je m'étais vite senti prisonnier. A l'époque, je m'inventais une histoire d'amour avec la fille aux yeux cendre. J'y pensais. J'en étais obsédé. Je me laissais aller parce que je savais qu'elle était inaccessible. Je n'étais même pas sûr de son existence.

« Un jour, je tombai sur le journal de Fatéma, un grand cahier ouvert, laissé bien en évidence pour être lu. Voici ce qu'elle écrivait :

« *Notre complicité s'exprimait plus dans le sommeil que dans la veille. Nous ne savions pas nous aimer. Si nous avions été un couple traditionnel, nous n'aurions eu aucun problème. Dans la tradition, l'équilibre est obtenu grâce à une injustice admise : chacun est à sa place, les rôles sont distribués depuis des siècles. Le bonheur est inscrit comme une fatalité sur le front de toute union. Celui ou celle qui veut rompre cet équilibre le fait à ses risques et périls. Il ne peut pas être plus fort que des coutumes plus vieilles que le temps. J'avoue avoir de l'admiration pour mes parents et mes grands-parents. Ils s'aiment sans se le dire, sans se poser de questions.*

« Nous nous disputions souvent, car nous devions tout réinventer. Nous n'avions pas le même âge. Lui était attiré par le fantôme d'une jeune fille de vingt ans, moi par lui et uniquement lui. Là, nous n'avions que quinze ans de différence. Son besoin de liberté et de solitude passait avant toute chose. Il se réfugiait dans une chambre qu'un ami lui prêtait dans une villa au-dessus de la mer. Il écrivait des poèmes et des pièces de théâtre. A partir du moment où j'étais exclue de ses moments de solitude, je déprimais, je perdais de mon éclat, mes yeux se couvraient d'une buée d'humidité et je tournais en rond. Au début, ma jalousie était quasi normale. Pas excessive ni intempestive. Elle donnait à ma vie un peu de piquant et n'atteignait pas Salim. De toute façon, rien ne l'atteignait vraiment. Il avait érigé autour de lui des murs de protection assez efficaces. Ce que je lui reproche aujourd'hui, c'est de s'être installé dans une grande indifférence. Tout lui était égal. Tout sauf la beauté des jeunes Marocaines. Il ne faisait même pas d'efforts pour les séduire. Elles défilaient dans sa chambre et je soupçonnais le propriétaire de la maison – un ami soi-disant – d'espérer en profiter. Riche mais pas beau, petit de taille et obèse, cet ami généreux avait pour qualités la gentillesse et la générosité. Quand il nous invitait à dîner, il ne faisait pas préparer un ou deux plats, mais dix ou quinze. Il envoyait chercher des musiciens, et son maître d'hôtel ne laissait jamais un verre vide. Cet homme ne cachait pas son amour pour les femmes. Il prétendait avoir séduit des centaines de femmes de toutes nationalités et citait souvent le cas de Simenon, le seul

auteur qu'il lisait avec l'espoir de trouver entre les lignes son secret de grand baiseur dans ce siècle. Salim le rudoyait quelquefois, plus par cynisme que par conviction. Il lui reprochait de corrompre tout le monde pour faire avancer ses affaires. Lui répondait, en bégayant, que tel était le système dans le pays, et qu'en étant pur et dur, non seulement on n'avait rien, mais on vous prenait le peu qui vous reste.

« Quand Salim fait l'amour, il ferme les yeux. Cela m'énerve. Un jour, il m'a expliqué pourquoi il s'abandonnait les yeux fermés : "Mon imagination est cruelle. Elle n'a pas honte et ne s'arrête devant aucun interdit. C'est elle qui voile mes yeux et m'entraîne vers d'autres corps, d'autres pays. Elle sait que j'aime toutes les jeunes femmes qu'elle déshabille pour moi. Elle les fait revenir au moment où ma main caresse ton aisselle, au moment où ma langue tourne autour de ton sein. Mon corps est à toi, mais ma tête est à toutes les autres. C'est ma liberté et personne ne pourra jamais empêcher cette dérive. Quand je fais l'amour avec une autre femme, c'est toi que mon imagination convoque et fait participer à des ébats que tu aimerais. Il m'arrive de penser tellement à toi que du fond de ton sommeil tu te réveilles, agitée par un désir soudain, et tu ne sais comment le satisfaire. Te souviens-tu du jour où tu m'as appelé à cinq heures du matin ? Tu bafouillais, tu ne savais quoi me dire, tu m'as juste demandé si j'étais seul et je t'ai répondu : "Non, je ne suis pas seul, je suis entre autres avec toi." Tu as répété : "Entre autres ?" plusieurs fois et tu as raccroché. Tu as dû pleurer et tu n'as pas retrouvé le sommeil. Je ne dirai pas, comme certains, que mon imagination me joue des tours, mais qu'elle m'aide à vivre, à supporter le visage hideux des jours qui se suivent avec une régularité décourageante. Telle est la vérité. Simple et impudique. Les femmes m'obsèdent et je sais qu'elles ont décidé ma perte. Entre mourir sous la torture pour ses idées et se laisser ravager par

la passion du corps féminin, j'ai vite choisi. Elles sont redoutables et c'est pour cela que je les aime. Ils me font rire, ceux qui pensent que la femme marocaine est soumise, résignée, dominée et sans liberté ! Bien sûr qu'il existe des femmes humiliées et saccagées. Bien sûr, la loi n'est pas toujours de leur côté. Mais quand elles ont une parcelle de pouvoir, il vaut mieux ne pas se trouver sur leur chemin. Je me suis arrêté devant toi parce que j'ai vu tout de suite que tu étais une femme libre, exigeante et déterminée à ne rien laisser passer ou pardonner !"

« C'est vrai, nous ne nous sommes rien pardonné. Ce fut éprouvant comme la traversée, pieds nus, d'un désert de cailloux.

« Salim s'intéressait beaucoup aux oiseaux, surtout aux cigognes qu'il allait photographier à Meknès, à Moulay Driss Zarhoun et à Fès. Il classait ses photos et donnait un nom à chaque cigogne. Un jour, il ramena chez lui un oiseau immense, la patte cassée et l'œil éteint. Il l'installa dans une bassine sur le balcon, l'appela César et passait tout son temps à s'en occuper. César s'était ainsi interposé entre nous. Il n'avait plus de plumes sur le cou ni sur une partie de l'aile gauche. Des mouches tournaient autour de cet animal blessé qui posait sur ce qui l'entourait un regard de dédain. Salim lui parlait et lui donnait à manger dans ses mains. César se détournait de lui, tel un sphinx qui n'a aucune envie d'être de ce monde. Et pourtant, Salim, intrigué par ce silence et cette dignité, pensait qu'il était en face d'un être rare, en tout cas appartenant à une race exceptionnelle dont il fallait prendre particulièrement soin. Durant l'époque de César, nos rapports s'étaient distendus. Lorsqu'on se voyait, on ne parlait que de l'oiseau. Je n'étais pas jalouse, mais j'étais obligée de constater que je n'avais plus ma place dans ce couple. Je décidai alors de prendre du champ. Un jour, je suis arrivée à l'improviste chez Salim et je l'ai entendu tenir un discours politique au malheureux César. L'oiseau dormait ou faisait semblant. En tout cas, Salim parlait lentement comme s'il avait affaire à une grande personne. Je suis restée derrière lui et j'écoutai : "Tout homme recèle une possibilité d'apocalypse, mais tout homme s'astreint à niveler ses propres abîmes. Sous l'aiguillon de la bêtise et de la médiocrité, le cœur se révulse. Je suis tenté, mon cher César, de rejeter tout ce qu'on m'a inculqué, de ne pas ouvrir les livres et de sombrer dans un puits de silence ou de monter sur la cime de l'indifférence, devenir en quelque sorte ton alter ego, devenir oiseau, devenir enfin moi-même. Que faire ? Écrire ? Ça ne sert à rien. Parler ? On te prendra pour un fou. D'ailleurs, Moha n'est plus réapparu. Trop de choses l'ont accablé. Se taire ? Oui, mais pas n'importe comment. César ! Tu sais tout cela et toi aussi tu te tais dans ta dignité d'oiseau blessé. Et moi, j'ai envie de crier, de hurler, aide-moi à me relever, accompagne-moi, ne me laisse pas seul !... "

« Je compris que sa souffrance était grande et que je ne pouvais rien pour lui. Je quittai la maison sans qu'il s'en rendît compte et, depuis, je vis seule. C'est difficile de vivre seule, surtout quand on est une femme, ni répudiée ni veuve. Salim est incapable de donner et ce qu'il prend, il le prend si mal ! Je n'ai pas réussi à savoir d'où venait sa douleur. Je refuse de croire qu'une pseudo-rencontre avec un être de légende l'ait marqué à ce point, jusqu'à perdre la raison et se comporter comme s'il était maudit...

« Je n'étais sous l'effet d'aucune malédiction. J'étais attiré par ce qui était difficile à acquérir, par ce qui se refusait à moi, par ce qui me donnait l'illusion de vivre en dehors de la réalité. La vie quotidienne m'agaçait et me rendait stérile. J'étais convaincu que la vraie vie, celle qui se déroulait à coup d'extravagance, de fantaisie et de folie, se trouvait derrière le masque des morts ou le voile épais des images. Il m'arrivait de mélanger les espaces, de passer d'une époque à une autre, lointaine dans le passé ou projetée dans le futur. Je confondais les dates.

« Après avoir lu les pages écrites par Fatéma, je fus submergé d'images venues de loin ; la fièvre monta pendant que je lui écrivais :

« *Notre histoire d'amour s'est versée tout naturellement dans une autre histoire, celle-là beaucoup plus triste et plus cruelle. Absorbée par l'agonie d'un peuple qui voit ses enfants mourir, notre histoire est simplement indécente. Je ne suis pas un héros sans frontières, mais j'enrage et refuse de pleurer. La Somalie aurait pu être le titre d'une symphonie et "Mogadiscio" les premières syllabes d'un poème. Mais la famine a creusé les visages et les mains décharnées ont creusé des tombes. La guerre civile a brûlé les âmes et peuplé les nuits de fantômes qui marchent en titubant jusqu'à la fosse commune où se tient le premier tribunal où l'enfance aux yeux éteints juge les hommes et le ciel.*

« *Je marche le long de la route, pieds nus, fixant le sol jonché d'acacias brûlés, et j'entends des coups de feu, probablement tirés en l'air ou sur un tas de petits corps agonisants qui attendent la mort avec autant de force qu'ils espéraient du pain et de l'eau. Ils sont deux mille à mourir chaque jour. Ils avancent par paquets de cent, dignes, des silhouettes qui se souviennent avoir été des corps ; ils ne disent rien, mais meurent presque en même temps, comme si une main large et légère passait sur leurs visages pour fermer les yeux ou pour leur indiquer le chemin le plus court pour en finir. Ils avancent sans se retourner ; le ciel tout blanc, lourd et épais, les souvenirs proches s'éteignent un par un dans un silence insoutenable. Le lendemain, deux mille autres silhouettes avanceront, déterminées à mettre fin à l'agonie. Pendant ce*

234

temps-là, des généraux repus sont à cheval ou sur des Jeep, l'arme au poing, le visage plein de mouches s'agglutinant autour des vers qui sortent des narines, des oreilles et même des coins des yeux. Les généraux ne sont pas dérangés. Ils crient : "La Somalie aux Somaliens" et crachent du sang. Les vers qui tombent de la bouche des généraux ont tous la même couleur : bleu nuit. Parfois, ils les écrasent et on entend au loin le cri douloureux d'un enfant qui rend l'âme.

« D'autres silhouettes quittent le paquet des deux mille et embarquent sur des radeaux où la mort est incertaine. Les vents les poussent vers le Yémen, vers Djibouti et vers l'Éthiopie, là où la terre est plus clémente pour les morts.

« Que la mort ne tarde pas ! Qu'elle arrive comme elle sait le faire parfois, brutale et silencieuse. Là, elle installe d'abord l'agonie, la souffrance et les yeux vides. Là, elle se dresse, paresseuse, sur un cheval ailé qui plane au-dessus des têtes, elle caresse de son ombre un enfant qui n'a plus la force de fermer les paupières. Une mère a soigneusement roulé une boulette de riz entre ses doigts. Elle la tend à l'enfant aux yeux ouverts. Mais il n'a plus aucune force pour bouger. Les yeux grandissent encore, jusqu'à envahir tout le visage. L'ombre devient épaisse. Elle pille ce petit corps et s'en va, l'âme de l'enfant au bout de l'aile. Nous sommes au mois d'août. La fraternité humaine est à pied d'œuvre dans des stades pleins de lumière. Et moi je pense à la fureur des hommes transformant Mogadiscio et Baidoa en cimetières et fosses communes. Je pense aux milices serbes qui mettent deux balles dans la tête de tout musulman qu'elles rencontrent au nom de la "pureté ethnique", au nom de la démence humaine. Je ne pense plus. Je suis assis, les jambes croisées, fixant le sol. Je maintiens mes paupières ouvertes jusqu'aux larmes. Je pleure. Seul. Je pleure sur mes pensées qui tournent en rond dans cette pièce. J'entends les cris des enfants qui jouent dans la rue. J'entends le bruit d'une bétonneuse.

Je vois passer des silhouettes sur le chemin de la mort. Personne ne dit mot. Elles marchent d'un pas lent et régulier. Je fais un signe de la main. Personne ne me voit. Je me lève et mets ma tête sous le robinet. Je dois me calmer. Je dois oublier, ne serait-ce qu'un moment. Oublier en vrac. Vider ma tête. Peut-être prendre la fuite. Courir sur la plage déserte tôt le matin. Ou bien enfouir ma tête dans le sable et attendre le lever du soleil.

« Alors notre amour n'a rien à faire dans cette histoire. Lui aussi se meurt. Il s'éteint, enrobé de nos illusions. »

Oued Bou Khrareb

Au fur et à mesure que cette histoire se déroule, je sens le besoin de m'éloigner et même de vieillir. La beauté dont on m'affuble et qu'aucun miroir ne me renvoie me fatigue. Je commence à peine à voir quelques traits de mon visage. On me dit que je le retrouverai dans le miroir le jour où toute l'histoire aura été versée. Pour le moment, elle circule entre un conteur qui tente de la réécrire et une pauvre femme qui mélange tout et que plus personne n'écoute.

Je sais que j'ai encore quelque répit. Devrai-je intervenir ? Je commence à trouver le temps long et la prière ennuyeuse. Et pourtant, il faut que je me vide, il faut expulser de mon sang et de mes tripes tout le mal que j'ai fait. Alors je deviendrai une autre. Il me tarde de voir ce rouleau se dévider jusqu'au chapitre final pour qu'enfin je renaisse, un soir où la lune sera clémente, où les vents seront doux et où les cimetières seront apaisés.

Je n'ai pas le droit de souffrir ni de me plaindre. Ma vie a été longue. J'ai semé le malheur en étant dépourvue de tout sentiment. Je ne ressentais rien. J'avais les apparences de la vie, mais étais-je vivante ? Je voyais les émotions des autres et je les enviais sans savoir ce que cela voulait dire.

Il faudra que je vous raconte comment mes parents sont morts. Je les avais abandonnés. Je vivais mes aventures avec insouciance. Un jour, je reçus un message où il m'était demandé de rentrer d'urgence à la maison. Je ne me souviens plus qui me l'a apporté. Je compris tout de suite que c'était leur fin. J'ai allumé une bougie et me suis mise devant le miroir. Je me suis dit : « Si je vois mon image, c'est qu'ils sont morts. » Je voyais quelque chose de flou. Je n'étais pas encore libérée. Je savais qu'avec leur mort une partie de la bile noire que je porte en moi allait se déverser et me rendre un peu plus humaine.

Je partis à la maison. Toute la famille était réunie. Dès que j'apparus, des visages se détournèrent, des yeux se baissèrent et une main se leva pour me barrer le passage. C'était ma tante, qui voulait m'empêcher de dire adieu à mes parents. Pour un peu elle me rendait responsable de leur accident. Ils venaient d'installer une chaudière à gaz pour le bain. Comme de jeunes amoureux, ils prirent leur bain ensemble. Le gaz s'enfuyait de la chaudière et ils moururent endormis dans la baignoire.

J'entendis quelqu'un dire : « La Maudite est arrivée. Qu'Allah nous en préserve ! Qu'Il élève entre elle et nous une muraille de protection ! » Je ne répondis pas. Je n'avais pas de peine. Je regardais les deux corps côte à côte, enveloppés dans le linceul blanc. Je ne ressentais rien. Je ne pouvais pas avoir d'émotion.

Une femme dit : « Elle a les yeux secs. Pas une larme. Elle est la Maudite du ciel et de la terre, de ses parents et de Dieu. Pourvu qu'elle s'en aille ! »

Une autre dit, tout en acquiesçant de la tête : « Elle a les yeux du Mal. Ils mettent le feu là où ils se posent. On dirait de la cendre. Aucune pudeur. Elle n'a pas honte… »

Je n'insistai pas. J'étais déjà ailleurs. J'avais mal au ventre. Je sortis de la maison pliée en deux. Dès que je fus dans la rue, je m'appuyai contre le mur et vomis de la bile, d'abord verdâtre, ensuite noire. Un chat s'approcha de moi et lapa de ce liquide. Il prit la fuite en miaulant de toutes ses forces, puis mourut sur-le-champ.

Passant à côté, je me baissai et lui caressai la tête. Je savais jusqu'à présent que, si les humains entraient dans un rapport intime avec moi, il leur arrivait souvent malheur, mais j'ignorais que je pouvais contaminer les animaux aussi.

Sur le chemin de retour, drapée dans le haïk blanc, je revoyais mon père à l'époque où nous étions encore à Fès. C'était le temps de l'insouciance, le temps où je m'absentais en fixant les nuages et où j'entrais en contact avec des ombres qui m'étaient devenues familières.

Je repensais à ma mère et je n'arrivais pas à l'imaginer prise, la Nuit de l'Erreur, par cinq hommes venus de terres lointaines. C'était une histoire qu'on ne racontait jamais. Oubliée, dissoute dans l'eau trouble de Bou Khrareb, la rivière qui charriait les égouts de Fès. Elle traversait la ville et personne n'avait eu l'idée de la couvrir. On disait, à l'époque, que les gens de Fès devaient voir et sentir leur merde passer sous leurs yeux pour ne pas oublier que leurs péchés se mêlaient à l'eau de cette rivière qu'ils avaient salie impunément.

Ainsi l'histoire de ma conception sauvage et de ma naissance apportant le malheur s'était diluée dans les eaux lourdes de Bou Khrareb. Alors oublions-la.

Quand nous sommes partis à Tanger et pour fêter l'indépendance du pays, la municipalité entreprit des travaux pour couvrir l'oued Bou Khrareb. Désormais les égouts coulaient en silence sous terre et personne ne pouvait plus se mettre au bord de la rivière et y verser tantôt de l'eau de rose, tantôt de l'ammoniaque pour dissoudre la part noire des Fassis. Les enfants n'y pêchaient plus les vieilles savates ni les serviettes hygiéniques qu'y jetaient les femmes.

Et pourtant, je rêvais d'un laboratoire compliqué qui

s'installerait à la sortie de la ville ; des machines recueille-
raient quelques litres de cette eau lourde et analyseraient
dans le détail son contenu. Un journal publierait une fois
par mois les résultats de ces analyses, sans donner les
noms et adresses de ceux et celles qui commettaient des
actes vils et continuaient de vivre en s'accommodant de
l'hypocrisie, du mensonge et de la délation.

Cela me rappelle l'histoire du Chevalier des Vertus, qui
profitait de son statut d'imam de la seule mosquée du village des bossus pour attirer les jeunes gens sous sa coupe
et en jouissait quand il voulait. Houda avait failli être de
ses victimes. Un jour que nous étions seules, elle me dit :

« Tu sais, quand on m'enferma dans la cave du marabout, là où mes parents m'avaient emmenée pour calmer
mes excitations précoces, je t'avais dit que la porte fut
ouverte lorsque j'entendis l'appel de la Maîtresse des mots,
ton appel. En fait, ce fut le Chevalier des Vertus qui me
libéra et m'emmena chez lui. Il était bossu, comme la plupart des habitants de ce village au pied de la montagne sur
la route de Chaouen.

« Au début, il m'apparaissait comme un sage, un père.
Il me parlait de la religion. Il disait que Dieu est clément
et miséricordieux, tolérant et bon. Ensuite, ses manies le
trahirent. Il m'ordonna de couvrir ma chevelure, de ne
plus me maquiller, de cacher sous plusieurs habits ma poitrine qu'il trouvait importante. Avec ses mains il soupesait
mes seins comme si c'étaient des fruits. Il m'interdisait
de m'épiler les jambes, mais me demandait si j'avais bien
épilé mon pubis. Son projet était de m'enlaidir pour me
garder auprès de lui comme son bien domestique. Il me
parlait de mariage, de vie de famille, de foyer avec des
enfants. Tout était dicté par la religion. Je n'avais qu'à
acquiescer de la tête, obéir et me taire. J'avoue à ma

grande honte que je trouvais du plaisir à être son objet consentant et résigné. J'allais avec mes jambes poilues, avec mes lèvres gercées et pâles, avec mon teint blafard, comme une somnambule, inconsciente, habitée par une folie lente et indéterminée, jusqu'au jour où je le découvris à moitié nu en train de sodomiser un jeune homme dont je n'apercevais que les jambes. Il m'avait recueillie et m'avait donné une chambre derrière la mosquée. Je faisais le ménage, je lui préparais à manger. Il était marié et avait plusieurs enfants. Il voulait me faire ressembler à un jeune homme pour mieux me désirer !

« Ainsi je naquis à la colère.

« Je compris vite à quel type d'individu j'avais affaire. Le "Chevalier des vertus" devint "l'Hypocrite". Je lui citai alors le verset du Coran où Dieu maudit les hypocrites : "Fais annonce aux hypocrites qu'ils courent à un châtiment de douleur."

« Il leva les mains en l'air et menaça de m'étrangler. Il en était capable. Le village où nous vivions était loin de la ville. On disait qu'il s'y passait des choses affreuses et que la police n'intervenait jamais. Les gens mouraient, on les enterrait sans permis d'inhumer. Les hommes et les femmes se ressemblaient. On aurait dit qu'ils étaient tous nés de la même mère. Laids, silencieux, méfiants et agressifs. Ils réglaient souvent leurs comptes sans faire appel ni à la police ni à la justice. Je sortais rarement. De la terrasse, j'observais ce monde où la joie et le plaisir étaient interdits. Après avoir confondu l'Hypocrite, je me sentais plus libre. Je savais que tout le village était de son côté.

« Un jour, alors que tout le monde faisait la sieste, je montai au minaret, branchai le micro et me mis à appeler les gens à la prière. Ce n'était l'heure d'aucune prière. Ma voix était forte. Le micro l'amplifiait et la rendait plus belle. Je pris un grand plaisir à faire cet appel hors norme.

Certains se levèrent pour faire leurs ablutions, d'autres criaient au scandale. J'étais juchée là-haut, ma chevelure lâchée au vent. L'Hypocrite se précipita et m'attrapa par les cheveux. Il me traîna derrière lui comme un animal après la chasse. Il rouspétait et me promettait une punition terrible. Je fus jetée dans une cave où il y avait les provisions. Je n'étais pas seule. Des souris et des rats étaient autour des sacs. On aurait dit qu'ils étaient réunis en congrès. Je préférais imaginer un congrès de rats plutôt que de penser à ce que l'Hypocrite préparait comme sévices. J'ai toujours eu horreur des rats, et pourtant, je trouvais leur compagnie moins pénible que celle de cet homme qui m'avait oubliée dans ce trou.

« Je me nourrissais de fèves sèches et de pois chiches. J'avais du mal à digérer. Mon sommeil était irrégulier. Je dormais par petits bouts. La fatigue, la faim et la colère me procuraient un sommeil trouble et agité. Je rêvais et j'oubliais tout. Je pensais m'enfuir. Il fallait quitter ce trou, puis sortir du village maudit. Je faisais des plans. Je me voyais sauvée par un bataillon d'enfants qui avaient abandonné l'école pour venir à mon secours. Ils manifestaient en brandissant leur planche coranique, scandant des slogans : "Le *fqih*, hypocrite !", "Le *fqih* au trou !..." Heureuse et émue, je les suivais comme dans un rêve où ils m'accompagnaient dans un lieu sûr, une maison blanche ou un arbre centenaire. Ils m'installaient au milieu d'une prairie, sur un fauteuil mobile. Je voyais des cahiers d'écolier venir se poser, tels des papillons sur des fleurs. Ils volaient, pleins de couleurs, de lettres et de dessins. Les babouches du *fqih*-Hypocrite volaient aussi au-dessus de ma tête. Elles retombaient sur les cornes d'un taureau posant pour un peintre espagnol. Les enfants retournaient à l'école et pendaient le *fqih*. C'était cela, la justice.

« Je pensais à cela, les yeux fermés. Une lumière soudaine se fit dans la cave. En ouvrant les yeux, j'aperçus une corde qui pendait. Au bout, un rat mort. Je criai. La porte s'ouvrit et deux enfants me firent signe de les suivre. Je courus. C'était tôt le matin. Le village dormait. Je fus ainsi sauvée par des gamins dont l'un avait les yeux bleus et riait tout le temps. Il me dit : "Je suis ton chevalier. Attends-moi à la forêt, je reviendrai te chercher dès que j'aurai une moustache !" Je lui promis de l'attendre. Cet ange fait partie de mes secrets. Je l'attends. Au moment où je te parle, il doit avoir une barbe. Je suis sûre qu'il viendra. Ce sera mon enfant, mon homme. Je sais que je serai son histoire. Voilà pourquoi je me préserve, je me cache et je prie. Je prie les arbres et les plantes, la lumière du ciel et le vent, la lune, le soleil et le bruit de l'eau, je prie chaque aube sans déranger les images qui dansent dans les miroirs où viennent s'écraser des phalènes. »

L'histoire de Houda me la rendit encore plus proche. Elle faisait partie de ma vie. C'était ma vie. Houda était moi et je ne le savais pas.

La suite de mon histoire a été confiée à Lamarty, le laveur des morts de Chaouen, vieil acteur qui gagnait sa vie en racontant les *Mille et Une Nuits* dans les écoles. Il était connu pour inventer des contes. Il disait que les *Mille et Une Nuits* étaient plus qu'un livre : une maison immense, un château en ruine où tout était possible. Il exhibait un trousseau de clés et faisait mine d'ouvrir des portes avant de commencer à raconter une histoire. Il prétendait qu'il faisait partie de la troupe Shakespeare & Company de Gibraltar, au temps où le théâtre anglais se jouait à guichets fermés dans la ville du Rocher et des Guenons.

Salim

La porte que j'ouvre aujourd'hui donne sur un café, un lieu sans mystère. Pourtant, je ne comprends pas pourquoi on a accroché sur les murs des pancartes où des phrases ont été calligraphiées en arabe :

« Allah » ;

« Mohamed » ;

« Nous sommes à Dieu et à Lui nous retournons » ;

« La vie n'est qu'un rêve aussi léger qu'une forêt battue par la tempête » ;

« Tu peux aller jusqu'en Chine chercher la science, la vérité tu la connais, elle est en toi » ;

« Le courage est la seule vertu qui échappe à l'hypocrisie » ;

« La maison ne fait pas crédit » ;

« Buvez Coca-Cola » ;

« On cesse d'être jeune quand on comprend qu'il ne sert à rien de dire une douleur » ;

« Jus de fruits frais » ;

« Il est interdit de bavarder avec les serveurs » ;

« Et que fausse soit tenue par nous toute vérité que nul éclat de rire n'accueille » ;

« La souffrance est humaine » ;

« Les nuits tombent, les jours se lèvent »...

Salim vient d'entrer dans le café désert, regarde les murs, puis s'installe au fond. Il murmure entre ses lèvres : « J'ai besoin de courage, d'un éclat de rire et de dire ma douleur ! A moins que la voix de Moha ne vienne me sortir de là. »

Du fond de son exil – on ne sait plus s'il est sous terre ou sur les mers –, Moha répondit à Salim :

« Si la terre est ronde, notre histoire l'est aussi. Et pourquoi ce qui nous arrive ne se moquerait-il pas de la concordance des temps ? Tu te retrouves aujourd'hui aussi seul qu'à l'époque de ton adolescence où tout était beau et vrai, où ton énergie et tes impatiences te rendaient insupportable. Aujourd'hui, on dirait que la boucle est bouclée, que tout va rentrer dans l'ordre, mais tu sais bien que nous n'avons pas la même conception de l'ordre. Rien ne s'arrête, tout recommence : les histoires comme ceux qui les racontent. L'histoire des filles m'a échappé ; elle m'a été arrachée et j'ai été réduit au silence, observant les activités assez ingénieuses et terrifiantes de chacune. Si tu as été épargné, c'est probablement que tu es différent des autres et que ton histoire mérite un traitement plus soigné et peut-être plus humain. A présent tu es seul face aux récits. Quant à moi, je reste à l'écart. J'écoute, j'observe et j'attends. »

La solitude ne déplaisait pas à Salim. Il la recherchait. Mais ce qui l'inquiétait, c'était l'acharnement du destin sur ses compagnons. Méritaient-ils une telle indignité ? Y avait-il de l'amitié entre eux ? Non, entre eux, il n'y avait point d'amitié. C'était une sorte d'habitude de se retrouver et de se parler. Entre eux, il y avait cependant quelques points communs : une misogynie naturelle mais rarement reconnue, un égoïsme équilibré et des aspirations à une petite vie tranquille avec juste ce qu'il fallait pour apaiser l'appétit sexuel, la volonté de paraître sous une honorabilité bien calculée.

Salim s'était souvent senti mal à l'aise au sein de cette bande. Sa misanthropie le sauvait. Il savait qu'ils étaient petits dans leurs ambitions, tantôt cruels, tantôt lâches quand leurs intérêts étaient menacés, mais rien ne transparaissait. En fait, ils étaient des gens ordinaires, ni bons ni méchants, des gens comme il y en a partout, et ce qui leur arrivait d'intéressant, c'était grâce aux femmes. Elles révélaient chez eux une âme étroite et une volonté sans envergure. Pour lui, Abid ne méritait pas d'avoir été détourné de sa peinture. C'était un artiste modeste et un amant fougueux. Quant à Bilal, il était voué à tout perdre. Kenza lui avait donné un coup de main.

Salim se dit qu'il avait de la chance. Aucune malédiction ne s'était abattue sur lui. Il passa en revue ses déboires et considéra qu'il s'en sortait bien. Il vivait seul, ne voyait plus Fatéma. Depuis la mort de César, la cigogne blessée, il n'achetait plus d'oiseau. Son nouveau travail lui permettait de voyager souvent. Après avoir quitté l'enseignement, il était devenu consultant occasionnel. Il se réfugiait dans la passion pour l'opéra et le jazz. Sa vie affective s'était arrêtée. Fatéma en fait l'avait quitté, ou ne l'avait pas retenu, parce qu'elle avait compris qu'il recherchait en elle une autre femme, son premier et dernier amour. Il n'aimait pas remuer les cendres de cette vieille passion. Et pourtant, l'image de ce premier amour était souvent présente dans son esprit. Il lui arrivait de voir juste un visage dans la foule et de le fixer. Cet attachement restait pour lui un mystère et une angoisse. « Tout s'éteint, tout s'achève, tout meurt et s'oublie, sauf l'image du premier amour ! » se disait-il. Comment s'en débarrasser, comment oublier et, peut-être même, refaire sa vie ? La réponse lui fut soufflée par Moha : « Il suffit de la retrouver et de passer quelques instants avec elle. Tu verras combien la mémoire est complaisante avec nos faiblesses ! »

Salim s'était décidé à la rechercher. Il interrogea les gens du quartier où habitait sa famille. C'était à la Casbah. Il découvrit des maisons extraordinaires appartenant à des étrangers, des artistes qui venaient se reposer ou faire des rencontres. La maison de ses parents avait été vendue à un grand couturier parisien. Il le reçut avec chaleur et le confondit avec l'ancien propriétaire. Il lui fit visiter la maison. Il se demanda pourquoi les étrangers savent aménager ces maisons de la médina avec autant de goût et de raffinement. « Ce sont des résidences secondaires où on s'installe en dehors du temps », pensa-t-il. Le couturier aimait s'habiller de blanc. Il ne portait aucun jugement sur le pays. Quand Salim lui demanda ce qui l'attirait à Tanger, il eut cette réponse qu'il se faisait lui-même : « Je sais ce que je n'aime pas à Tanger ; je suis incapable de dire pourquoi j'aime cette ville ! » Comme beaucoup de gens, il tenait à ce mystère et ne cherchait pas trop à le percer.

Ce fut l'épicier au coin de la rue qui le renseigna : Zina, après la mort de ses parents, était partie à Chaouen, une petite ville dans la montagne à l'est de Tétouan. C'était tout ce qu'il savait. Salim posa d'autres questions, mais l'homme se tut.

Il mit du temps avant de se décider à partir à Chaouen, qui est à deux heures de route en autocar. Il avait hésité, craignant de faire le voyage pour rien, ou de subir un choc lors de ces retrouvailles. Il repensait à ce qu'un de ses professeurs lui disait à propos de ses souvenirs d'enfance : « Notre mémoire a la mauvaise habitude d'agrandir les espaces de notre enfance, les maisons sont immenses, les sentiments grandioses, les événements importants. Non seulement elle repousse les murs, mais elle embellit les faits. » Salim était persuadé que le même phénomène se produisait dans la conservation de nos premières émotions amoureuses. On ignore sciemment le travail du temps et le passage de la vie. On garde intactes certaines images, on gomme les effets désagréables et on se construit une histoire qui nous poursuit très longtemps. Salim craignait de ne pas reconnaître celle qu'il croyait être la femme de sa vie, une vie dont elle avait été absente et où elle n'avait vécu que par procuration. Il était conscient que ce voyage allait le bouleverser, troubler ses sentiments et renverser l'ordre de ses souvenirs. Comme on dit, « il fallait se rendre à l'évidence ! ». Pour lui l'évidence n'existait pas ; la réalité non plus. Seule la conscience de vivre et de protester contre cette tyrannie avait un sens. Il se rendait à Chaouen, et rien n'était évident. Il connaissait cette petite ville tenue à l'écart de la vie moderne, envahie quotidiennement par des cars de touristes.

Salim se parlait, passant en revue ses faiblesses et ses doutes : « Tes jours se sont écoulés à ton insu. A présent, tu sais que tu es atteint de lucidité. Où que tu regardes, tu vois ta vie se dérouler comme un film interminable et tu te rends compte que tu n'as su retenir aucune passion. Tu as glissé sur les choses, toi qui prônais le doute pour secouer la quiétude des braves, toi qui réclamais moralité et justice dans le pays, désignant les corrupteurs et les corrompus, dressant des tribunaux imaginaires où ton ombre fusillait les coupables. Mais, peu à peu, tu as appris la souplesse, la relativité et la tolérance. Tu justifiais tout et tu as même considéré que la corruption était nécessaire pour équilibrer l'économie du pays. Quant aux trafiquants de drogue, ton mépris ne suffisait pas à les empêcher de sévir dans le Nord. A présent, tu as de plus en plus de mal à rédiger tes rapports pour les Nations unies ; tu ne crois plus à rien et tu pars à la recherche d'un bout de ton passé. C'est ce qui te reste pour ne pas mourir d'ennui et de lassitude. »

Il aurait pu se dire tout cela à voix haute. Mais le public qui voyageait avec lui dans l'autocar se serait moqué du malaise d'un petit intellectuel qui ne savait que faire de ses insomnies.

Il y avait juste derrière lui, sur la banquette arrière, une femme de Tétouan, en djellaba élégante, portant un voile blanc posé au-dessous du nez et lisant un roman en français. A côté d'elle, un enfant de cinq ou six ans. Sa tête était plus grosse que la normale. On aurait dit qu'il avait été mal manipulé à la naissance. L'enfant avait le regard vide et ne bougeait pas. Sa main tenait avec force la manche de la djellaba. La femme devait être la mère. Elle lisait et de temps en temps sortait un mouchoir brodé pour moucher l'enfant dont le nez coulait. Elle le faisait tout en continuant à lire. Entre elle et l'enfant, on sentait une complicité silencieuse. Salim n'osait pas trop se tourner pour voir l'enfant. Il était attiré par cette présence. Elle l'intriguait et le faisait réfléchir sur son ancienne relation avec Fatéma, avec qui il avait des discussions orageuses à propos de l'enfant qu'elle voulait et que lui ne désirait pas. Leurs positions étaient inconciliables, même si tous les deux se traitaient d'égoïstes. Lui prétendait que donner naissance à un enfant était une forme d'égoïsme excessif ; elle répondait que l'égoïsme le plus insupportable consistait à préférer la solitude et la satisfaction de ses petites manies au devoir de paternité.

En observant le regard immobile de cet enfant, mal né, souffrant peut-être et suscitant à coup sûr la douleur chez ses géniteurs, Salim se sentit mal et eut les larmes aux yeux. Apparemment, la présence de l'enfant ne gênait personne dans l'autocar. Lors d'un arrêt pour prendre d'autres voyageurs, un pneu creva. Le chauffeur annonça l'incident et les prévint que la réparation pouvait durer une heure ou deux. Le graisseur s'affairait pendant que les enfants, curieux, l'entouraient. Tous les enfants, sauf celui à la grosse tête. Sa mère préféra rester dans le car. Salim acheta deux Coca-Cola et les offrit à la femme et à son fils. Elle prit les deux bouteilles en le remerciant et sortit de son sac un gobelet qu'elle emplit à moitié. Elle fit boire l'enfant qui regardait toujours un point lointain de manière fixe. Il avait du mal à avaler. Elle lui prit la tête, la fit basculer un peu en arrière, lui ouvrit la bouche et y versa le Coca par petites gorgées. Salim s'éclipsa pour ne pas gêner la femme ou pour ne pas accentuer son propre malaise. En remontant dans le car, il demanda à la femme où elle allait.

« J'emmène Driss à un marabout près de Chaouen. Il paraît qu'un guérisseur assez doué pourrait m'aider. Il y vient tous les vendredis. On ne perd rien à essayer, puisque les médecins n'ont rien pu faire. »

Elle se leva brusquement après avoir regardé sa montre et demanda au chauffeur de s'arrêter un moment. « C'est urgent... c'est l'heure où mon fils fait ses besoins. »

Un homme esquissa un sourire. Elle traversa tout le car, l'enfant dans les bras, et sortit par la porte avant. Tous les regards la suivaient. Personne ne fit de commentaire, mais les pensées se lisaient sur les visages. Les femmes étaient inquiètes et exprimaient une sorte de pitié et de solidarité avec cette mère. Certains hommes étaient enclins à faire des plaisanteries, mais ils se retinrent, intimidés probablement par la force de caractère de cette femme.

Personne n'osait voir où ni comment cet enfant défé-quait. La mère s'était cachée derrière un buisson. Elle remonta dans le car avec un sourire de remerciement.

Chaouen

Chaouen avait ce jour-là quelque chose d'irréel. Des maisons toutes blanches incrustées au flanc des montagnes. Des enfants, le crâne rasé, habillés de djellabas en laine blanchâtre, avec sous le bras leur planche coranique, marchaient sans se presser dans les ruelles. Des femmes emmitouflées dans d'immenses haïks blancs vendaient du pain et des crêpes. Au centre de la médina se tenait le marché en plein air. On y trouvait surtout des produits de la région. Seul le bâtiment de la gendarmerie avait été construit récemment. L'hôtel pour touristes, à l'entrée de la ville, était plaqué sur un décor inadéquat. Salim était obligé de s'y installer. Il n'y en avait pas d'autre. Il avait besoin de quelques jours pour faire ses recherches et, surtout, il devait être discret et délicat. On ne vient pas dans une ville traditionnelle demander à la première personne rencontrée où habite telle dame. Salim savait que cela ne se faisait pas. Par déduction, il pensait que Zina devait être dans l'enseignement. Il se renseigna auprès des directeurs d'école, mais sans succès. Il passa le premier soir à se promener dans la médina déserte. Il n'y avait, bien sûr, ni bar ni cinéma. Les cafés, de minuscules boutiques se prolongeant dans la rue, étaient fermés. La ville dormait tôt. Seuls des chats et quelques chiens errants rasaient les murs à la recherche des sacs de poubelle qu'ils éventraient pour manger. Salim se considérait comme un personnage de film que la production aurait oublié dans ce décor hors du temps. L'éclairage était assuré par de petites ampoules de faible voltage. Cette lumière basse correspondait à son humeur. Il n'avait envie de rien en particulier. Il se promenait et se perdait, et cela lui plaisait. Un homme d'un certain âge, armé d'un gourdin, l'arrêta, lui demanda ce qu'il faisait à cette heure-ci dans les rues. Salim lui dit qu'il venait d'arriver de Tanger. L'homme poussa un soupir :

– Ah Tanger ! Quelle pute ! Je crois que tu t'es trompé de ville. Ici, il n'y a que des gens braves et propres. Il vaut mieux repartir chez toi.

L'homme était le gardien du sommeil. C'est ainsi qu'il se présenta.

– Je veille sur le bon déroulement de la nuit. Je suis le gardien du sommeil des uns et des autres. Mon rôle est d'empêcher que des intrus s'immiscent dans la vie nocturne de mes citoyens. Je vous l'ai dit, ils sont braves et propres. Je passe la nuit à tourner dans les rues. Je chasse les chiens et les chats et je décourage les voleurs. Apparemment, tu n'es pas un voleur. Mais qu'est-ce que tu fais là ? Que cherches-tu ?

– C'est vrai, même si je le voulais, je ne pourrais pas commettre de vol.

– De toute façon, dis-toi bien une chose : ici, il n'y a rien à voler. Les gens sont pauvres. Seuls ceux qui font de la politique se sont enrichis, mais pas ici, à Rabat. Quand ils reviennent, je ne veille pas sur leur sommeil. Je leur souhaite une mauvaise nuit. Je fais de mon mieux pour que leurs rêves ne polluent pas l'atmosphère. Il m'arrive aussi de favoriser l'arrivée du sommeil et des rêves dans certains foyers. Ici, personne ne prend de calmant. Je suis là pour ça. Évidemment, je ne suis pas éternel. Je ne vois pas qui pourrait me succéder. Mais Dieu est clément, il n'abandonnera pas cette ville sainte. Alors, qui cherches-tu ?

Salim n'osa pas lui dire qu'il était venu dans le but de retrouver une femme. Il lui dit qu'il recherchait une famille dont il n'était pas sûr du nom, mais la femme était originaire de Fès. L'homme marqua une pause, fit semblant de réfléchir, puis dit :

– La seule Fassia de la ville est Chérifa ! Elle vient de Tanger, d'ailleurs.

– Ne s'appelle-t-elle pas Zina ?

– Nous, nous la connaissons uniquement sous le qualificatif de Chérifa, noble femme, sur le chemin de la sainteté.

– Que fait-elle ici ? Pouvez-vous m'en parler ?

Salim et le gardien du sommeil s'assirent sur un banc de pierre à la sortie de la médina, d'où on apercevait de rares lumières en haut de la montagne. L'homme déposa la lampe à huile par terre à côté du gourdin, se moucha bruyamment, sortit de sa poche une petite tabatière en argent, aligna sur le revers de sa main gauche un peu de tabac, le sniffa, poussa un soupir de soulagement, puis tendit la boîte à Salim. Il hésita un instant et comprit qu'il valait mieux ne pas refuser cette offre. Lui aussi prisa du tabac, maladroitement, éternua plusieurs fois. Chaque éternuement était suivi de la formule « Que Dieu soit miséricordieux avec toi ! » prononcée automatiquement par le gardien.

– Avant de te dire quoi que ce soit, j'aimerais bien savoir ce que tu lui veux.

– Rien de particulier. C'est une cousine lointaine. Ma famille m'a chargé de la retrouver.

– Tu ne pourras la voir que vendredi. C'est le jour où elle reçoit. De toute façon je n'aurai même pas à t'indiquer sa maison. Quand tu verras un attroupement ce sera là. Les gens viennent la voir de partout. C'est une femme exceptionnelle ; elle a des mains douées. C'est Dieu qui l'a voulu. Il suffit qu'elle touche un malade, qu'elle passe puis repasse sa main sur l'endroit où il a mal, pour que la douleur doucement disparaisse. C'est une femme qui a renoncé à tout pour s'occuper des autres. Même les médecins viennent la voir. Tu verras, elle est modeste, simple, humaine. On ne sait rien de sa vie. On ne la voit jamais dans la rue. Des femmes s'occupent d'elle. Seules la lecture et l'étude des textes sacrés semblent l'intéresser.

« C'est elle qui a guéri ma migraine. Toute ma vie, j'ai souffert du mal de tête. Aucun médicament, aucun calmant ne m'ont aidé comme la douceur de la main chérifienne ! Je m'en souviens très bien. Elle s'est concentrée, fermant les yeux, et, lentement, a à peine caressé mon front, mes tempes et ma nuque. En fait, sa main ne s'est pas posée sur moi. Elle passait à un millimètre de ma peau. Je sentais qu'elle aspirait la douleur. La chaleur sortait de mon front. C'était extraordinaire. Elle a extirpé le mal à jamais. La preuve, je n'ai plus mal à la tête. C'est fini. Elle n'a même pas voulu se faire payer. En revanche, elle m'a demandé, sur un ton doux, de garder son sommeil. Avant de la quitter, je lui ai donné une pincée de sel. C'est la tradition. Il faut donner quelque chose, sinon c'est elle qui tombera malade. Je suis branché sur sa chambre. Je sais tout ce qui se passe dans sa maison. Dès que je sens une perturbation s'approcher d'elle, je la chasse et la détourne. Je me fie beaucoup à l'humeur des chats et des chiens. Ce sont mes guides. Je la pousse en dehors de la ville.

« Ah, Chérifa est une sainte ! En ce moment, elle dort profondément ; elle entre dans un rêve. Je vois des pièces de tissu de toutes les couleurs pendre des terrasses. Chaque couleur correspond à un état du rêve. Ça va du noir au blanc en passant par les autres teintes. C'est un rêve compliqué parce qu'elle n'est pas seule. Elle est accompagnée par quatre silhouettes voilées. Ça doit être ses femmes de compagnie. Je vois une rivière couler entre le bleu du ciel et le vert de la plaine. Un troupeau d'ânes est arrêté. Des serpents courent derrière des agneaux. Tout cela est curieux. Les arbres se penchent au passage de Chérifa. Mais où va-t-elle? Je suis inquiet. Je n'arrive pas à tout maîtriser. Ta présence me trouble. C'est toi que je vois à présent. Tu t'approches d'elle, tu lui baises le front, tu te baisses comme si tu faisais une révérence. C'est étrange, tes yeux ne sont pas sincères. Chérifa est en colère. Tu lui donnes une lettre. La lettre devient un scorpion. Il la pique. Elle le jette par terre. Tous les serpents se jettent dessus. Et toi, tu ris; tu ris aux éclats. Chérifa a de la fièvre. Il faut que j'aille la sauver. Tout ça, c'est de ta faute. On dirait qu'elle a senti ta présence dans la ville. Bon, je te laisse. Si tu veux, attends-moi sur ce banc. Je reviendrai quand j'aurais calmé son sommeil, sinon, je m'en voudrais beaucoup.

Il partit en courant. Salim se demandait comment il pouvait agir sur le sommeil des autres. Que faisait-il pour éloigner les mauvaises ondes? Peut-être avait-il affaire à un mythomane. Quelques instants plus tard, l'homme au gourdin revint, essoufflé et assez satisfait.

– C'est ce que je pensais: des ondes mauvaises, des ondes néfastes tournaient autour de la maison de Chérifa. Rassure-toi, elles ne proviennent pas de toi. Elles viennent de très loin. En tout cas, tu ne dégages rien.

– Et comment sais-tu tout ça?

Pour toute réponse, du doigt il lui montra son nez.

Salim commençait à avoir envie de dormir. Avant de s'en aller, il lui demanda s'il lui était possible de veiller cette nuit sur son sommeil. Il lui parla de ses difficultés à s'endormir et des somnifères ou des calmants qu'il avalait pour y arriver.

– Ne prends plus ces saloperies. Chérifa te donnera un peu de sa grâce et moi, si tout va bien et si cela ne la contrarie pas, je ferai le reste. Allez, bonne nuit.

Salim partit, puis revint pour avoir l'adresse de Chérifa. L'homme avait disparu. Pas la moindre trace de sa présence. Salim regarda autour de lui. Il n'y avait personne. Il eut froid. En arrivant à l'hôtel, il sonna pour réveiller le concierge. Il lui dit, comme pour s'excuser, qu'il était avec le gardien du sommeil. Le concierge fit un geste de la main pour signifier qu'il était un peu dérangé.

Salim ne fit pas attention et dormit tout de suite, sans prendre de médicament. Il passa une excellente nuit et se leva reposé, et même de bonne humeur.

Il s'en alla se promener dans la médina, très animée. Il aurait bien voulu retrouver l'homme de la nuit dernière, mais logiquement il devait dormir. Il mangea dans un petit restaurant où on prépare des tajines sur des kanouns. C'était bon. Dommage que le mouton fût gras. Il se sentait aussi étranger qu'un touriste. D'ailleurs, des gamins s'adressèrent à lui en anglais. Il sourit, puis leur répondit en arabe. Un enfant s'écria : « Un Anglais qui parle arabe, c'est rare ! »

Il n'osait plus demander l'adresse de Zina. Il attendit la nuit, espérant que le gardien le mènerait jusqu'à elle. La nuit, il erra seul dans les rues. Il retrouva le banc à la sortie de la médina et s'y allongea. Juste au-dessus de sa tête, une lampe était allumée. En l'observant, il se souvint de l'époque où il était hospitalisé en France pour une petite opération. Il avait peur, pas de mourir mais d'être abandonné dans ce lieu. Il avait passé la nuit à élaborer des scénarios rocambolesques à propos de sa maladie. Il se rendit compte qu'il n'avait pas rédigé de testament. Pour quoi faire ? Il ne possédait pas grand-chose. Sa bibliothèque et ses disques risquaient de se retrouver au marché aux puces de Tanger. Des livres précieux, tous annotés et reliés. Mourir en terre étrangère ne le gênait pas. Sa mère risquait de ne pas survivre à ce choc. Alors il décida de ne pas mourir dans cet hôpital et finit par s'endormir.

Sur le banc, il contemplait les étoiles. Pas de gardien en vue. Il se leva et marcha. Le bruit de ses pas faisait de l'écho. Les mêmes chats erraient dans les mêmes endroits. Il fit deux fois le tour de la médina. Il n'y avait personne. Soudain, un cheval blanc sans cavalier traversa la place à toute vitesse et pénétra dans la médina. Il crut rêver. C'était peut-être une vision. Une image de plus née de sa fatigue. Le matin, il fut réveillé par un coup de téléphone anonyme : « Rendez-vous à une heure après la prière du vendredi. »

Il n'eut pas le temps de distinguer la voix. Il ne sut même pas si c'était un homme ou une femme.

Il suivit le conseil du gardien du sommeil et se mit à chercher là où il y avait un attroupement. Il tombait mal. C'étaient des funérailles. Mauvais présage ou, au contraire, symbole de bon augure ? Il était venu à Chaouen enterrer sa vie passée marquée par la présence ou le souvenir d'une femme, Zina. C'était pour s'en débarrasser qu'il était à Chaouen. Il voulait repartir de zéro, même si à son âge tout devenait compliqué. Quelqu'un lui avait dit que le meilleur moyen de quitter une femme, c'était d'écrire son histoire. L'écriture devait avoir un pouvoir d'exorcisme. Mettre la vie dans les mots, même en trichant, était une façon d'agir sur elle. Cet homme lui avait démontré qu'il n'était devenu écrivain que pour régler ses problèmes de rupture. Dans un roman, il réglait leur compte à deux ou trois femmes. Il ne les tuait pas, mais insinuait par l'écriture que leur vie se faisait ailleurs. Il disait :

« Le moyen le plus pratique et aussi le plus rapide, c'est la nouvelle. Je suis sûr que ce genre a été inventé pour ce besoin-là. Certes, des femmes méritent plus qu'une nouvelle de dix pages. Alors, j'écris des romans. C'est extraordinaire la puissance des mots. Je me demande d'ailleurs si je n'écris pas pour rencontrer des femmes puis les quitter, et continuer ainsi indéfiniment. Ou alors, c'est l'inverse. Ce sont les femmes qui suscitent en moi le besoin d'écriture, donc l'envie de raconter leur histoire. Une fois celle-ci écrite, elles disparaissent de ma vie. Je sais, il y en a qui écrivent de peur de devenir fous, d'autres, parce qu'ils ne savent rien faire d'autre, ou pour ne plus avoir de visage. Moi, j'écris pour réussir mes ruptures amoureuses! »

Salim était tenté par cette démarche. Il écrivait un peu. Mais était-il capable d'écrire des nouvelles? Il n'avait pas essayé. Pour le moment, écrire ne lui servirait à rien. Il réfléchit un moment, puis acheta une carte postale à la réception de l'hôtel et écrivit dessus cette pensée d'Alfred de Vigny : « L'espérance est la plus grande de nos folies et la source de toutes nos lâchetés. »

L'air de Chaouen le rendait plus lucide. Il était devenu un autre homme. Quant à ses rencontres, elles étaient de plus en plus étranges. En sortant de l'hôtel, il vit une charrette traîner derrière elle un cercueil ouvert. Le mort était enveloppé dans un linceul, mais personne ne le suivait. Il pensa que ce devait être un homme sans famille, sans personne, que la municipalité enterrait par mesure d'hygiène. Il décida d'accompagner le mort. Il marcha derrière, puis à côté de l'homme qui tirait la charrette.

– C'est un parent à vous? Vous n'avez pas le droit de l'accompagner. Il n'a pas droit à un enterrement musulman. Il a défié la volonté divine...

– Qu'est-ce qu'il a fait? demanda Salim.

– Il a mis fin à ses jours! Le suicide est interdit. Le suicidé est condamné à répéter son geste à l'infini. Il passera l'éternité à mourir, c'est sa punition.

– Et comment s'est-il tué ?

– Je ne sais pas si j'ai le droit de vous le dire. Vous savez, Chaouen est une petite ville. Tout se sait et tout le monde se connaît. Je sais qui vous êtes et ce que vous êtes venu chercher, mais je ne dis rien. Alors, ça ne sert à rien de cacher les faits. Cet homme est devenu fou à force de douter et de proclamer sa haine de la religion et des religieux. Sa famille l'avait rejeté. Il vivait seul. Ce n'était pas un clochard. C'était un professeur. Le jour où il décida de mourir, il fit venir deux laveurs de morts, acheta un linceul et leur donna une forte somme d'argent. Ils devaient lui faire sa toilette comme s'il était vraiment mort. Ensuite, ils devaient l'envelopper dans le linceul selon la tradition : on attache les pieds et les mains du mort, on asperge le linceul d'eau de fleur d'oranger, on pose sur chaque paupière une moitié de datte. Pendant qu'ils psalmodiaient des prières sur son corps, lui riait. Je n'ose pas vous dire, mon ami, ce qui le faisait rire. Je n'ose pas. Après tout, à présent qu'il est mort, on peut le dire : son sexe s'est levé comme un piquet. Il a failli déchirer le tissu. Les laveurs furent troublés. Ils fermèrent les yeux tout en faisant leur travail. Le tissu serrait son visage et on ne savait plus s'il pleurait ou s'il riait. Vous savez, la folie est libre. Elle va se nicher là où on ne l'attend pas. Certes, il aurait pu avaler une pilule et partir discrètement. Peut-être même qu'il aurait eu un enterrement décent. Il mourut étouffé par le tissu blanc. Les laveurs ont été arrêtés et le service des éboueurs m'a appelé pour porter ce corps hors de la ville. Je dois le jeter dans une fosse et le couvrir de pierres et de terre. A présent, il vaut mieux que vous me laissiez. Vous serez damné si vous participez à l'enterrement du mécréant.

– Mais pourquoi a-t-il fait ça ?

– Dieu seul le sait.

Salim continua d'accompagner l'éboueur promu fossoyeur. Lui aussi se disait que cet homme aurait pu se donner une mort douce, discrète. Pourquoi avoir choisi cette manière étrange et saugrenue ? Ce ne devait pas être un caprice. Il se mit à penser à voix haute :

— Peut-être qu'il voulait tenter une expérience... ou bien il n'avait pas envie de mourir...

— Écoutez, j'ai ramassé un cahier qui est tombé du linceul. Si vous voulez, je peux vous le céder.

Salim mit la main dans la poche, en sortit un billet de cent dirhams et le tendit à l'éboueur.

— C'est bon, je vous le donne, mais à condition que vous ne me disiez pas ce qu'il y a écrit.

Salim acquiesça de la tête et lut les mots sur la couverture tout en marchant :

« Ceci est le livre du mort... le mort n'est autre que votre ex-serviteur Mohamed M'Fadel Chaouni... Livre posthume, écrit de la tombe, là où la vérité ne peut se travestir. »

La première page est une série de dessins, des croquis obscènes. Sur la page suivante, ceci :

« Je n'ai pas réussi, malgré tous mes efforts, mes diplômes et mes lectures, mon sens de l'observation et ma manie de tout critiquer, à inscrire ne serait-ce qu'une phrase sur "le grand livre du monde". Je n'ai été toute ma vie qu'un compagnon de souffrance, condamné à une solitude rare dans ce pays. J'ai été compagnon de moi-même, résolu à me supporter sans nuire aux autres, renvoyé à mes lectures et mes rêves d'adolescent, vite interrompus par la découverte de la maladie et la perte de ceux qu'on aime. "C'est le courage d'aller jusqu'au bout des problèmes qui fait le philosophe", dit-on. Je ne suis pas philosophe, mais j'ai décidé d'aller jusqu'au bout de ce qui m'empêche de respirer de manière naturelle et sereine. La sincérité est ma morale. Le rire est mon arme. Pour échapper au pendule de la vie, qui oscille entre le mensonge et l'ennui, je me soustrais volontairement de la compétition. Ma mort aura été ma dernière liberté, peut-être l'unique liberté.

« Je pars dans les ténèbres flagrantes du malentendu. J'ai essayé de vivre et de servir mon pays. J'ai essayé d'enseigner à des adolescents l'amour du droit et de la liberté. Mes paroles tombaient dans un seau d'eau trouble, l'eau des femmes de ménage, l'eau sale de la pourriture généralisée. Chacun se sert là où il peut. Mais tout le monde ou presque se sert. Et le pays vogue sur une mer de nonchalance et de laisser-faire. Je croyais au début qu'il y avait un malentendu entre le pays et moi. Non, le malentendu est entre moi et moi. C'est tout. Je suis irrécupérable, définitivement allergique à l'hypocrisie érigée en règle de conduite, allergique au mensonge, au vol arrangé. Mon désespoir n'a rien à voir avec une quelconque politesse face à la dégradation de l'être, mon désespoir est ma respiration, ma manière de me retirer de ce pays qui se laisse maltraiter par ses enfants. Je pars dans les ténèbres et je ne regrette pas d'avoir effectué ce voyage dans les terres chaudes du Maroc, vieille nation, grand pays qui offre des promotions à ceux qui n'ont pensé qu'à s'enrichir en puisant dans les deniers de l'État, chose banale, chose connue, on a beau le dénoncer, le crier sur les toits, rien n'arrive, les corrupteurs et les corrompus se donnent la main, bavent devant des adolescentes sans défense, boivent jusqu'à l'ivresse et rotent en posant une main moite sur leur ventre. Je les ai vus se pavaner sur la côte entre Tétouan et Sebta, enfants de riches, enfants de tous les profits, je n'ai pas pu me retenir de vomir à leur passage. Je les reconnais, je sais qui ils sont et comment ils forniquent. Je suis asocial comme eux sont corrompus. Voilà pourquoi je ne fais que passer dans cette histoire, je passe dans un linceul mal serré, je passe et j'en ris d'avance. Peut-être que ce journal tombera entre des mains propres, celles d'un homme qui me ressemblerait et qui aurait eu plus de force que moi pour supporter cette société où le pauvre est de plus en plus méchant avec le pauvre et le riche de plus en plus satisfait de ses entourloupes. Asocial mais pas amoral. Mais ma morale n'a rien à voir avec la leur. La mienne est de la dynamite. Je suis rien. Je suis l'erreur que ce pays n'aurait pas dû commettre. La mort n'est rien. Le mystère de la mort est encombrant. Pour s'en débarrasser il n'y a qu'un moyen, le vivre jusqu'à la transparence, jusqu'à l'insignifiance. Cela m'amuse quand je vois des gens partir à la recherche d'eux-mêmes comme s'ils étaient ailleurs, pris dans un magma de conflits, alors que le secret est en eux. Mais passons. Parlons du pays, des choses concrètes qui... Et puis non, je m'en vais laissant les hôpitaux dans leur misère, les écoles dans leur désarroi et les jeunes se cognant la tête contre le rocher érigé spécialement pour cela...

« Moi aussi, j'aurais aimé vivre une histoire avec Chérifa. Au moins je serais mort à cause de l'amour. Je n'ai pas eu cette chance. Chérifa ! Quelle femme ! Terrible et ambiguë ; je n'ai pas la force de ses convictions ; je l'ai vue quelquefois drapée dans ses tissus amples parfumés avec des encens d'Orient ; je n'aime pas ces parfums et je n'aime pas ces déguisements. Chérifa m'a intrigué, mais j'ai vite pris le parti de ne pas tomber dans son délire. Elle est belle, mais ni la beauté ni les caresses du soir ne m'importent à présent. La mort est la dernière caresse de la vie. Qu'elle soit brève et sans équivoque ! »

Salim ferma le cahier et le mit dans son cartable. Il ne fut pas étonné par ce texte. Il se demanda jusqu'à quel point il pouvait s'identifier à Mohamed M'Fadel. Il se dit que le suicide était plutôt rare au Maroc. Il se souvint de suicides de jeunes filles tombées enceintes sans être mariées ou de jeunes gens qui avaient raté leurs examens. C'était une autre époque. Peut-être aujourd'hui le désespoir est-il devenu une raison sérieuse pour se donner la mort, mais on ne se tue plus comme avant. En fait, il n'en savait rien, il se posait juste la question de son propre suicide. Quand il était militant dans un mouvement d'extrême gauche, il craignait d'être un jour enlevé et torturé. Là se posait la question : plutôt la mort que la souffrance infligée par des brutes. C'était il y a longtemps, le temps où le général Oufkir faisait régner la terreur. Ce dont il avait le plus peur, c'était le système de la disparition ; pour apaiser l'inquiétude des familles, la police officielle se mettait à rechercher le disparu ; savait-elle qu'une autre police, sans nom et sans visage, s'emparait de la personne et pratiquait sur elle la torture dans le désert ou dans les caves de villas en plein centre-ville ? Il se disait que, heureusement, cette époque était révolue. Le mouvement auquel il appartenait n'inquiétait plus le pouvoir. La gauche s'était effritée ; les partis d'opposition avaient leurs sièges au Parlement. Salim n'avait d'espoir que dans les ligues des droits de l'homme. Désabusé, fatigué par tant de luttes avortées, il s'occupait d'une association d'enfants handicapés. Il n'en parlait pas. Il était persuadé que pour agir efficacement il fallait voir clair en soi-même. Impossible d'agir sur le monde si l'on est prisonnier dans un tunnel. En sortir, échapper à cette angoisse léguée par une jeunesse mal vécue, abandonner les arcanes d'un destin où il ne faisait que subir, voilà ce qu'il était allé régler à Chaouen. C'était un pèlerinage vers des sources infectées par une malédiction dont il était le seul responsable. Le mal existe. Le mal n'est pas les autres. Il est là. Salim savait qu'il le portait en lui parce que quelqu'un l'avait un jour déposé dans son âme, au point de ne plus savoir ce qu'il faisait ni où il se dirigeait. Il s'en voulait de s'être laissé prendre par l'amour. Comment était-il possible qu'à travers l'amour le mal puisse circuler et s'imposer à un homme cultivé et bien intentionné ? Il n'avait jamais su aimer. Il n'avait jamais su se battre. Il avait fallu beaucoup de souffrance et de renoncement, il avait fallu ce voyage en lui-même et hors de lui-même pour comprendre qu'aimer c'est perdre, et perdre c'est donner sans rien attendre en retour.

Chérifa

Au bout d'une semaine, Salim prit plaisir à l'ennui que dégageait Chaouen. Il se souvint de cette société internationale des gens ennuyeux dont un ami suisse lui avait parlé. Elle comptait quelque sept cents membres et s'appliquait à cultiver l'ennui sous toutes les formes. Salim la verrait bien installée à Chaouen avec sa devise : « L'enthousiasme décline mais l'ennui dure longtemps », inscrite en arabe, espagnol et français sur des banderoles grises. Puis il se ravisa : ici, l'ennui n'existe pas. Tout le monde se connaît. La solitude est impossible. Celui qui recherche la tranquillité sera déçu. Donc, il valait mieux laisser l'ennui aux grandes villes.

A peine formula-t-il ces pensées qu'un petit garçon vint sonner à sa porte : « Chérifa m'envoie pour vous dire qu'elle vous attend après la prière de l'après-midi. »

Salim donna une pomme à l'enfant qui partit en courant. Il n'eut même pas le temps de lui demander l'adresse.

En sortant de l'hôtel, il reconnut le petit garçon qui vint vers lui et lui prit la main. Il le dirigea sans dire un mot. Salim se laissait guider. Il se souvint de la première fois où une fille, probablement Zina, l'avait laissé caresser sa poitrine par un soir d'automne sur le rocher du Marshan où subsistaient encore des ruines romaines. Il la couvrait de son manteau pendant que ses mains allaient chercher ses seins. Il faisait froid. Un homme vint à côté fumer une pipe de kif. Ils se levèrent et partirent sans se presser. Depuis, Salim n'avait jamais retrouvé cette émotion et ce plaisir. Il avait connu beaucoup de femmes mais aucune n'avait fait naître dans son ventre cette sensation qui va du plus grand plaisir à la plus grande peur. Mais de quoi avait-il peur ? Des parents de la fille, des gosses dans la rue qui lançaient des pierres contre les amoureux, de la police qui pouvait les interroger, de l'inconnu qui pouvait les agresser... Salim était un jeune homme inquiet, il inventait des motifs d'inquiétude quand tout allait bien.

Curieusement, cet après-midi il n'était pas inquiet. Il allait retrouver Zina qu'il n'avait pas revue depuis plus de vingt ans, et cela ne le rendait ni nerveux ni angoissé. Il était ailleurs, peut-être déjà avalé par une des histoires que Zina tissait du fond de son exil, une histoire dont le personnage était un automate, sans sentiments, sans conscience, sans émotion. Il savait qu'elle était capable d'ensorceler un homme par sa seule pensée. Elle n'avait besoin ni d'herbes ni de produits sahariens. Elle avait une puissance intérieure impressionnante. Elle lisait les lignes de la main et révélait ses propres secrets. C'était un don et aussi une volonté. Elle n'avait jamais voulu faire les choses comme les autres. Elle se distinguait de ses camarades et de sa famille. Elle lisait aussi dans les yeux et y trouvait les traces des rêves de la veille. Par pudeur, elle refusait de les interpréter. Elle aimait aussi parler par métaphores et citations.

En marchant, Salim repensa à celui qu'il appelait « l'homme au suicide recherché ». Il se dit : « Les musulmans ne se suicident pas. Cet homme n'était pas musulman. Il ne croyait en rien. » La maison de Zina était au fond d'une impasse, pas loin d'une petite mosquée. L'enfant frappa à la porte. Une femme noire ouvrit. Elle regarda

Salim fixement puis lui dit : « Bienvenue ! » Le gosse partit en courant. Elle l'installa dans un salon froid. Il se mit à observer les tapis, le tissu sur le mur, les photos accrochées, l'horloge arrêtée. Il remarqua surtout des photos du pèlerinage à La Mecque et des calligraphies du nom d'Allah et du Prophète Mohammed. Les tapis n'étaient pas anciens. Ils devaient venir de Rabat. Il y avait aussi le portrait en noir et blanc d'Oum Kalsoum. Les matelas et les coussins étaient recouverts d'un tissu en velours reproduisant des fleurs et des plantes. Tous les salons marocains se ressemblent. Le même décor, les mêmes objets, les mêmes photos. Un petit tapis rouge était enroulé et posé au fond du salon à côté d'une pierre polie noire. C'était pour la prière. La pierre pouvant remplacer l'eau pour les ablutions. Cela lui rappela sa mère et sa grand-mère, qui ne se séparaient jamais de leur pierre noire. À côté, un tapis en paille tressée qu'on utilise aussi bien pour prier que pour y déposer les morts. Il faisait sombre dans cette pièce. Il se dit : « C'est peut-être une tombe. » Il se mit à rire. La religion n'aime pas la plaisanterie. La femme noire lui demanda de se déchausser. C'était peut-être une mise à l'épreuve, une préparation à la rencontre, une mise en condition. Il y avait là une odeur de renfermé. Salim sortit le cahier du suicidé et lut des phrases écrites au hasard. Celle-ci l'intrigua : « Ce qui me reste de vie s'acharne sur ma raison... Toute ma vie, j'ai récolté le doute semé par mon père ; il est parti trop tôt et je dois le rejoindre... mais où ? Sous terre, pas au ciel ! »

La femme noire apporta un plateau avec une théière et des verres, le posa sans dire un mot. Cela faisait presque une heure qu'il était là. Il commençait à s'impatienter, se leva et marcha dans le salon. Une voix lui dit : « Impatient, comme toujours ! Dieu n'aime pas beaucoup les gens qui ne savent pas attendre. »

C'était bien la voix de Zina. Il se retourna et vit une femme tout enveloppée de blanc, avec un léger voile sur le visage. Derrière elle quatre femmes se tenaient debout, portant toutes des djellabas grises. Elle dit : « Nous sommes les doigts d'une même main. »

Il lui tendit la main. Elle ne la serra pas et lui fit signe de s'asseoir. Ses yeux cendre brillaient comme avant. Sa poitrine tombait. Zina avait pris de l'âge et du poids. Il eut un doute et ne sut comment le formuler. Elle lui proposa du thé. Il dit :

— Tu as oublié, je préfère le café.

— Ah bon, dit-elle, et pourquoi devrais-je le savoir ?

— Parce que je suis Salim. J'ai été ton premier amour et tu as été mon premier amour.

— Tu es venu jusqu'ici pour me dire ça ?

— Entre autres ! Excuse ma brutalité ; il s'est passé tellement de choses en vingt ans, et l'être est ainsi : il vit dans les souvenirs, il les adopte, puis les arrange un peu.

— Alors, tu as fait le voyage pour vérifier les performances de ta mémoire ! Dis-moi vite ce que tu ressens.

— Je suis confus et perplexe. Que fais-tu dans cette tenue ? Que t'est-il arrivé ?

— Je ne suis plus la femme que tu as connue. J'ai découvert la force de la foi. Ce qui a changé en moi est si profond que rien ni personne ne pourra l'atteindre. Dis-moi plutôt ce qui t'a amené jusqu'à moi.

— La souffrance, Zina.

— Appelle-moi Chérifa… La souffrance est humaine !

— Je suis venu te chercher.

— Et tu pensais que je te suivrais…

— Non, avant je ne pensais rien. J'ai été poussé vers toi par une force aussi violente que la foi. Je me suis laissé aller jusqu'à toi. Cela s'appelle l'amour, je crois.

— Et moi, j'avais fui Tanger en me jurant de ne plus

revoir personne de cette époque. Je me suis consacrée à l'étude puis à l'enseignement du Coran. Ce fut très difficile de me faire admettre. J'ai renoncé à tout et j'ai trouvé la paix. Ne compte pas sur moi pour revenir en arrière et renouer avec la grande médiocrité des hommes.

– Je comprends. Tu as brûlé ta mémoire. Je te respecte et te salue.

Salim se leva. La femme noire était debout à côté de la fenêtre. Zina lui fit signe de partir. Elle acquiesça de la tête puis disparut. Salim était ému. Zina tendit la main et l'arrêta. Elle aussi était émue. « Il faut que tu reviennes, je te raconterai une histoire. Viens demain après la dernière prière. »

Leurs mains se touchèrent. Salim quitta la maison sans se retourner. Il était bouleversé et ne savait quoi penser de cette entrevue. Il avait des doutes sur tout.

Le soir, il erra dans la médina. Il avait envie de parler à quelqu'un, un ami, un confident. Il rencontra le veilleur de nuit, qui l'arrêta et lui dit :

– Mon ami, vous êtes brouillé avec vous-même, ça se voit et ça s'entend, votre respiration n'est pas régulière.

– Oui, je suis troublé.

– Ah, vous l'avez retrouvée !

– De qui parlez-vous ?

– De Chérifa. Elle a une puissance de suggestion qui piétine l'orgueil des hommes. Mais, mon pauvre ami, qu'avez-vous à vous acharner à réveiller le passé, qu'il fût grandiose ou mesquin ?

– C'est le destin. Je n'y peux rien.

– Savez-vous que vous n'êtes pas le premier à venir frapper à la porte de Chérifa ? Comme on dit : « On ne sort pas du hammam tel qu'on y est entré. » Les hommes arrivaient, décidés à clarifier les choses, puis se retrouvaient, après la rencontre avec Chérifa, comme des loques, l'âme déchirée, pétrifiée, et la tête disponible pour la folie. Je me souviens du dernier; il est venu en voiture, bien habillé, sûr de lui, ne faisant pas mystère de ses projets. Il disait vouloir mettre fin à une imposture. Chérifa l'a reçu. Je ne sais pas ce qui s'est passé, mais l'homme est sorti de chez elle dans un état déplorable. Il était incapable de formuler une phrase et encore moins de conduire sa voiture. Il est reparti en pleurant, à pied. On n'en a jamais plus entendu parler. Un jour, les gendarmes sont venus et ont emporté la voiture. Un autre, plus pauvre, plus modeste, est venu en car. Comme vous. Il a tourné autour de la maison pendant deux jours et deux nuits et n'a pas osé frapper à la porte. Celui-là, je crois qu'il s'appelle Abdelatif ou, plus exactement, Abid. Avant de s'en aller, je l'ai vu au milieu de la nuit en train de peindre avec des pinceaux des figures étranges sur le mur de la maison de Chérifa. Ce devait être un message. Le lendemain, quand je suis repassé, il n'y avait plus de traces de peinture. On aurait dit que le mur n'avait jamais été touché. Le message s'était probablement effacé de lui-même et avait dû fondre sous le poids de son obscénité. Personne n'en a parlé. Celui qui s'est le plus fait remarquer est un type qui est arrivé armé d'un filet pour chasser les papillons. Il parlait beaucoup, disait n'importe quoi, citait tous les noms scientifiques des papillons qu'il connaissait. Il portait une perruque qu'un violent coup de vent emporta. Il fallait voir la scène : on aurait dit qu'une partie de sa tête s'était décollée. Il courait derrière en criant. Le ridicule a été énorme; la perruque échoua dans la poêle du marchand de beignets. L'huile était bouillante. Elle fut frite en quelques minutes, le temps que la foule s'entasse et se mette à rire. Celui-là est reparti sans avoir été reçu par Chérifa. Il avait honte. Il est repassé le lendemain, un tarbouche rouge sur la tête, la mine défaite et le regard empli de tristesse.

« Le type le plus drôle, qui fit rire toute la ville, fut un farfelu, habillé en smoking et chapeau haut-de-forme qui se présenta comme un ambassadeur venu s'enquérir des problèmes de la population. Il frappait chez les gens et leur demandait de lui formuler leurs revendications. Il fut reçu par Chérifa, qui l'habilla en djellaba et *selham* traditionnels et lui prodigua quelques conseils. Je crois qu'en sortant de chez elle, c'est par la police qu'il fut ramassé. Il disparut dans une vieille voiture noire, sans plaques d'immatriculation mais avec une double antenne. C'est la voiture de la police politique. Que Dieu nous en préserve ! D'ailleurs, on n'a plus eu de ses nouvelles. A présent, vous en savez autant que moi. Faites attention à vous.

Le veilleur de nuit avait dit trop de choses. Salim était surpris par toutes ces coïncidences. Il pensait à ses amis, détruits un à un. Il savait que Zina était capable de tout, mais dans l'état où elle l'avait mis, il n'arrivait pas encore à réfléchir correctement. Fallait-il l'affronter ou abandonner ? Lui faire la guerre ou démissionner et se soumettre à ses volontés ? Zina n'était plus la femme douce et amoureuse qu'il avait aimée. Elle était devenue un être possédé, maîtresse de tous les jeux, probablement cruelle et diabolique sous des dehors de religiosité et même d'aspiration à la sainteté.

En rentrant à l'hôtel, il trouva un grand bouquet de fleurs sur le lit. Des parfums forts et mélangés s'en dégageaient. Il y avait des petites étoiles blanches, des fleurs d'oranger, du musc d'Orient et d'autres fleurs dont il ne connaissait pas le nom. Il ouvrit la fenêtre pour aérer, déposa le bouquet sur le balcon, prit un calmant et essaya de dormir. Les parfums étaient persistants. Une migraine s'annonça. Il se précipita dans la salle de bain pour prendre deux cachets de paracétamol. La boîte était vide. Quelqu'un l'avait vidée. Il fouilla dans la poubelle. Il vit les cachets écrasés, réduits en poudre. Il essaya d'en prendre une pincée. C'était mélangé avec de la poussière et de la cendre. Le reste de la nuit allait être un enfer. Il se mit au balcon, jeta le bouquet de fleurs, regarda la nuit enveloppant cette petite ville tranquille sans se douter qu'au centre de la médina, une femme douée de pouvoirs terrifiants officiait au nom de Dieu et de son prophète. La douleur fut très violente. Il eut une pressante envie de se jeter par la fenêtre. C'était une souffrance suicidaire. Puis soudain il repensa à ses amis et se ressaisit. Il dit : « Pas moi ! Elle ne m'aura pas ! Je dois résister pour témoigner ! »

Il se prit la tête entre les mains, se recroquevilla dans un coin de la chambre, tel un condamné à mort attendant son exécution, et passa la nuit à souffrir. Le matin, il eut du mal à marcher. Il était tout courbatu. Il prit une douche. Le mal augmenta. Il comptait les minutes. Les pharmacies ouvraient à neuf heures. A la réception de l'hôtel, on lui proposa une tasse de café turc. Il le but et eut envie de vomir. Sa tête était chauffée de l'intérieur. Il pensa à un de ses professeurs mort d'une tumeur au cerveau. Il se rappela que sous les tropiques, après la piqûre d'un moustique, on attrape la « dingue ». On l'appelle ainsi parce qu'elle s'annonce par un mal de tête qu'aucun médicament n'arrive à calmer. Il se rappela son voyage en Indonésie, où il était poursuivi par ce cauchemar. Avant de dormir, il se passait une pommade à la citronnelle sur la peau. Il n'en aimait pas le parfum, mais la supportait puisqu'elle le protégeait. Non, la « dingue » n'arrive pas au Maroc. Peut-être un touriste avait-il ramené dans ses bagages un de ces moustiques. Il demanda au concierge si parmi les touristes il y avait des Asiatiques. « Un couple de Japonais », lui dit-il. Il renonça à s'informer sur la « dingue ». Mais cela n'arrêta pas la migraine. Il s'imagina que seule la main de Zina

274

posée sur son front pouvait arrêter la douleur, se souvenant de l'époque où elle lui massait la nuque et les tempes ; elle soulageait ainsi ses tensions nerveuses. Il se rappela aussi qu'elle avait retiré la douleur de la tête du veilleur de nuit.

Hagard, fatigué, il marchait dans la médina. Il s'arrêta dans un café et commanda un thé à la menthe et à l'absinthe. Cette plante qui sent fort le ramena à l'enfance, plus exactement à l'hiver, quand sa mère lui préparait des infusions d'herbes en énumérant leurs vertus : il y a l'herbe blanche, qui renforce la volonté ;

l'herbe bleue, qui donne la lucidité ;

la menthe sauvage, qui annule le rhume et la mauvaise humeur ;

la plante de Sidna Moussa, qui détend les nerfs et affermit la puissance du mâle ;

l'herbe sans nom, qu'on appelle « herbe », qui pousse le premier jour de l'hiver et meurt très vite, aux vertus multiples et indéfinissables ;

puis il y a l'herbe dont chaque feuille est une étoile, dont le goût se situe entre le persil et la coriandre, et qui émaille les rêves de petites touches érotiques.

Il but le thé et reprit le chemin de la maison de Zina. Quand il arriva, la femme noire lui demanda de revenir l'après-midi après le coucher du soleil, Chérifa faisant le jeûne de la pleine lune. Il devait attendre le soir. La douleur persistait. De retour à l'hôtel, il prit un journal en français et s'amusa à compter le nombre de fautes d'orthographe et de syntaxe. Mais le pire, c'était le style et la langue de bois. On devrait empêcher les yeux de lire ce genre de torchon. Ce quotidien qui se disait d'opposition était tellement mal fait, mal rédigé, mal mis en page qu'il suffisait de le lire pour déclencher un mal de tête ou l'accentuer. « Interdit pour médiocrité insoutenable et intolérable. » Salim rêvait de cette sentence qu'il attribuait plus à son humeur qu'à sa raison. « Il est interdit d'interdire ! », voilà son slogan. Il jeta le journal sur la table et se leva en titubant. Il vit une étoile briller à l'horizon. C'était une vision. Pourtant l'étoile bougeait et le suivait. C'était un cerf-volant en forme d'étoile fabriqué avec du papier d'aluminium. Il se pencha et essaya de suivre le fil jusqu'à trouver l'enfant tenant le cerf-volant. C'était un garçon blond aux cheveux frisés. Il était heureux, les yeux levés vers le ciel suivant les mouvements de son étoile. La vue de cet enfant souriant l'apaisa un peu. Il regarda l'heure. La fin de la journée était proche, mais l'envie de revoir Zina était moins forte. Et pourtant il fallait aller à ce rendez-vous.

Avait-il le choix ?

Zina

« … Mets une lumière dans mon cœur, une lumière dans
mon ouïe, une lumière dans mon regard, une lumière à ma
droite, une lumière à ma gauche, une lumière devant moi,
une lumière derrière moi, une lumière au-dessus de moi,
une lumière au-dessous de moi, donne-moi une lumière et
fais-moi lumière. »

Se retournant et voyant Salim debout, Zina posa la
main sur sa poitrine et dit :

« Il y a des secrets graves et difficiles à garder éternellement. Si seulement j'avais rencontré une âme qui fût
capable de les partager et de les comprendre… Voilà pourquoi il m'arrive souvent de faire cette prière dite par Ibn
Arabi, Shaykh al-Akbar, le grand maître soufi, celui qui a
compris l'islam et le message du Prophète mieux que quiconque. Mais sa fréquentation m'a conduite à la solitude et
au renoncement. Je suis heureuse quand je communie avec
lui. Je suis triste quand la vie me rappelle à la conduite des
choses terre à terre. J'ai besoin de cette lumière. Dieu seul
peut me l'offrir. Alors, je prie et j'attends. Il m'arrive de
connaître l'impatience et je me laisse aller à cette faiblesse.
Assieds-toi, mon ami, et écoute-moi. Je sais pourquoi tu es
venu jusqu'ici, je sais ce que tu attends, ce que tu veux savoir.
Encore un peu de patience et de sagesse et tu sauras tout,
enfin, tout ce que ton entendement est capable de recevoir.

277

« La réalité devrait être simple, la femme pudique et le crime propre. Mais tout cela existe et nous parvient soit défiguré soit dans le désordre.

« Soyons précis et concrets : je me suis retirée du monde, j'ai tout effacé, j'ai tout oublié. J'ai rencontré un homme beaucoup plus âgé que moi ; il m'a initiée à la pensée soufie ; il m'a épousée, puis un jour il s'en est allé pendant son sommeil. Il m'a laissé ces livres, cette maison et cette passion. C'était un homme du sud, un Berbère de la région de Tafraout. Il avait laissé là-bas femmes et enfants, terres et biens. Pourquoi est-il venu mourir au nord ? Je ne sais pas. Il m'a donné une clé et m'a parlé d'un coffre à ouvrir après sa mort. Ce coffre, il l'avait déposé chez Brahim, un neveu antiquaire à Tanger. Il aimait beaucoup ce jeune homme croyant, cultivé et attaché au village de ses ancêtres. Brahim était très beau. Dès que je l'ai vu, j'ai compris que mon homme voulait me mettre à l'épreuve. Nos regards se croisèrent, puis nos yeux se baissèrent en même temps. Brahim était marié à une belle étrangère convertie à l'islam et lui avait donné de beaux enfants. Ce fut la première fois que je ressentis une émotion si pudique. Je n'eus aucun mal à le repousser. Brahim m'ouvrit la porte de l'arrière-boutique et me laissa seule devant le coffre. Il faisait sombre. Je tournai la clé trois fois à gauche, ce qui me donna accès à une deuxième serrure. La clé tourna une fois à droite et je soulevai le couvercle en bois. Une lumière vive m'éblouit. Je ne voyais plus rien. Je fermai les yeux, les clignai plusieurs fois, je passai ainsi de l'extrême lumière à l'extrême ténèbre. Je refermai le coffre et sortis de là exténuée. Je ne savais quoi penser ni que dire. Brahim était occupé avec un couple de clients italiens. Il y avait, à l'entrée du magasin, un homme avec une grande barbe blanche et de longs cheveux gris. Habillé d'un pantalon de toile et d'une chemise à fleurs, il portait en bandoulière un couffin qui lui servait de sac. L'homme n'était pas vieux, mais sa barbe de gourou et ses lunettes au bout d'une ficelle lui donnaient une prestance le situant entre un poète et un prophète échappé d'un temple boud-dhiste. En fait, j'appris plus tard que c'était un architecte qui arrangeait l'âme malmenée de certaines maisons. Je ne savais que faire du coffre. Brahim me proposa de le faire déposer à la maison à Chaouen. J'acceptai et partis intriguée.

« Le coffre est là. C'est une source de lumière. Je l'ouvre très rarement. Je ne veux pas savoir ce qu'il contient, mais je crois qu'il y a là dedans de quoi bouleverser le destin de plusieurs personnes. Je sais aussi que Brahim a été sou-lagé de ne plus l'avoir au fond du magasin. Un jour, il est venu me voir avec sa femme. Ils passaient par là. Il n'a pas pu s'empêcher de me demander si le coffre était bien arrivé, s'il ne s'était pas brisé en route et si son contenu était toujours le même. J'ai répondu vaguement, car ce coffre fait partie des secrets qui sont là, au fond de mon âme.

« Quand l'angoisse me serre le cœur, quand elle monte comme une fièvre glacée asséchant ma langue, seule la lumière m'apaise, me rendant à moi-même une belle séré-nité. Il m'arrive de recevoir des indications précises pour agir et souvent pour réparer des destins ayant pris le mau-vais chemin. Je ne redresse pas les torts, j'essaie de rendre la justice, car cette lumière circule dans les rues de notre arrière-pays, celui qu'on ne voit pas, celui qui nous accom-pagne dans notre dernier voyage. »

Salim écoutait cette femme dont l'image s'éloignait au fur et à mesure qu'elle parlait, sa fougue devenant inconve-nante et même malsaine. Il se sentait pris dans un piège ; toutes ces paroles n'étaient prononcées que pour l'enrober, l'endormir et puis le livrer aux mains d'une sorcière. Il avait toujours méprisé les superstitions, traité avec ironie ceux qui croient à la sorcellerie. Il eut le temps de se rendre compte que sa raison s'absentait puis, quand elle revenait, perdait son acuité et son sens critique. Il se dit dans un demi-sommeil : « Il faut réagir, cette femme est dangereuse, elle est mauvaise... » A ce moment précis, elle se mit debout, enjamba Salim assis ; il avait la tête entre ses jambes légèrement écartées, sa robe large le couvrait comme s'il était sous une tente. Elle tourna lentement sans toucher le corps de Salim qui s'était recroquevillé comme s'il avait peur. Il tenait sa tête entre ses bras et ne bougeait pas. Zina murmurait des paroles. La servante noire mit de l'encens sur des braises rouges. Chacune des quatre femmes avait un encensoir. Elles entouraient Zina qui continuait à tourner comme un derviche. Salim leva légèrement la tête. La femme ne portait pas de culotte. L'entrejambe était sombre, noir, terrifiant. Il poussa un cri comme un animal blessé. Elle serra la tête de Salim entre ses jambes. Il se débattit mais elle était plus forte. Entretemps, la servante lui avait attaché les pieds. D'un seul mouvement, Zina sauta loin et laissa Salim par terre, à moitié conscient. L'encens plus la violence de la situation le plongèrent dans un cauchemar où il était seul, abandonné à la souffrance.

Quand il se réveilla, il était au milieu d'un lit à baldaquin, ses habits trempés par des sueurs froides. A côté de lui veillait une jeune fille aux yeux gris-vert. Elle ressemblait à Houda. Salim avait un jour aperçu Houda, mais il ne se souvenait pas très bien de son visage. Elle se pencha sur lui, passa sa main sur ses cheveux et lui retira la chemise et le pantalon. Elle enleva sa gandoura blanche et la lui tendit pour qu'il s'en couvrît. Salim, fatigué et encore sous le coup des épreuves de la veille, se laissa faire. Il savait que ça ne servait à rien de poser des questions ou de chercher une logique à ce qui lui arrivait. Houda était à moitié nue. Il la regarda et ne sentit naître en lui aucun désir. Il avait envie de dormir ou bien de quitter cette maison, cette ville et même ce pays. Il pensait à l'Australie. C'était un jeu qu'il proposait à ses amis : « Quand vous êtes dans un piège, pensez à l'Australie, pensez à ses espaces infinis, à ses silences, à sa lumière et à ses animaux ! » De Chaouen à Sydney, il doit bien y avoir vingt-cinq mille kilomètres ! se dit-il. C'était ce qu'il lui fallait : aller à l'autre bout de la planète, le plus loin possible, fouler le sol le plus étranger et le plus mystérieux du monde... Une autre voix lui apprit que ces milliers de kilomètres n'éloigneront jamais de lui l'image d'un amour mal vécu et qui pourrissait dans l'âme damnée d'une sorcière se jouant de la naïveté des pauvres gens. Il apprit ainsi que l'amour pouvait avoir deux visages. Ses quatre amis en savaient quelque chose. « Un amour mal aimé vous poursuit toute votre vie », lui avait dit un jour un de ces mendiants qui rôdent autour des cafés.

Donc l'Australie n'était pas une bonne solution. Il se frotta les yeux et regarda fixement Houda qui souriait. Il l'attira vers lui jusqu'à sentir sa poitrine contre la sienne et lui murmura : « Viendras-tu avec moi en Australie ? »

Elle lui dit oui de la tête et l'embrassa dans le cou. Puis, comme s'ils se connaissaient depuis toujours, elle poursuivit : « De toute façon, tu n'as pas le choix. Mon destin est d'être avec toi, pour te servir et veiller sur tes jours et tes nuits. Ma vie est en toi. Où que tu ailles, quoi que tu fasses, je serai toujours là, même si je n'apparais pas physiquement. Tu es mon homme et je suis ta femme. »

Il avait déjà entendu ces mots. Il se leva, puis eut soudain envie de faire l'amour avec cette jeune fille qui lui parlait en clignant des yeux. Elle sentit ce désir surgir en lui, posa sa tête sur son ventre tout en tournant autour de son sexe en érection. Salim retomba sur le lit. Houda le chevaucha en bougeant doucement jusqu'à ce qu'elle fût pénétrée. Elle était calme et experte. Ses caresses procuraient un plaisir fort et varié. Ses mains savaient éveiller tous les sens. Salim tremblait de plaisir, les yeux fermés. Il se disait que jamais une femme ne lui avait fait l'amour avec une telle intensité. Elle était toujours sur lui, même quand il se mit à plat ventre. Elle tenait absolument à garder le dessus. Il sentit bien le piège se fermer sur lui de nouveau, mais qu'y pouvait-il ? Houda devait avoir plusieurs mains et plus d'une langue. Tout son corps était caressé, léché, mordillé. Il était tout en sueur. Il eut les yeux bandés avec un foulard rouge vif. Ce fut à ce moment-là qu'il se rendit compte que Houda n'était pas seule. Il y avait trop de mains qui s'occupaient de lui. Il n'avait la maîtrise de rien. Son sexe était maintenu en érection entre les lèvres mouillées de Houda. Il sentit d'autres mains l'envelopper dans les draps pendant qu'on lui attachait les pieds joints. On serrait très fort les draps autour de son corps. La tête bandée par un long turban, les bras et les mains maintenus le long du corps. Il comprit enfin qu'on était en train de l'étouffer dans un linceul, se souvint du suicidé dont l'éboueur devait jeter le corps dans une fosse. De toutes les forces qui lui restaient, il se débattit en pensant au soleil nocturne de ses insomnies, l'astre qui le protégeait et lui tenait compagnie dans les moments difficiles. Le soleil noir, c'était son refuge et son secret. Le rêve, même le plus alambiqué, même le plus insondable, devrait être plus simple que la réalité. Mais où était-il ? Dans un rêve compliqué ou dans un réel simple ? Au moment où la mort était si proche, il sentit naître en lui une force physique surprenante. Il vit d'abord un immense champ de blé jaune survolé par un papillon de toutes les couleurs, aux dimensions surnaturelles. Il vit ensuite un miroir se déplacer dans une plage déserte. Le miroir était chargé de personnages familiers : son père et sa mère avançaient en se tenant par le bras comme s'ils allaient au bal ; son jeune frère sur un vélo peint en jaune ; sa sœur en blanc, assise sur un piano à queue que tirait un âne fumant une longue pipe ; son professeur de philosophie ; montée sur un cheval gris, une jeune femme morte suivait le cortège. Au fond du miroir, il vit ses amis Bilal, Abid, Carlos et Bachar autour d'une table en train de jouer aux cartes. Ils avaient l'air heureux, riaient, plaisantaient, mais il leur manquait quelque chose d'humain, peut-être la souffrance, celle-là même dans laquelle se débattait Salim. Sur leurs têtes, planait l'image d'une femme. Zina était tantôt jeune, tantôt vieille, une fois brune, une autre fois blanche, ayant les yeux magnifiques de Houda, puis les yeux noir et rouge de la servante, enfin les yeux cendre. Zina riait en s'esclaffant. A chaque rire, elle perdait une dent. Le miroir avançait jusqu'aux vagues. Les personnages descendaient. Seuls les quatre amis restèrent prisonniers avec Zina.

Salim, tout emmitouflé, écarta ses bras en déchirant le linceul. Il se mit debout comme un magicien. Il n'avait aucune envie de mourir. Autour de lui, il n'y avait plus personne. Il reconnut le coffre de lumière. Il se frotta les yeux plusieurs fois, puis les ferma longuement comme s'il recherchait la dernière image dans le miroir. Il ne vit que des ombres, des fantômes d'ombre. Il eut froid, s'enveloppa avec ce qui restait du linceul et ouvrit le coffre. Il fut surpris de n'y trouver aucune lumière. Il n'y avait que de la cendre. Il traça sur sa surface la lettre Z puis la même lettre en arabe, sourit puis se leva, soulagé, et eut même le sentiment d'être guéri. La maison était vide, abandonnée. Plus aucune trace de vie humaine.

Il pénétra dans la chambre principale, qui devait être celle de Zina. Au milieu du lit, il y avait un sac-poubelle rempli de cendre noire. Les cadres accrochés au mur étaient vides, les dessins et calligraphies étaient effacés. Par terre il y avait des morceaux de charbon. Les autres pièces étaient saccagées. Les murs suintaient d'humidité. Il faisait sombre. Il n'y avait pas de lampe ni d'électricité. Des rats se disputaient une bougie.

Salim avait peur. Il fallait quitter ce lieu. Il ne retrouvait pas la sortie. Chaque fois qu'il ouvrait une porte, il y avait un mur. Il pensa que toutes les ouvertures étaient emmurées. Il put sortir par une fenêtre de la cuisine.

Quand il se présenta à l'hôtel, enveloppé dans le tissu blanc, on lui demanda s'il avait besoin d'habits. Il répondit : « Oui, une djellaba en laine blanche, tissée par les mains d'une jeune fille tendre et cruelle ! »

La rumeur succéda au secret et au mystère. Elle circula un peu partout en transformant tout, rendant obscur ce qui était simple et clair, ajoutant du mystère au mystère.

Dans ce pays, la rumeur a sur la population des effets plus importants que n'importe quelle information sérieuse. Les gens aiment raconter des histoires. Ils s'emparèrent de l'histoire de Salim et Zina jusqu'à en faire une légende maudite. Chacun avait sa version. La presse en a recensé quelques-unes :

« A Chaouen, des hommes disparaissent dans un bordel. »

« A Chaouen, des hommes sans foi sont jetés dans un puits. »

« Des femmes saintes ont le pouvoir de punir des hommes infidèles à Dieu et à leurs épouses. »

« A Chaouen, des hommes estropiés sont enterrés vivants. »

« La police et la gendarmerie ont découvert à Chaouen un repaire de sorcellerie. »

« Des femmes, envoyées par un pays ennemi, attirent chez elles les hommes, les séduisent, puis leur coupent leurs organes génitaux. »

« Dieu a puni tout le pays à cause des femmes de Chaouen ; c'est à cause d'elles qu'il n'a pas plu cette année. »

« La maison des femmes maudites appartiendrait à un riche trafiquant de drogue en fuite. »

« Columbo, le fameux commissaire incorruptible, a été muté à Chaouen, base des opérations de drogue et de sorcellerie. »

« On a trouvé un coffre plein de produits pour la sorcellerie : du foie de hyène en poudre, de la cervelle de chacal, des têtes de serpent, une main droite humaine embaumée, des épices de Guadeloupe, une poudre grise inodore, un œil de boa dans un bocal, une anguille séchée, une lampe de poche, un morceau de pain rassis, une grenade sèche, un fil de fer, des clés de grande taille, un cadenas rouillé, un chapelet de cailloux et des cahiers d'écolier. »

Après, il y eut la rumeur de la rumeur. Cela prit des proportions inquiétantes. On raconta que la maison était habitée par des djinns s'incarnant dans des corps humains et que la police avait peur d'y entrer. Les voisins déménagèrent car ils étaient dérangés toutes les nuits, puisque c'était le moment où les djinns s'activaient.

Un peintre de Tétouan, ville la plus proche de Chaouen, a failli perdre la raison : le soir il préparait ses toiles pour les peindre le lendemain matin. Deux fois de suite il découvrit, en se levant à l'aube, la toile entièrement peinte dans le style et les formes qu'il projetait de rendre. Personne n'avait accès à son atelier. Il finit par croire que les djinns de Chaouen avaient une âme artiste, changea de maison et d'atelier. On raconta aussi qu'un écrivain britannique d'origine indienne, condamné à mort par Khomeiny, s'était présenté chez Chérifa sous le nom d'Ibn Al Mouqafaa pour qu'elle jette un sort à ceux qui voulaient l'assassiner. Habillé comme un de ces princes du Golfe, il s'était montré particulièrement généreux et avait laissé une liasse de livres sterling. Il paraît que Chérifa redoubla d'efforts pour éloigner de lui ses ennemis, mais qu'elle ne partageait pas son point de vue sur l'islam, même si elle avoua pactiser avec le diable. Elle aurait trouvé offensants les écrits de ce client.

Lorsque la presse rapporta cette rumeur, la police consulta ses fiches d'entrée au Maroc et ne trouva pas le nom d'Ibn Al Mouqafaa, encore moins celui de Salman Rushdie ! Cette rumeur relança la polémique dans les milieux intellectuels sur l'affaire Rushdie. Ceux, très rares, qui osèrent défendre la liberté de création et d'imagination eurent droit aux foudres des oulémas dans les prêches lors de la prière du vendredi.

Qu'allait devenir Chaouen, après la précipitation de toutes ces rumeurs ? La petite ville tranquille qui vivait de ses charmes discrets était devenue célèbre. Un jour, une équipe de la télévision andalouse Canal Sur vint faire un reportage sur la fameuse maison possédée par les djinns. Les Espagnols riaient et se moquaient de ces pauvres Marocains encore sous-développés. Ils eurent l'autorisation de tout filmer et d'interroger qui ils voulaient. Tout se passa bien, presque tout. Il y eut cependant quelques incidents étranges, que les techniciens imputèrent au hasard ou à la chaleur.

De retour aux studios, ils eurent la surprise de constater

que tout ce qu'ils avaient filmé était blanc. Aucune image ne s'était imprimée. A la place du son, il y avait des chuchotements incompréhensibles. Ils se regardèrent, vérifièrent leur matériel, puis décidèrent d'oublier cette histoire.

Salman

Salim était revenu à Tanger. Il avait maigri et faisait souvent le même cauchemar : des hommes masqués l'installaient dans un fût et le faisaient descendre dans un puits. A un certain moment, ils lâchaient la corde et il tombait dans un trou noir sans fond. Quand il voulait crier, aucune voix ne sortait de sa gorge. Au réveil, il buvait un verre d'eau et chassait Chaouen de son esprit. Ne plus penser à Chaouen. Ne plus revoir ses ruelles blanches et ses portes pcintcs à la chaux bleue. Ne plus entendre les cris des enfants qui jouent avec un chat mort. Ne plus sentir l'odeur de naphtaline qui se dégageait des tissus de Chérifa. Comment oublier Chaouen ? Et pourtant, c'était une si jolie ville ! Mais pour lui, la ville était forcément assimilée à son épreuve avec Chérifa. Le fait d'en être sorti indemne relevait du miracle. Il ne fallait surtout pas chercher à tout expliquer et à tout comprendre. Cette manie a rendu l'Occident opaque à lui-même. Peut-être avait-il tout imaginé, tout inventé. Il s'était laissé prendre dans un engrenage où il ne maîtrisait rien.

Il était parti à Chaouen pour voir clair en lui-même, pour revoir l'amour de ses vingt ans, confronter les images du présent avec celles du passé, leur redonner leur véritable dimension. Il fallait aller jusqu'aux pieds de Zina pour extirper de son propre être les racines de son malaise,

289

l'origine de son angoisse. Il n'avait aucune intention de provoquer la colère des djinns. Il ne croyait pas à leur existence, mais refusait d'aborder cette question. Dans sa naïveté originelle, dans sa bonté irrationnelle, il refusait de croire que Zina pût être mêlée à ces histoires de sorcellerie, de transe et de folie. Ce monde dont il soupçonnait l'existence lui faisait peur. Il l'attirait au fond et il faisait des efforts pour ne pas pousser la porte de cet autre tunnel. Il savait que dans le sud du pays la sorcellerie est une affaire entre les mains des hommes au service des femmes ; que les grands sorciers mêlent la religion aux superstitions et à des pratiques africaines et antillaises. Lui, l'homme du bon sens, l'intellectuel, le militant, ne pouvait laisser sa raison se dissoudre dans un verre d'eau mélangée avec de la poudre. Il se disait tout cela, non pour sauvegarder l'image de la femme qu'il avait aimée ou cru aimer, mais pour se sauver lui-même de ce naufrage où il se voyait partir et dont il ne comprenait ni les raisons ni les origines.

Il revit ses amis au café. Ils étaient méconnaissables. Ils avaient vieilli et perdu quelque chose en route. Cette histoire les avait quelque peu dépouillés. Sans se mêler à eux, Salim écoutait leurs bavardages. Apparemment, ils n'avaient plus de secret les uns pour les autres. Ils étaient transparents, et ce qui se montrait était sans grand intérêt, disons qu'il n'existe pas de mots simples pour le nommer. L'actualité qu'ils avaient aimé commenter leur échappait ou les laissait indifférents. La méfiance s'était installée dans leur club. Ils n'avaient goût à rien et disaient n'importe quoi. Bachar prétendait que Franz Kafka avait accompli le pèlerinage à La Mecque sous un faux nom et qu'il avait consolidé sa misanthropie au cours de ce voyage ; que Shakespeare était arabe, que Christophe

Colomb était musulman et que la terre n'était pas ronde.

Abid s'était remis à la peinture, il dessinait toujours un cheval borgne ailé. Il avait même trouvé un collectionneur qui lui achetait toutes ses toiles. Avec cet argent, il acheta un cheval, il lui creva un œil et essaya de lui coller des ailes mécaniques. L'association britannique protectrice des animaux de Tanger porta plainte, mais l'affaire n'eut pas de suite.

Bilal, toujours obsédé par le temps et ce qu'il perdait, donnait l'heure avec les minutes et les secondes à n'importe quel moment du jour et de la nuit ; il dit : « Nous venons de perdre 9 heures 33 minutes et 45 secondes. »

Il mit le feu à sa collection de cartes postales. Quand on lui demanda pour quelle raison il les avait brûlées, il dit : « Les voyages ne m'intéressent plus. Tout compte fait, Tanger est la plus belle ville du monde, parce qu'elle est mon enfance, et pour rien au monde je ne renoncerais à mon enfance. » Quant aux films, il les déposa dans une petite barque de pêcheur. Ils voguent depuis sur les eaux du détroit de Gibraltar, telle une bouteille à la mer aux mille messages.

Carlos s'était retranché dans un mutisme profond. Il crachait par terre toutes les cinq minutes. C'était un tic. Même quand il n'avait plus de salive, il faisait le geste en l'accompagnant d'un petit sifflement aigu.

Au fond de sa réclusion, Abid prononça avec soulagement ces mots : « Enfin, elle est là où elle aurait dû toujours être ! Elle est entre ses semblables, rendue à elle-même, ni bonne ni mauvaise mais une erreur remise à sa place pour que le monde continue à être cette apparence de beauté et de bonté, ce qui nous permet de pleurer sans honte sur nous-mêmes. Un homme qui pleure est aussi émouvant qu'une femme qui danse de joie. Pleurer. Danser. La vie n'est qu'un conte échappé au collier de perles que portait la mère de toutes les histoires. »

Il apparut comme un astre à la pointe extrême des nues. Un petit garçon avec un grand chapeau de paille et une fausse moustache. Le bras tendu, il attendait quelqu'un. C'était son tour d'être le garçon de cérémonie pour les nouveaux arrivants. Il s'impatientait, trouvait le temps long et la visibilité pas assez claire. Il avait une cigogne sur l'épaule droite et, sur l'autre, une colombe fatiguée. Il retirait son chapeau délicatement sans déranger les oiseaux et faisait des signes en direction d'un autre paquet de nuages, sorte d'horizon trompeur, mis en écharpe autour d'une brume incertaine.

Les nuages se rassemblaient. On vit l'éclair et on entendit deux coups de tonnerre.

Celle qui avait semé le mal venait de rejoindre le cercle des patriarches. Elle retrouva sa place parmi les estropiés et les mal-nés. Elle fut accueillie par des cris stridents. A présent, elle entendait les voix et pouvait parler. Fadéla, qui avait rajeuni, lui fit place et l'attira vers elle. Le grand-père lui fit signe de ne pas parler. Elle s'approcha de lui. Il posa sa main sur sa tête, lui caressa les cheveux puis, d'un geste vif, lui en arracha une petite touffe et la mit dans une boîte en argent. Un nain fit une culbute pour exprimer sa joie. Le garçon de cérémonie lui versa un bol d'huile dans la chevelure. Elle se laissa faire. Seule une petite fille aux yeux clairs, le regard vide, resta indifférente à cette arrivée.

Les nuages se dissipèrent assez vite. Le ciel redevint bleu et limpide. La vie pouvait continuer sans faire trop de bruit.

Le Café Cristal perdit une partie de sa clientèle. Il n'était plus à la mode. De plus en plus de prostituées venaient prendre leur petit déjeuner au premier étage après une

longue nuit de labeur. Elles traversaient le café, envelop-
pées dans leurs djellabas grises, la tête baissée. Personne
n'avait le moindre geste de compassion ou de gentillesse
à leur égard. Le patron était loin de s'imaginer que ce lieu
avait été le théâtre d'une histoire invraisemblable où personne ne savait où s'arrêtait la réalité et où commençaient
le rêve et la fantaisie. Des hommes sans envergure avaient
découvert à leurs dépens que les femmes de ce pays avaient
plus d'imagination et plus de force qu'eux, que leur condition d'opprimées les incitait à la revanche. Ni l'harmonie
ni l'équilibre ne les attirait. Il y avait eu une guerre, sans
vainqueurs ni vaincus. Salim, qui avait cherché l'amour,
n'avait trouvé qu'un cauchemar plein de violence et de
fureur. Assis dans un coin de cette histoire, il se posait la
même question chaque fois qu'il voyait passer un couple :
« Y a-t-il de l'amour entre eux ? Y a-t-il de la tendresse dans
leurs rapports ? Se parlent-ils sans s'insulter ? S'aiment-ils
sans se haïr, sans se mentir, sans se trahir ? Vivent-ils une
belle histoire sans masque, avec des flots de larmes et de
rires, avec des rêves de voyage et de longs après-midi
d'amour ? »

Repoussant d'un revers de main une image qui venait
troubler ses réflexions, Salim décida de se lever et de quitter définitivement cette histoire, considérant que sa place
était ailleurs, peut-être dans un conte des *Mille et Une Nuits*
ou dans *Haroun et la Mer des histoires*, de Salman Rushdie. Il pensait qu'en supprimant la viande, en cessant de
fumer, il arriverait non seulement à vaincre l'insomnie,
mais aussi à ne plus faire de cauchemar éveillé. Il lut à
haute voix la page 110 du roman de Rushdie :

« Comme je souffre d'insomnie, continua Rachid, j'ai
appris que certaines nourritures, correctement préparées,
a) provoquent le sommeil, mais aussi b) transportent le

dormeur là où il veut. C'est un système connu sous le nom d'extase. Et avec suffisamment d'adresse, une personne peut choisir de s'éveiller là où le rêve l'emporte ; c'est-à-dire s'éveiller dans le rêve. »

Il aurait voulu écrire à l'auteur pour lui demander quels aliments utiliser pour obtenir ce résultat et éventuellement de lui indiquer une méthode pour nettoyer sa mémoire, et peut-être même changer de visage. Mais une lettre adressée directement à Salman Rushdie à l'adresse de son éditeur serait probablement interceptée et détruite par un agent zélé des Postes. Salim écrivit une lettre sur les dernières pages blanches de *Haroun et la Mer des histoires* :

« Cher Salman Rushdie,

Je vous écris de Tanger, une ville romanesque où vous auriez pu un jour venir parler de vos personnages et de vos racines. Mais je sais que ce jour ne viendra pas. Nous ne prendrons jamais un thé ensemble au Café de la Falaise, face à la mer, face aux côtes espagnoles. Ici, personne ou presque personne n'a lu vos livres. Et pourtant, comme partout dans le monde, votre nom est connu. Il a été maintes fois prononcé dans les mosquées. J'ai eu la chance de lire *Les Enfants de minuit*, puis *La Honte*, bien avant le scandale des *Versets sataniques*. J'aime particulièrement *La Honte*, qui reste une métaphore de la naissance du Pakistan. Il m'est arrivé de discuter ici même à Tanger, en 1978, avec le frère cadet de Naipaul. C'était au mois de Ramadan. Il n'arrivait pas à se faire servir à manger parce qu'on le prenait pour un Marocain, donc un musulman. Je l'ai vu au Café de France en train de manger une omelette, son passeport britannique posé contre un verre de bière. Il ne comprenait pas pourquoi les Marocains observaient le jeûne du Ramadan de façon si rigoureuse. J'essayais de lui expliquer que c'étaient des convictions fortes et profondes et qu'il ne servait à rien de provoquer les gens en leur envoyant de la fumée au visage. Manifestement, il quitta le pays sans avoir compris grand-chose. A présent, il n'est plus de ce monde. Mais j'aimerais bien lire ce qu'il a écrit sur ce voyage.

« Donc, nous ne prendrons probablement pas de café ensemble à Tanger. A moins que vous ne traversiez le détroit de Gibraltar sur une de ces barques de fortune qu'utilisent des émigrés clandestins pour aller chercher du travail en Europe. Vous émigreriez clandestinement au Maroc, vous porteriez une djellaba de laine marron foncé, on vous prendrait pour un Rifain ou un Djebli. Vous iriez ensuite vous recueillir sur la tombe d'un marabout. Vous seriez inspiré pour trouver le chemin du pardon et de l'oubli.

« Vous êtes un créateur, un producteur de fictions. Vos personnages sont extravagants. Je ne savais pas que l'offense pouvait venir de la plus grande fantaisie, que l'imaginaire le plus libre produirait le blasphème et que le tout aboutirait à la sentence de mort.

« Malheureux ! Vous êtes devenu un symbole et même un enjeu politique. Ce ne fut jamais votre dessein. Je sais que l'islam est hors de portée, hors d'atteinte, que toute ressemblance avec des personnes existant ou ayant existé n'est que pure coïncidence. Hélas, le hasard de la politique et la rivalité entre l'Iran et le Pakistan – dirigé à l'époque par une femme qui, une fois par mois, est impure aux yeux du croyant – ont trouvé dans votre roman matière à conflit.

« A présent, comment vous sauver ? Comment faire prévaloir la liberté de création sur le cynisme politique ? Le mal est fait. Chaque jour qui se lève est une victoire sur le fanatisme. Puissent beaucoup de jours se lever ainsi jusqu'à renvoyer à d'autres siècles cette intolérance qui fait si mal à un écrivain traqué et défigure l'islam qui signifie, d'après ce qu'on m'a appris, "soumission à la paix".

« Aujourd'hui nous sommes soumis à une censure qui a pris ses aises à l'intérieur de nos esprits, une menace de mort avec des images de corps déchiquetés, des visages vitriolés, des consciences violées, des mains coupées et des mots réfractaires, des mots rebelles écrits par une encre mêlée de sang. Sang humain, sang rare, sang de nos peurs et de nos arrangements. Avez-vous remarqué combien nos plumes ralentissent quand nous écrivons ? Elles ne glissent plus sur la feuille mais raclent le fond de nos dictionnaires pour trouver le mot qui couvrira de son apparence anodine une pensée dangereuse. Les plumes retiennent nos pensées, les corrigent et les traitent comme des minéraux bruts jusqu'à obtenir des mots polis.

« Quand mon père était encore vivant, je faisais attention à ce que j'écrivais. Je pensais à lui, non en tant que censeur, mais en tant que père à qui je devais le respect. Entre lui et moi il y avait de la pudeur. Il fallait éviter certains sujets comme la sexualité. Quant à la politique, il était plus rebelle que moi et mes frères : c'était un révolté qui ne supportait pas l'injustice et le mépris du pauvre. Je pensais aussi à ma mère, une femme illettrée. Je lui racontais les histoires que j'écrivais, passant sous silence les scènes érotiques. Elle les devinait et riait en douce.

« Avant, on disait que les mots sont dangereux, comme Michel Leiris disait que l'écrivain doit affronter le risque d'écrire comme le toréador affronte le risque des cornes du taureau. On parlait d'engagement, on arrêtait des positions d'ordre politique ou idéologique. Nous étions dans le combat d'idées. Sartre et Camus polémiquaient. Genet et Bataille provoquaient les bien-pensants. Frantz Fanon nous réveillait du fond de nos petites certitudes tiers-mondistes. Aujourd'hui les mots sont aussi graves et dangereux qu'avant : ils tuent ou, plus exactement, ce ne sont pas les mots qui tuent, mais ceux qui les lisent et décident de supprimer leur auteur. Ce qui provoque les foudres de ces lecteurs particuliers, ce n'est jamais la réalité ; ce qu'ils ne supportent pas, c'est cette réalité passée dans les mots, dite par une fiction. L'imaginaire est plus menaçant que le réel. L'invention des choses fait plus peur que le réel le plus ténébreux.

« Savez-vous qu'il existe des textes de l'époque du Prophète, notamment la biographie de Mohammed écrite par un de ses compagnons, rapportant des faits et des comportements du dernier des prophètes qui choqueraient le meilleur des croyants ? Savez-vous qu'Ibn Al Mouquaffa'a a été exécuté par le gouverneur de Bassora pour avoir été un libre-penseur, mais surtout pour ne pas avoir fait son éloge ?

« Que de textes classiques seraient impubliables aujourd'hui, jugés trop libertins, trop audacieux ! J'ai eu, comme beaucoup de gens de ma génération, la faiblesse de croire que le monde allait en s'améliorant, que l'homme faisait confiance à la science pour progresser, que ce fameux progrès avait quelque chose d'irréversible. Hélas, le monde arabe flirte avec le chaos, la religion devenant la passion du dépossédé, le pétrole est un malheur qui prépare la décadence... Ce pessimisme-là n'arrange rien dans notre solitude face à l'intolérance, face à la horde au cœur ficelé et aux yeux révulsés, face au fanatisme qui couvre nos maisons comme une couverture destinée à nous servir de linceul en cas de victoire de l'ignorance et de la grande brutalité de ceux qui logent deux balles dans la nuque du poète.

« Je me suis laissé accaparer par une histoire d'amour ; je ne suis même pas sûr de l'avoir vécue. Je me suis laissé prendre dans les mailles d'une passion, dans le but inavoué de ne plus penser à cette grosse épaisseur de ténèbres qui nous menace. J'ai fait le voyage à l'intérieur de mes incertitudes, j'ai tourné autour de mes souffrances et voilà que je me retrouve dans cette chambre à peine éclairée, face aux côtes espagnoles, en train de vous écrire, moi qui ne vous ai jamais rencontré mais qui sens qu'il y a une solidarité entre créateurs de fiction et que je tiens à vous dire : "Je ne suis pas d'accord avec vous sur tout, mais je vous soutiens dans votre combat pour la liberté d'écrire et d'inventer." Il est encore plus beau de défendre un être avec lequel on n'est pas d'accord que d'enfoncer une porte en apportant un soutien à quelqu'un de la même tribu.

« Peut-être appartenons-nous à la même tribu ; peut-être faisons-nous partie de la même communauté, pas celle qui nous englobe tous en tant que musulmans, mais la communauté de ceux qui n'ont que les mots pour exister et pour vivre avec les autres, ceux qui connaissent le prix des mots et la résonance de chaque phrase dans l'oreille d'un mourant.

« Notre patrie est un livre, un rêve bleu dans une mer d'histoires, une fiction déroulée dans plusieurs langues. Notre patrie est une solitude que nous déposons chaque matin au seuil d'une grande maison où nous n'habiterons jamais, car notre lieu n'est fixé nulle part, notre territoire est en nous.

« Je vois au loin les cerfs-volants que des enfants envoient vers le ciel. Ils sont beaux. Certains sont immenses et partent loin dans le bleu du ciel. Je suis là, avec le sentiment que plus rien ne me retient. Je pourrai m'envoler vers un ciel plus clément que celui qui couvre Tanger. Être un cerf-volant ! Quelle jolie idée ! Partir par le haut et quitter cette histoire où je n'ai rien résolu, aller au-delà des mers, rester en suspens, ne jamais mettre pied à terre, ne pas descendre dans une tombe, ni se laisser jeter au fond d'un puits. Voilà mon rêve. Il est peut-être le vôtre aussi. Pour le réaliser, nous n'avons que des mots, un peu d'encre et un besoin incommensurable de solitude.

« Adieu ! »

Salim

Il avait eu du plaisir à écrire cette lettre, mais ne savait à quelle adresse l'envoyer. Il aurait pu la publier, mais aucun journal marocain ne l'aurait acceptée. Surtout pas d'histoires avec les gens de religion! Il se souvint d'une dispute, dans le hall de l'hôtel El Minzah, entre un ministre d'État sans portefeuille et un journaliste venu l'interviewer et qui d'emblée demanda quelle position le Maroc avait adoptée sur l'affaire de Salman Rushdie. « On ne parle pas des voyous qui salissent l'islam! » cria le ministre. Quand le journaliste insista, le ministre se leva et lui intima l'ordre de ne plus s'adresser à lui. Cette petite affaire avait fait plus de bruit que la grande affaire. Le silence était de rigueur. On n'en parlait pas.

Quelques jours plus tard, Achab, un ancien pêcheur, ancien contrebandier de cigarettes américaines repenti le jour de ses soixante-cinq ans, devenu passeur de clandestins, un homme connu pour avoir trempé dans plusieurs affaires louches dont certaines avaient mal tourné, puisqu'il avait fait de brefs séjours en prison, rencontra Salim au Café Central, repaire de petits et moyens trafiquants, et lui dit : « Toi, le professeur, l'homme des livres, j'ai une histoire pour toi! Je suis sûr qu'elle t'intéressera. Tu me connais, je ne raconte pas de bobards... »

Salim prit place au café et écouta Achab :

« C'était juste avant l'aube. Il faisait encore sombre. Je venais de débarquer mes passagers sur la plage d'Almería. Le ciel était couvert, rendant le travail de la *Guardia civil* difficile. Je ne suis pas assez fou pour débarquer une nuit de pleine lune. Au moment où je m'apprêtais à faire demi-tour, j'aperçus un homme enveloppé dans une couverture de l'armée qui me faisait des signaux avec une lampe de poche. Je crus que c'était un piège des Espagnols. Je ne répondis pas. L'homme s'approcha de moi. Il portait des lunettes, avait une barbe de plusieurs jours. C'était un visage fatigué, celui d'un homme traqué. Je les reconnais, les gens poursuivis. C'est mon métier. Il me dit en anglais qu'il voulait aller à Tanger et me tendit une liasse de livres sterling. Je ne compris pas pourquoi cet homme brun de peau, apparemment désorienté et angoissé, voulait faire le chemin inverse. Les gens paient et risquent leur vie pour quitter ce pays à la recherche de travail, et lui payait beaucoup pour y entrer ! Bizarre ! J'acceptai sans poser de questions. En montant dans la barque, je l'entendis dire en arabe : "Bismi Allah !" Au nom de Dieu ! Je lui parlai en arabe ; il me dit en anglais quelque chose comme : « Je suis fatigué, je n'ai pas envie de parler, transportez-moi sur la plage de Tanger... » Nous arrivâmes le matin sur la plage de Merkala. En descendant de la barque, je remarquai qu'il était assez corpulent. Il me remercia, puis me signifia qu'il ne fallait pas parler. J'ai trouvé ce bouquin qui a dû tomber de sa poche. Comme je sais que vous aimez lire, je vous le donne. »

Achab déposa le livre sur la table et disparut. C'était *Haroun et la Mer des histoires* dans sa version anglaise. Certaines pages étaient soulignées au feutre rouge, d'autres annotées dans la marge. Sur la dernière page blanche, quelqu'un avait écrit ceci :

« A quoi sert un beau vase en cristal de Bohême, quand

il contient le vomito negro d'un musulman transformé en juif errant ? Ni musulman ni juif, simple raconteur d'histoires obligé de se voiler le visage comme s'il vivait dans une éternelle tempête de sable et qu'il se protégeait contre les grains de sable empoisonnés. Quel est le crime ? Avoir mis en forme ce que grand-mère me racontait quand j'étais enfant à Bombay. Offense ? Je n'ai voulu offenser personne. Si je l'ai fait, qu'on me pardonne. Les raconteurs d'histoires ne savent pas toujours ce qu'ils font. S. R. »

En ce jour triste un petit vent souffle sur Tanger. Il emporte au loin les histoires nées au Café Cristal. La ville est nettoyée. Tout va bien. Chaque chose est à sa place. Plus de clochards parlant seuls dans les rues. Tout est calme. Il n'y a plus personne pour raconter des histoires d'amour et de magie. Les ensorcelés sont guéris. Les ensorceleurs ont perdu leur pouvoir. Les femmes ne cherchent plus à se venger des hommes. Tout rentre dans l'ordre. La plus belle femme de la ville n'était qu'une image, une métaphore née de l'angoisse de quelques hommes sans importance. L'autre versant de cette histoire est un secret. Salim en est le dépositaire. Il ne le sait même pas.

Demain mardi, ce sera le premier jour du Ramadan. Le ciel est désespérément bleu. Pas le moindre espoir de pluie. La voix d'une jeune fille donne le bulletin de la météo. On dirait qu'elle murmure à l'oreille des passants : « Le pays est puni par Dieu. Il y a trop de dépravation des mœurs, trop d'inégalités, trop d'injustice. La sécheresse sera notre lot en attendant une catastrophe plus grande. Il va falloir faire attention. Qui ne réussira pas en voleur deviendra mendiant. Le ciel est dégagé. La lune sera mince cette nuit. Quant aux rêves, ils vous laisseront un goût amer dans la bouche. »

L'eau est rare. Elle ne coule que quelques heures par

jour. On coupe l'électricité pendant une partie de la journée. Les mosquées ne désemplissent pas. Une manifestation pour réclamer la pluie est prévue. Il pleut en Espagne et pas au Maroc.

Une main invisible doit détourner les nuages. La rumeur est de nouveau à l'œuvre. Elle accuse une sorcière d'être à l'origine de cette malédiction et de bien d'autres malheurs. Une âme bien intentionnée a prononcé le nom d'une femme dont la beauté n'a d'égal que sa cruauté. Elle se serait réfugiée à Chaouen ou dans la région de B'ni M'hamed au cœur du Rif et s'occuperait de culture du kif. Elle régnerait en maîtresse redoutable sur une armée de jeunes paysans de Ketama et de Nador prêts à donner leur vie pour défendre les champs de cannabis. Invisible, elle utiliserait des appareils électroniques pour donner ses ordres. Une autre rumeur prétend qu'elle est devenue sainte et qu'elle est visitée par les hommes accidentés de l'amour.

Salim n'écoute plus ce que les gens de Tanger racontent dans les cafés. Il sait que l'été sera difficile parce que la ville manquera d'eau. Il sait que l'âme de Tanger s'est éloignée et que personne ne s'en préoccupe. Dans son esprit, Zina a pris les traits de cette ville en décadence : les murs et les visages se rident, les pierres et les mots tombent en poussière, les rues et les vieilles maisons se perdent dans les songes des touristes nostalgiques et le malheur veille sur la cité promise à l'oubli. Peut-être l'histoire de cette femme a-t-elle été inventée pour occuper les gens et détourner leur attention des vrais problèmes qui les assaillent ? Un gouverneur de Bagdad, pervers et génial, mais piètre écrivain, avait trouvé cette idée au XIIe siècle : on racontera des histoires à ceux qui souffrent. Il avait enfermé dans son palais les conteurs les plus importants de la ville et leur avait intimé l'ordre d'écrire des histoires sous peine d'avoir la tête tranchée. Il ne plaisantait pas. Tous les vendredis, il faisait décapiter sur la place publique un homme qui avait désobéi. Il présidait ensuite la prière dans la grande mosquée et allait s'enquérir des productions de ses prisonniers. Salim repense à cette légende et se dit : « C'est le même principe que celui des *Mille et Une Nuits*. "Raconte-moi une histoire ou je te tue !" C'est cela, la littérature : une lutte à mort contre la mort ! » Ainsi Zina aura été toutes les femmes pour les besoins d'un conte trouvé dans les eaux mêlées du détroit de Gibraltar, là où l'Atlantique et la Méditerranée se rencontrent. Par temps clair, on distingue une ligne verte où les courants se retrouvent, brassant "la mer des histoires", rejetant sur la plage celles qui ne valent rien.

Zina, Kenza, Houda, Zineb, Batoule se donnent la main et marchent sur la ligne d'horizon. Elles s'éloignent, laissant Tanger à ses mythes de quatre sous. C'est sur le sable de Merkala ou de Sidi Gandouri que des enfants ont trouvé des morceaux d'une vie perdue, une vie sans âme où auraient vécu quelques hommes sans qualité. Des touristes montés sur des dromadaires fatigués suivent un guide borgne qui les mène vers la Forêt diplomatique. Il leur a promis un couscous dans la Cabane du Pendu, là où est enterré le rôdeur de minuit devenu un saint de pacotille auquel des femmes stériles viennent rendre visite et faire offrande de leur sang menstruel.

Une à une, les images se détachent du ciel blanc qui n'inquiète plus Salim. Lui pense à l'Australie et à Vancouver. Ce nom de ville fait rêver. Il monte sur la terrasse de son immeuble et regarde la ville avec des jumelles. Elle a tellement grossi qu'il ne sait plus où elle s'arrête. Il se dit qu'elle ressemble à présent à Kénitra : même anarchie urbaine, même absence de verdure, même saleté. Kénitra n'est pas une ville, mais une ancienne base américaine devenue un immense dortoir, plus connue aujourd'hui pour sa prison où la fine fleur de l'intelligentsia marocaine des années soixante-dix connut des jours noirs. Quand une ville perd son âme, elle prend le visage de Kénitra. Il sait pourquoi Tanger a pris du ventre : le trafic du kif en a fait une ville-mirage pour les apprentis-contrebandiers. Des quartiers clandestins se sont créés. On dit que la police a peur de s'y montrer et que les autorités ferment les yeux et laissent faire. Elles ont peur des émeutes. Tout le Maroc a peur des émeutes. Tanger en a connu de bien sanglantes. Le Nord en général n'est pas aimé. Salim sait à peu près pourquoi le Nord est abandonné à lui-même. Tout le monde le sait. Seuls les étrangers s'étonnent de voir combien cette région est négligée par les gens du pouvoir. Salim n'a plus la force de se battre. Il regarde la ville comme un étranger, puisqu'il pense à son histoire comme si elle était étrangère à sa vie. Il se met à rire. Il est même heureux. Cela fait longtemps que ce n'est pas arrivé. Être heureux sans raison, ou plutôt pour un tas de raisons qu'il n'a pas envie de détailler. Il est convaincu qu'il doit lâcher cette ville et s'occuper de son être. Après tout, c'est lui qui répète souvent aux autres : « Tout être doit persévérer dans son être. » Le sien est las, mais il peut encore émerger en tant qu'individu répudiant le clan et la tribu. Il est Salim, quarante-deux ans, séparé de Fatéma. Il est décidé à reprendre le fil de cet amour, mais pour le moment il se demande comment faire pour emporter Tanger dans ses bagages. Partir d'abord, revenir ensuite chercher sa bibliothèque. La vie est belle.

Partir, ne plus se retourner, aller loin, brûler ses souvenirs, en tout cas ceux liés à Tanger et à sa jeunesse. Mais on ne se débarrasse pas aussi facilement de cette ville. Elle colle à la rétine. C'est une image qui grandit et prend des dimensions inquiétantes. Il a envie que Tanger le suive : il mettrait le sable dans des containers, les cèdres de la Vieille Montagne dans de grands paquebots, le vent dans des sacs en plastique, l'hôtel Continental dans une carte postale des années cinquante, l'hôtel Villa de France dans une toile de Matisse, l'hôtel El Minzah dans un roman américain ou une nouvelle de Tennessee Williams, le Petit Socco et le Grand Socco à dos d'âne, la Casbah dans une valise Vuitton, la maison de Barbara Hutton serait reconstruite à Hollywood, les cinémas Alcázar et Capitol partiraient sur des barques de pêcheurs avec leurs fauteuils en bois et leurs vieux projecteurs achetés en contrebande à la fin de la Seconde Guerre mondiale, ce serait la nuit de préférence, le théâtre Cervantès serait démonté pierre par pierre et reconstruit à Alcalá de Henares ou à l'université de Salamanque, Plazza de Toros suivrait le cirque Amar, Marshan abandonnerait ses ruines romaines comme il a laissé mourir l'Institut Pasteur et rejoindrait sa voisine la Casbah dans un album de photos-souvenirs, le palais Tazi transformé en musée Forbes serait rendu à la famille Tazi, le Café de la Falaise resterait à sa place, éternel dans sa simplicité... Il ne faut surtout pas qu'il change ; il faut garder ses chats, ses pipes en terre pour fumer le kif, ses nattes et ses chaises bancales...

Partir avec tout cela dans une immense valise et oublier d'où l'on vient. Oublier l'amour qui se fait la guerre, tirer un trait sur la coexistence de deux corps dans une chambre, savoir que la vie est belle à partir du moment où l'on n'attend plus rien. Au fond, on ne change pas. Salim sait que l'être ne renonce pas à ce qu'il est. Il se dit qu'on ne change jamais, même si l'on fait semblant de s'adapter aux incertitudes des autres, pour paraître conciliant ou intelligent. Mais cela ne sert à rien. Les femmes ont plus de force, plus de détermination que les hommes. Il est persuadé qu'il sera toujours perdant devant une femme. Elles sont cruelles parce que les hommes sont faibles. « Non, rectifie Salim, elles sont cruelles parce que nous sommes lâches. » Salim a l'impression de perdre un peu la tête. « Quel est le Marocain qui reconnaîtra qu'il est lâche devant la femme ? » se demande-t-il. Il revoit son passé : que des échecs ! Avec Fatéma, ce n'était pas de l'amour. Avec Zina, c'était du roman. S'il arrive à s'en sortir aujourd'hui, s'il parvient à s'envoler pour le bout du monde, s'il réussit à faire le seul voyage qui vaille tout en restant là à regarder l'horizon, il aura traversé la longue nuit de toutes ses défaites.

Le Café de la Falaise est vide. Il pense qu'on viendrait là de Sydney ou de Vancouver juste pour boire un thé à la menthe dans un grand verre pendant qu'une abeille, attirée par le sucre, tournerait autour jusqu'à tomber dans la menthe et se gaver à en mourir. Pendant ce temps-là, on observerait la ligne verte jusqu'à ce qu'une histoire fabuleuse surgisse, couverte d'algues et d'écume, de mots et d'images qu'il faudra sécher sur une planche, là où tout s'écrit, s'imprime, puis s'efface et s'oublie.

Épilogue

Quelques semaines plus tard, non, quelques années plus tard, alors que personne ne s'y attendait, alors que le ciel était encombré de nuages venus de très loin, charriant des couleurs variant entre le rouge et le mauve, alors que les enfants s'apprêtaient à fêter Achoura, l'anniversaire du martyre d'Ali, alors que les rats et taupes du pays tenaient leur réunion dans les dépôts de la douane du port, les services de police et de gendarmerie déclenchèrent dans les villes du Nord une grande opération d'assainissement. Ce fut ainsi que la presse appela ce chambardement. Tanger avait besoin d'un bon nettoyage. Les rues et les avenues étaient tellement sales que les éboueurs étaient découragés devant le travail à faire. Des agents de la Sûreté, dépêchés de Rabat, opérèrent plusieurs arrestations dans les milieux des trafiquants de drogue et des contrebandiers. Comme d'habitude, ils redoublèrent de zèle et de férocité et dépassèrent les limites de leur mission. A la télévision, un responsable vint parler de « mains propres », citant un vieux slogan de la période nationaliste : « Quelle est l'origine de ta fortune ? » Ce rappel introduisit la peur et la panique chez ceux qui s'étaient enrichis un peu trop facilement.

On arrêta
les gros et les petits,

les suspects et les malins,
les fous et les curieux,
les roublards et les minables,
les borgnes et les bossus,
les intégristes à barbe taillée et les autres à barbe sauvage,
les fanatiques du loto et les joueurs de dominos,
les mendiants et les voleurs,
les guides et les chauffeurs de taxis collectifs,
les *bragdiyas* et les passeurs,
les douaniers et les chansonniers,
les fumeurs de kif et les éleveurs de canaris,
les vendeurs à la sauvette et les apprentis,
les mitrons et les cordonniers,
les joueurs de cartes et les parieurs sur les chiens,
les ramasseurs de crottes de cheval et les tourneurs en rond,
les cracheurs de feu et les acrobates retraités,
les dockers et les indicateurs,
les crieurs publics et les cireurs,
les gardiens de voitures et les laveurs de morts,
les humoristes et les conteurs...

Le fameux Chacal se rendit à la police après une longue traque. Son complice Dob fut pris dans un bidonville où il s'était caché. Des gens connus pour leur intégrité furent mis en prison. Il paraît que c'est une tactique psychologique efficace pour semer la peur. C'est ainsi qu'un matin où Tanger fut couverte par une brume soudaine, la police mit des menottes aux mains de Dahmane, Jamila et Lamarty. On les laissa moisir quelques nuits dans une cave humide. Aucun chef d'accusation ne leur fut signifié. Ils avaient peur. Peur de tout. Ils avaient entendu dire que, la nuit, la police lâchait des violeurs dans les prisons, des malades entraînés dans la déchirure des anus. Jamila redoutait surtout les serpents.

Un matin, un agent leur dit : « Ne me demandez surtout pas pourquoi vous êtes ici. Vous savez très bien pourquoi ! »

Ils se regardèrent, effarés. Chacun se mit à chercher dans ses souvenirs un fait ou un événement susceptible d'être la cause de son emprisonnement. Dahmane repensa à l'époque où il avait joué un tour à son patron. Mais il avait déjà été puni. Le Rifain lui avait coupé la main. Jamila s'accusa de médisance sur les gens du gouvernement. Elle se plaignait souvent au hammam du manque de sérieux des autorités et les soupçonnait de voler l'argent des contribuables. Lamarty se dit qu'il n'aurait pas dû jouer dans *Caligula*. Jamila reprocha à son mari d'avoir fait de la politique. Le pauvre Dahmane en était incapable. Il se souvint qu'il lui arrivait de faire des commentaires sur la politique en général. Comme sa femme, il parlait trop dans les lieux publics. Il se défendit :

— Je gagne ma vie misérablement en racontant des histoires. C'est tout. Ce ne sont même pas mes propres histoires.

— Justement, intervint Lamarty en prenant la pose d'un vieil acteur qui sait tout, raconter des histoires, ce n'est pas rien, c'est terrible, c'est dérangeant, c'est très grave. Tu te rends compte ! Les Marocains adorent les histoires. Si tu les fais réfléchir, tu deviens un danger pour ceux qui veulent que rien ne bouge. Or, ils existent, ceux-là. Ils ne s'affichent pas forcément, mais ils tirent le pays vers l'arrière. Je les vois, ils portent une cagoule, ils ont raflé toutes les cordes se trouvant dans les magasins du pays, ils tirent, ils tirent...

— Je suis sûre à présent que nous avons été dénoncés par cette femme qui porte malheur, Zina...

311

– Mais non, répondit Lamarty. Zina n'existe pas. De tout temps il y eut une femme symbolisant le malheur des hommes. Souvenez-vous d'Aïcha Kandisha, de Kdija-la-chauve, de Maria-Hamaqa, de Harrouda, tantôt putain, tantôt sainte, de Jénya-la-borgne... Zina existe en chacun de nous. La part maudite de notre vie, la part obscure de notre âme. Nous projetons en elle ce qu'il y a de noir et d'inavouable en nous. Zina ne cesse de traverser nos vies. Nous lui avons confié nos peurs et notre honte. Nous l'avons fait sans en avoir conscience. Elle les a ramassées et les a distribuées autour d'elle. Zina n'a rien à voir avec notre arrestation. Ce n'est pas son genre. Elle agit autrement. Zina est ailleurs, là où les ombres se dissolvent dans les ténèbres pour resurgir un jour d'hiver. La police ne s'aventure pas dans ces territoires. Ce serait drôle d'être inculpé d'« intelligence avec l'ennemie invisible » ! Si nous nous trouvons ici, mes amis, c'est parce que nous sommes des trafiquants, des contrebandiers, des cambrioleurs, nous sommes des bandits qui répandons la parole folle, qui semons les herbes de la discorde, de la révolte et de l'insoumission...

– Mais l'acteur décadent est devenu fou ! cria Jamila.

– Non, dit Dahmane, c'est la vérité. Qui sommes-nous, au fond ? Nous faisons de la contrebande des mots, des phrases et images, nous trafiquons des métaphores qui donnent à rêver, qui font croire aux gens que la vie est belle ailleurs ; nous fabriquons des contes avec les matériaux des autres ; nous puisons dans la vie des gens et nous nous constituons un répertoire d'histoires plus ou moins invraisemblables. Nous allons partout les raconter. Les gens nous croient et nous leur mentons pour leur faire plaisir. Ils ont besoin de nous. Nous avons besoin d'eux.

– Et ça vaut d'être en prison ? dit Jamila.

– Pas forcément. Mais il ne faut pas attendre de ceux

qui exécutent les ordres d'être subtils, philosophes, poètes, troubadours, rêveurs. Pour le moment, ils ont pour mission de mettre de l'ordre dans cette partie du pays. Après tout, Tanger a été le lieu de tous les trafics, le repaire de tous les bandits, et ça, depuis longtemps. Il a fallu qu'une voix s'élève en signe de malédiction pour que les gens se réveillent. Ils paient. La ville a longtemps été entre les mains des trafiquants.

– C'est pour cela que la police arrête tous ceux qui lui paraissent suspects. D'ici à ce qu'elle distingue le bon grain de l'ivraie, il faut du temps et de la chance, dit Lamarty.

– Et tu penses que nous faisons partie des bons ?

– Mais, ma pauvre amie, la bonté pure, ça n'existe pas. Nous sommes tous suspects. La suspicion plane au-dessus de nos têtes dès que nous venons au monde.

– Et qu'allons-nous leur répondre, s'ils nous interrogent ?

– Nous leur répondrons en leur racontant des histoires, des histoires merveilleuses, incroyables, folles, anciennes, des histoires qui les feront rêver. Et nous quitterons cette cave sur les rayons de rêves qui auront pénétré là par la grâce des mots et des images.

Tanger-Pont-Audemer
décembre 1991-juillet 1996.

Du même auteur

Harrouda
roman, Denoël, coll. « Les lettres nouvelles », 1973

La Réclusion solitaire
roman, Denoël, coll. « Les lettres nouvelles », 1976
Seuil, coll. « Points », n° P 50

Les amandiers sont morts de leurs blessures
poèmes
Maspero, coll. « Voix », 1976
prix de l'Amitié franco-arabe, 1976
Seuil, coll. « Points Roman », n° R 218

La Mémoire future
Anthologie de la nouvelle poésie du Maroc
Maspero, coll. « Voix », 1976 (épuisé)

La Plus Haute des solitudes
Seuil, coll. « Combats », 1977
coll. « Points Actuels », n° A 25

Moha le fou, Moha le sage
roman, Seuil, 1978, prix des Bibliothécaires de France
et de Radio-Monte-Carlo, 1979
coll. « Points Roman », n° R 8

A l'insu du souvenir
poèmes, Maspero, coll. « Voix », 1980

La Prière de l'absent
roman, Seuil, 1981
coll. « Points Roman », n° R 86

L'Écrivain public
récit, Seuil, 1983
coll. « Points Roman », n° R 383

Hospitalité française
Seuil, coll. « L'histoire immédiate », 1984
coll. « Points Actuels », n° A 65

La Fiancée de l'eau
théâtre, suivi de
Entretiens avec M. Saïd Hammadi, ouvrier algérien
Actes Sud, 1984

L'Enfant de sable
roman, Seuil, 1985
coll. « Points », n° P 7

La Nuit sacrée
roman, Seuil, 1987
prix Goncourt
coll. « Points », n° P 113

Jour de silence à Tanger
récit, Seuil, 1990
coll. « Points Roman », n° 470

Les Yeux baissés
roman, Seuil, 1991
coll. « Points Roman », n° R 500

Alberto Giacometti
Flohic, 1991

La Remontée des cendres
Poème, édition bilingue,
version arabe de Kadhim Jihad,
Seuil, 1991
coll. « Points Roman », n° R 625

L'Ange aveugle
nouvelles, Seuil, 1992
coll. « Points » n° 64

L'Homme rompu
roman, Seuil, 1994
coll. « Points » n° P 116

La Soudure fraternelle
Arléa, 1994

Poésie complète
Seuil, 1995

Le premier amour est toujours le dernier
nouvelles, Seuil, 1995
coll. « Points » n° P 278

Les Raisins de la galère
roman
Fayard, coll. « Libre », 1996

RÉALISATION : PAO ÉDITIONS DU SEUIL
IMPRESSION : S.N. FIRMIN-DIDOT AU MESNIL-SUR L'ESTRÉE
DÉPÔT LÉGAL : JANVIER 1997. N° 21595 (36740).

La Nuit de l'erreur. Un destin funeste a voulu que Zina, l'héroïne de ce roman, soit conçue durant une nuit frappée de malédiction, « une nuit de l'erreur » durant laquelle il ne fallait rien concevoir. Elle naîtra le jour de la mort de son grand-père. Ainsi ce qui devait être une fête fut un deuil. Frappée par le sort, maudite à jamais, elle sera une enfant, puis une femme en marge, celle par qui le malheur arrive. Zina fera de la cruauté sa façon d'être au monde et se vengera des hommes captivés par sa beauté. « Les femmes sont cruelles, dira-t-elle, parce que les hommes sont lâches. » Zina s'emploiera à séduire puis à détruire ses amants. Trois lieux magiques, trois villes marocaines servent de décor à cette histoire : le Fès des années quarante, Tanger dix ans plus tard et Chaouen d'aujourd'hui. Tahar Ben Jelloun met en scène plusieurs conteurs pour conjuguer les thèmes qui, depuis toujours, habitent son œuvre : la violence des rapports entre l'homme et la femme, l'érotisme, l'amour inquiet du pays, la passion de la liberté… « Comme par hasard, écrit-il, c'est dans le désastre du monde que je me retrouve, dans la souffrance des innocents que je me reconnais. »

9 782020 215954

ISBN 2.02.021595.0 / Imprimé en France 1.97

125 F